Der junge Óscar Drai sehnt sich danach, am Leben Barcelonas teilzuhaben, und streift am liebsten durch die verwunschenen Villenviertel der Stadt. Eines Tages trifft er auf ein faszinierendes Mädchen. Sie heißt Marina, und sie wird sein Leben für immer verändern.

Gemeinsam werden die beiden in das düstere Geheimnis um den ehemals reichsten Mann Barcelonas gesogen. Schmerz und Trauer, Wut und Größenwahn reißen sie mit sich, eine höllische Verbindung von vernichtender Kraft. Aber auch Marina umgibt ein Geheimnis. Als Óscar schließlich dahinterkommt, ist es das jähe Ende seiner Jugend.

»Carlos Ruiz Zafón ist ein Meister darin, eine Atmosphäre und Spannung zu erzeugen, deren sich kaum ein Leser entziehen kann.« *Tobias Schwarz, Deutschlandradio*

»Man kann dieses Buch sogar dem später verfassten ›Schatten des Windes‹ vorziehen. ›Marina‹ ist nicht die Vorstufe dieses Weltbestsellers, sondern dessen Kondensat, eine fiebrige, ohne Umschweife erzählte Knabenphantasie.« *Christoph Haas, Süddeutsche Zeitung*

Carlos Ruiz Zafón wurde 1964 in Barcelona geboren und lebt heute in Los Angeles. ›Marina‹ schuf er kurz vor den großen Barcelona-Romanen ›Der Schatten des Windes‹ und ›Das Spiel des Engels‹, mit denen er ein Millionenpublikum auf der ganzen Welt begeisterte; seine Bücher wurden in über 40 Sprachen übersetzt. Seine ersten Erfolge feierte er mit den drei phantastischen Schauerromanen ›Der dunkle Wächter‹, ›Der Fürst des Nebels‹ und ›Mitternachtspalast‹, die bei FJB lieferbar sind. Der dritte große Barcelona-Roman ›Der Gefangene des Himmels‹ ist 2012 bei S. Fischer erschienen.

Weitere Informationen, auch zu E-Book-Ausgaben, finden Sie bei www.fischerverlage.de

Carlos Ruiz Zafón

Marina

Roman

Aus dem Spanischen
von Peter Schwaar

Fischer Taschenbuch Verlag

5. Auflage: Februar 2013

Veröffentlicht im Fischer Taschenbuch Verlag,
einem Unternehmen der S. Fischer Verlag GmbH,
Frankfurt am Main, Dezember 2012

Die Originalausgabe erschien 1999
unter dem Titel ›Marina‹ bei Edebé, Barcelona
© Dragonworks, S. L.
Für die deutsche Ausgabe
© 2011 S. Fischer Verlag GmbH, Frankfurt am Main
Druck und Bindung: CPI – Clausen & Bosse, Leck
Printed in Germany
ISBN 978-3-596-18624-2

Liebe Leser,

immer schon habe ich gedacht, jedem Schriftsteller seien, ob er es zugebe oder nicht, einige seiner Bücher besonders lieb. Diese Vorliebe hat selten etwas mit dem eigentlichen literarischen Wert des Werks zu tun oder mit der Aufnahme, die es seinerzeit beim Publikum gefunden hat, noch mit dem Glück oder Elend seiner Veröffentlichung. Ohne den genauen Grund dafür angeben zu können, fühlt man sich einigen seiner Geschöpfe schlicht näher als anderen. Unter all den Büchern, die ich publiziert habe, seit ich um 1992 diesen seltsamen Beruf des Romanautors ergriffen habe, ist *Marina* einer meiner Lieblinge.

Ich habe den Roman zwischen 1996 und 1997 in Los Angeles geschrieben. Damals war ich fast dreiunddreißig und wurde von der Ahnung beschlichen, dass das, was irgendein Armleuchter einmal als frühe Jugend bezeichnet hat, mir mit der Geschwindigkeit eines Ozeandampfers zu entgleiten drohte. Vorher hatte ich drei Romane für Jugendliche veröffentlicht, und kurz nach Beginn der Niederschrift von *Marina* wurde mir klar, dass dieses Buch anders sein würde, ein ehrgeiziger und auch persönlicher Roman, in dem ich zum ersten Mal den Schauplatz meines Barcelonas und meiner eigenen Erinnerung erkunden würde. Je weiter ich mit dem Schreiben kam, desto mehr erschien mir *Marina* als der Übergang zu einer anderen Form des Erzählens, wo ich schließlich das finden würde, was Schriftsteller gemeinhin ›ihre Stimme‹ zu nennen pflegen. Als ich fertig war, hatte ich den Eindruck, etwas in mir drin, etwas, von dem ich selbst heute noch nicht genau weiß, was es war, was ich aber täglich vermisse, sei für immer auf diesen Seiten zurückgeblieben.

Marina ist möglicherweise der am schwersten zu definierende und einzuordnende meiner Romane – und vielleicht auch der persönlichste von allen. Ironischerweise hat mir gerade seine Veröffentlichung am meisten Verdruss bereitet. Er hat zehn Jahre elender und oft unrechtmäßiger Ausgaben überlebt, die in einigen Fällen, ohne dass ich viel dagegen hätte tun können, viele Leser verwirrt haben, indem sie den Roman als etwas auszugeben versuchten, was er nicht war. Und dennoch entdecken weiterhin Leser jeden Alters und Standes auf seinen Seiten irgendetwas und finden Zugang zu diesem Dachgeschoss der Seele, von dem uns der Erzähler, Óscar, berichtet.

Endlich kommt Marina wieder nach Hause, und jetzt können die Leser den Bericht, den Óscar an ihrer Stelle verfasst hat, unter den Bedingungen entdecken, die sich sein Autor immer gewünscht hat. Vielleicht bin ich jetzt mit ihrer Hilfe in der Lage, zu verstehen, warum dieser Roman in meinem Geist weiterhin so gegenwärtig ist wie an dem Tag, an dem ich seine Niederschrift beendete, und ich werde mich, wie Marina sagen würde, wieder an das erinnern können, was nie geschah.

Carlos Ruiz Zafón

Marina sagte einmal zu mir, wir erinnerten uns nur an das, was nie geschehen sei. Es sollte eine Ewigkeit dauern, bis ich diese Worte begriff. Doch ich fange besser am Anfang an, und der ist in diesem Fall das Ende.

Im Mai 1980 verschwand ich eine Woche lang vom Erdboden. Sieben Tage und sieben Nächte wusste kein Mensch, wo ich mich befand. Freunde, Kameraden, Lehrer und selbst die Polizei stürzten sich in die Suche nach dem Flüchtigen, den einige schon für tot hielten, während andere dachten, er habe sich in einem Anfall von geistiger Umnachtung in übel beleumdeten Straßen verirrt.

Eine Woche später glaubte ein Zivilpolizist diesen Burschen zu erkennen – die Beschreibung passte. Der Verdächtige irrte im Francia-Bahnhof umher wie eine verlorene Seele in einer aus Eisen und Nebel geschmiedeten Kathedrale. Der Beamte trat mit Detektivmiene zu mir und fragte mich, ob ich Óscar Drai heiße und der spurlos aus seinem Internat verschwundene junge Mann sei. Ich nickte mit zusammengepressten Lippen. Ich erinnere mich noch an die

Spiegelung des Bahnhofsgewölbes auf seinen Brillengläsern.

Wir setzten uns auf dem Bahnsteig auf eine Bank. Bedächtig steckte sich der Polizist eine Zigarette an und ließ sie glimmen, ohne sie an die Lippen zu führen. Er sagte, eine Menge Leute brenne darauf, mir viele Fragen zu stellen, für die ich mir besser gute Antworten ausdenke. Wieder nickte ich. Er schaute mir in die Augen und beobachtete mich. »Manchmal ist es keine gute Idee, die Wahrheit zu erzählen, Óscar«, sagte er. Er reichte mir einige Münzen und bat mich, meinen Tutor im Internat anzurufen. Das tat ich. Der Polizist wartete das Ende des Gesprächs ab, gab mir Geld für ein Taxi und wünschte mir Glück. Ich fragte ihn, woher er wisse, dass ich nicht abermals verschwinde. Er schaute mich lange an. »Es verschwinden nur Leute, die auch irgendwo hingehen können«, antwortete er bloß. Er begleitete mich auf die Straße hinaus, wo er sich verabschiedete, ohne mich zu fragen, wo ich gesteckt habe. Ich sah ihn auf dem Paseo de Colón davongehen. Der Qualm seiner noch nicht angerauchten Zigarette folgte ihm wie ein treues Hündchen.

An diesem Tag meißelte Gaudís Geist unmögliche Wolken auf ein Blau, das einen fast erblinden ließ. Mit einem Taxi fuhr ich zum Internat, wo mich vermutlich das Exekutionskommando erwartete.

Vier Wochen lang bearbeiteten mich Lehrer und

Schulpsychologen, mein Geheimnis preiszugeben. Ich log und bot jedem das, was er hören wollte oder akzeptieren konnte. Mit der Zeit gaben alle vor, diese Episode vergessen zu haben. Ich folgte ihrem Beispiel. Nie erzählte ich jemandem die Wahrheit.

Damals wusste ich nicht, dass der Ozean der Zeit früher oder später die Erinnerungen anschwemmt, die wir in ihm versenkt haben. Fünfzehn Jahre später ist die Erinnerung an diesen Tag zu mir zurückgekehrt. Ich habe diesen jungen Burschen im Dunst des Francia-Bahnhofs umherirren sehen, und Marinas Name hat sich erneut wie eine frische Wunde entzündet.

Wir alle haben im Dachgeschoss der Seele ein Geheimnis unter Verschluss. Das hier ist das meine.

1

Ende der siebziger Jahre war Barcelona eine Fata Morgana von Boulevards und engen Gässchen, wo man allein beim Betreten eines Hausflurs oder eines Cafés dreißig oder vierzig Jahre in die Vergangenheit zurückreisen konnte. In dieser magischen Stadt verliefen Zeit und Erinnerung, Geschichte und Fiktion wie Aquarelle im Regen. Dort war es, wo Kathedralen und aus Fabeln entsprungene Häuser im Klang von nicht mehr existierenden Straßen die Kulisse zu dieser Geschichte bildeten.

Damals war ich ein fünfzehnjähriges Bürschchen, das in den Mauern eines Internats mit Heiligennamen an den Hängen der Straße nach Vallvidrera dahinschmachtete. In jenen Tagen sah das Viertel Sarriá noch wie ein kleines, an den Rändern einer modernistischen Metropolis gestrandetes Dorf aus. Meine Schule thronte am Ende einer Straße, die vom Paseo de la Bonanova aus bergan kletterte. Ihre monumentale Fassade hätte eher auf eine Burg als auf eine Lehranstalt schließen lassen. Die verwinkelte, lehmfarbene Silhouette war ein Puzzle aus Festungstürmen, Bögen und dunklen Flügeln.

Die Schule stand inmitten einer Zitadelle von Gärten, Brunnen, verschlammten Teichen, Höfen und verhexten Pinienbeständen. Darum herum beherbergten düstere Gebäude von gespenstischem Dunst verschleierte Schwimmbecken, stilleverzauberte Turnhallen und verwunschene Kapellen, in denen im Widerschein der Altarkerzen Heiligenbilder lächelten. Das Haus wies vier Stockwerke auf, die beiden Kellergeschosse und ein abgesperrter Zwischenstock nicht eingerechnet, in dem die wenigen Geistlichen hausten, die noch als Lehrer tätig waren. Die Zimmer der Internatsschüler lagen längs höhlenartiger Gänge im vierten Stock. Diese endlosen Galerien ruhten in stetigem Halbdunkel und geisterhaftem Echo.

Ich verbrachte meine Tage wachträumend in den Zimmern dieser ungeheuren Burg und wartete auf das Wunder, das sich täglich nachmittags um zwanzig nach fünf ereignete. Zu dieser magischen Stunde überzog die Sonne die hohen Fenster mit flüssigem Gold. Rasselnd verkündete die Glocke das Ende des Unterrichts, und wir hatten bis zum Abendessen im großen Speisesaal fast drei Stunden zu unserer freien Verfügung. Eigentlich sollte diese Zeit dem Studium und der geistigen Einkehr dienen. Ich kann mich nicht erinnern, mich auch nur an einem einzigen all meiner Tage an diesem Ort einer dieser edlen Aufgaben gewidmet zu haben.

Das war mein Lieblingsmoment. Der Kontrolle am

Ausgang ein Schnippchen schlagend, zog ich los, um die Stadt zu erkunden. Ich machte es mir zur Gewohnheit, genau zur Essensstunde wieder im Internat zu sein, nachdem ich in zunehmender Dunkelheit durch alte Straßen und Boulevards geschlendert war. Diese langen Spaziergänge bescherten mir ein Gefühl berauschender Freiheit. Meine Phantasie überflügelte die Häuser und stieg zum Himmel empor. Für einige Stunden verflüchtigten sich Barcelonas Straßen, das Internat und mein düsteres Zimmer im vierten Stock. Für einige Stunden war ich, mit nur zwei Münzen in der Tasche, der glücklichste Mensch der Welt.

Oft führte mich mein Weg durch die damals sogenannte Wildnis von Sarriá, die nichts weiter war als eine Andeutung von verlorenem Wald im Niemandsland. Die meisten Herrschaftsvillen, die seinerzeit das Gelände nördlich des Paseo de la Bonanova besiedelt hatten, standen noch da, wenn auch nur als Ruinen. Die Straßen ums Internat herum umrissen eine Geisterstadt. Efeuüberwucherte Mauern versiegelten den Zugang zu wilden Gärten, in denen sich monumentale, von Unkraut und Vernachlässigung heimgesuchte Paläste erhoben, in welchen die Erinnerung wie hartnäckiger Nebel zu schweben schien. Viele dieser Kästen warteten auf ihren Abbruch, andere waren jahrelang ausgeplündert worden. In einigen jedoch gab es noch Menschen.

Sie waren die vergessenen Mitglieder heruntergekommener Geschlechter. Menschen, deren Name in der *Vanguardia* vier Spalten eingenommen hatte, als die Straßenbahnen noch den Argwohn moderner Erfindungen weckten. Geiseln ihrer moribunden Vergangenheit, die sich weigerten, das sinkende Schiff zu verlassen. Sie befürchteten, ihre Körper würden sich im Wind in Asche auflösen, wenn sie den Fuß auf Gebiet jenseits ihrer baufälligen Villen zu setzen wagten. Wie Gefangene welkten sie im Licht der Kandelaber dahin. Manchmal, wenn ich eiligen Schrittes an diesen verrosteten Gittertoren vorüberging, meinte ich, durch die verschossenen Fensterläden misstrauische Blicke zu spüren.

Eines Nachmittags Ende September 1979 beschloss ich, mich aufs Geratewohl in eine dieser von Jugendstilpalästchen übersäten Prachtstraßen zu wagen, die ich bisher noch nie bemerkt hatte. Sie beschrieb eine Kurve, die vor einem gewöhnlichen Gittertor endete. Jenseits erstreckte sich das, was von einem alten, jahrzehntelange Vernachlässigung offenbarenden Garten übriggeblieben war. Inmitten der Vegetation sah man die dunklen Umrisse eines zweistöckigen Hauses, das sich hinter einem Brunnen mit Skulpturen erhob, die die Zeit mit Moos überzogen hatte.

Langsam senkte sich die Dämmerung herab, und dieser Winkel kam mir etwas unheimlich vor, so von tödlicher Stille umgeben, in der nur die Brise eine wortlose Warnung vor sich hin murmelte. Mir wurde klar, dass ich in eine der »toten« Zonen des Viertels eingedrungen war. Ich dachte, am besten sei es, kehrtzumachen und zum Internat zurückzugehen. Ich war noch hin und her gerissen zwischen einer krankhaften Faszination durch diesen vergessenen Ort und dem gesunden Menschenverstand, als ich im Halbdunkel zwei gelbe Augen leuchten sah, die sich wie Dolche auf mich hefteten. Ich schluckte.

Vor dem Gittertor zeichnete sich reglos das grausamtene Fell einer Katze ab. In ihrer Schnauze rang ein Spatz mit dem Tod. Um den Hals trug sie ein silbernes Glöckchen. Einige Sekunden musterte mich ihr Blick. Dann machte sie kehrt und glitt durch die Metallstäbe davon. Ich sah sie, den Sperling auf seiner letzten Reise davontragend, in der Unendlichkeit dieses verdammten Edens verschwinden.

Der Anblick des hochmütigen, herausfordernden kleinen Raubtiers fesselte mich. Aufgrund seines glänzenden Fells und des Glöckchens vermutete ich, dass es sich um eine zahme Katze handelte. Vielleicht beherbergte dieses Haus mehr als nur die Geister eines verschwundenen Barcelonas. Ich trat näher und legte die Hände auf die Stäbe des Gittertors. Das Metall fühlte sich kalt an. Das letzte Licht der Abenddämmerung erhellte die Spur, die die Blutstropfen des Sperlings in dieser Wildnis hinterlassen hatten – scharlachrote Perlen, die den Weg durchs Labyrinth vorzeichneten. Wieder versuchte ich zu schlucken, doch mein Mund war ausgetrocknet. In meinen Schläfen hämmerte der Puls, als wüsste er etwas, was mir verborgen war. Da spürte ich unter meinem Gewicht das Tor nachgeben und bemerkte, dass es nicht abgeschlossen war.

Bei meinem ersten Schritt ins Innere beleuchtete der Mond die blassen Gesichter der steinernen Engel in der Mitte des Brunnens. Sie beobachteten mich. Meine Füße waren wie festgewurzelt. Ich wartete darauf, dass diese Wesen von ihren Podesten sprängen und zu Teufeln mit Wolfsklauen und Schlangenzungen würden. Nichts dergleichen geschah. Ich atmete tief und erwog die Möglichkeit, meine Phantasie zum Schweigen zu bringen oder aber, noch besser, meine zaghafte Erforschung dieses Besitzes abzubrechen. Doch jemand anders entschied für mich. Ein himmlischer Klang erfüllte die Schatten des Gartens wie ein Parfüm. Ich hörte, wie dieses sphärische Summen allmählich eine vom Klavier begleitete Arie ziselierte. Eine Frauenstimme – die schönste, die ich je gehört hatte.

Die Melodie schien mir vertraut, dennoch konnte ich sie nicht benennen. Die Musik kam aus dem Haus. Ich folgte ihrer hypnotischen Spur. Feine Schichten dunstigen Lichts sickerten aus der angelehnten Tür einer verglasten Veranda. Auf einem Fensterbrett im ersten Stock erkannte ich die auf mich gehefteten Augen der Katze. Ich trat zu der erleuchteten Veranda, woher dieser unbeschreibliche Klang kam. Im Inneren flackerte der schwache Abglanz von hundert Kerzen. Der Schein ließ den goldenen Trichter eines alten Grammophons erkennen, auf dem sich eine Schallplatte drehte. Ich ertappte mich dabei, wie ich, ohne zu überlegen, in die Veranda eindrang, gefesselt von dieser im Grammophon gefangenen Sirene. Auf dem Tisch mit dem Apparat erkannte ich einen glänzenden runden Gegenstand, eine Taschenuhr. Ich nahm sie und untersuchte sie im Kerzenlicht. Die Zeiger auf dem zersplitterten Zifferblatt waren stehengeblieben. Sie schien aus Gold zu sein und so alt wie das Haus, in dem ich mich jetzt befand. Etwas weiter entfernt stand mit dem Rücken zu mir ein riesiger Sessel vor einem Kamin, über dem ich das Ölbild einer weißgekleideten Frau erkennen konnte. Ihre großen Augen, traurig und unergründlich, beherrschten den ganzen Raum.

Unversehens zersprang der Zauber. Eine Gestalt erhob sich aus dem Sessel und wandte sich zu mir um. Weißes langes Haar und glühende Augen glänzten in der Dunkelheit. Ich sah zwei riesige weiße Hände, die sich mir entgegenstreckten. Von Panik gepackt, begann ich auf die Tür zuzulaufen, stieß dabei gegen das Grammophon und warf es um. Ich hörte, wie die Nadel über die Platte kratzte. Mit einem höllischen Klagelaut brach die himmlische Stimme. Ich stürzte in den Garten hinaus, während ich spürte, wie diese

Hände mein Hemd berührten, und durchquerte ihn mit geflügelten Füßen und in meinen sämtlichen Poren brennender Angst. Keinen Augenblick blieb ich stehen. Ich lief und lief, ohne zurückzuschauen, bis mir ein stechender Schmerz die Seite durchbohrte und ich begriff, dass ich kaum noch atmen konnte. Da war ich schon mit kaltem Schweiß bedeckt, und in dreißig Meter Entfernung brannten die Lichter des Internats.

Ich glitt durch eine stets unbewachte Pforte neben der Küche und schleppte mich in mein Zimmer hinauf. Die anderen Schüler mussten schon seit geraumer Weile im Speisesaal sitzen. Ich wischte mir den Schweiß von der Stirn, und nach und nach fand mein Herz zu seinem normalen Rhythmus zurück. Als ich eben ein wenig ruhiger geworden war, klopfte jemand an.

»Óscar, Zeit, zum Abendessen runterzukommen«, sagte einer der Tutoren, ein rationalistischer Jesuit namens Seguí, der es hasste, den Polizisten zu spielen.

»Sogleich, Pater«, antwortete ich. »Bloß eine Sekunde.«

Eilig schlüpfte ich ins vorgeschriebene Jackett und knipste das Licht in meinem Zimmer aus. Durchs Fenster sah ich das Gespenst des Mondes hoch über Barcelona. Erst da bemerkte ich, dass ich noch immer die goldene Uhr in der Hand hielt.

2

In den darauffolgenden Tagen wurden die verflixte Uhr und ich unzertrennliche Gefährten. Ich nahm sie überallhin mit, sogar beim Schlafen lag sie unter meinem Kopfkissen, da ich befürchtete, jemand könnte sie finden und sich nach ihrer Herkunft erkundigen. Ich hätte die Antwort schuldig bleiben müssen. »Ja, weil du sie nicht gefunden, sondern hast mitgehen lassen«, flüsterte mir eine anklagende Stimme zu. »Der Fachausdruck lautet *Diebstahl und Hausfriedensbruch*.« Merkwürdigerweise ähnelte diese Stimme sehr derjenigen des Synchronsprechers von Perry Mason.

Geduldig wartete ich jeden Abend, bis meine Kameraden eingeschlafen waren, um meinen Schatz zu studieren. Sobald Stille eingetreten war, betrachtete ich die Uhr aufmerksam im Licht einer Taschenlampe. Nicht alle Schuld der Welt hätte die Faszination schmälern können, die mir die Beute meines ersten Abenteuers im desorganisierten Verbrechen bescherte. Das Stück war schwer und schien aus massivem Gold gefertigt. Das zerbrochene Zifferblatt ließ einen harten Schlag oder Sturz erahnen, der das Uhrwerk zunichtegemacht und die Zeiger auf ewig zu sechs Uhr dreiundzwanzig verdammt haben musste. Auf der Rückseite war eine Inschrift eingraviert:

Für Germán, aus dem das Licht spricht.
K.A.
19-1-1964

Ich dachte, die Uhr sei bestimmt ein Vermögen wert, und wurde bald von Gewissensbissen heimgesucht. Die eingravierten Worte gaben mir das Gefühl, ein Dieb von Erinnerungen zu sein.

An einem regennassen Donnerstag beschloss ich, mein Geheimnis mit jemandem zu teilen. Mein bester Freund im Internat hatte durchdringende Augen und ein nervöses Temperament und wollte unbedingt JF genannt werden, obwohl die Abkürzung nichts mit seinem richtigen Namen zu tun hatte. JF hatte die Seele eines anarchistischen Poeten und einen so messerscharfen Geist, dass er sich damit oft in die Zunge schnitt. Er hatte eine schwächliche Konstitution, und wenn jemand im Umkreis von einem Kilometer das Wort *Mikrobe* aussprach, glaubte er schon, eine Infektion aufgelesen zu haben. Einmal suchte ich in einem Wörterbuch das Wort *Hypochonder* und machte ihm eine Kopie der Definition.

»Ich weiß nicht, ob du es wusstest, aber deine Biographie steht im Wörterbuch der Königlichen Akademie«, sagte ich.

Er sah rasch auf die Fotokopie und warf mir einen Blick wie ein Schürhaken zu.

»Schlag mal unter I wie *Idiot* nach, dann siehst du, dass ich nicht die einzige Berühmtheit bin«, antwortete er.

An diesem Tag schlichen JF und ich uns zur Stunde der mittäglichen Pause in die düstere Aula. Unsere Schritte auf dem Hauptgang weckten das Echo von hundert auf Zehenspitzen dahintänzelnden Schatten. Zwei harte Lichtkegel fielen auf die staubgeschwängerte Szenerie. Wir setzten uns in die Lichtung vor die leeren Stuhlreihen, die im Halbdunkel verschwammen. Der Regen krabbelte über die Scheiben des ersten Stocks.

»Also«, sagte JF, »was soll die Geheimniskrämerei?«

Wortlos zog ich die Uhr aus der Tasche und reichte sie ihm. Er hob die Brauen und prüfte sie einige Augenblicke eingehend. Dann gab er sie mir mit einem neugierigen Blick zurück.

»Was hältst du davon?«, fragte ich.

»Ich halte es für eine Uhr«, antwortete er. »Wer ist dieser Germán?«

»Keine Ahnung.«

Dann schilderte ich ihm in allen Einzelheiten mein Abenteuer einige Tage zuvor in dem verlotterten alten

Haus. Er hörte mit der für ihn bezeichnenden, fast wissenschaftlichen Aufmerksamkeit und Geduld zu. Als ich fertig war, schien er das Ganze abzuwägen, ehe er seine ersten Eindrücke äußerte.

»Du hast sie also geklaut«, folgerte er.

»Das ist nicht der Punkt.«

»Da müsste man schauen, was dieser Germán dazu meint.«

»Wahrscheinlich ist dieser Germán schon seit Jahren tot«, sagte ich ohne große Überzeugung.

JF rieb sich das Kinn.

»Ich frage mich, was das Strafgesetzbuch zu vorsätzlichem Diebstahl von persönlichen Gegenständen und Uhren mit Widmung sagt«, meinte mein Freund.

»Vorsätzlich, so ein Quatsch«, protestierte ich. »Alles ging ganz schnell, ohne dass ich Zeit zum Nachdenken hatte. Als ich merkte, dass ich die Uhr hatte, war es schon zu spät. An meiner Stelle hättest du genau dasselbe getan.«

»An deiner Stelle hätte ich einen Herzstillstand erlitten«, präzisierte er, eher ein Mann der Worte als der Tat. »Angenommen, ich wäre überhaupt so verrückt gewesen, einer Teufelskatze zu folgen und in diesen alten Kasten einzudringen. Wer weiß, was für Keime man sich von so einem Vieh einfangen kann.«

Einige Sekunden schwiegen wir und hörten dem fernen Echo des Regens zu.

»Nun«, schloss JF, »geschehen ist geschehen. Du

wirst ja wohl nicht noch einmal dorthin wollen, oder?«

Ich lächelte.

»Allein nicht.«

Mein Freund machte tellergroße Augen.

»O nein! Kommt nicht in Frage.«

Noch am selben Nachmittag nach Unterrichtsschluss schlichen JF und ich uns durch die Küchenpforte davon und peilten die geheimnisvolle Straße an, die zu dem kleinen Palast führte. Das Pflaster war von Pfützen und Laub übersät. Ein bedrohlicher Himmel lag wie ein Deckel über der Stadt. JF, der sich mir mit mehr als gemischten Gefühlen angeschlossen hatte, war blasser als sonst. Der Anblick dieses in der Vergangenheit gefangenen Winkels ließ seinen Magen zur Murmel schrumpfen. Die Stille war ohrenbetäubend.

»Ich glaube, am besten hauen wir wieder ab«, flüsterte er und trat ein paar Schritte zurück.

»Sei doch kein Hase.«

»Die Leute wissen Hasen gar nicht wirklich zu schätzen. Ohne sie gäbe es weder Ostereier noch …«

Auf einmal breitete sich Glöckchenklingeln im Wind aus. JF verstummte. Die gelben Katzenaugen beobachteten uns. Unversehens zischte das Tier wie eine Schlange und zeigte uns die Krallen. Seine Rückenhaare sträubten sich, und im Maul sahen wir die Zähne, die Tage zuvor einem Sperling den Garaus gemacht hatten. Ein ferner Blitz entzündete am Himmelsgewölbe einen Lichtfächer. JF und ich schauten uns an.

Eine Viertelstunde später saßen wir auf einer Bank am Teich im Internatskreuzgang. Die Uhr steckte weiterhin in meiner Jacketttasche. Schwerer denn je.

Dort blieb sie für den Rest der Woche, bis zum frühen Samstagmorgen. Kurz vor Tagesanbruch erwachte ich mit dem vagen Gefühl, von der im Grammophon gefangenen Stimme geträumt zu haben. Vor meinem Fenster ging Barcelona in scharlachroten Schatten auf, ein Wald aus Antennen und Zinnen. Ich sprang aus dem Bett und zog die vermaledeite Uhr, die mir in den letzten Tagen das Leben verhext hatte, unter dem Kopfkissen hervor. Wir sahen einander an. Schließlich wappnete ich mich mit der Entschlossenheit, zu der man sich nur durchringen kann, wenn es wahnwitzige Aufgaben zu lösen gilt, und nahm mir vor, dieser Situation ein Ende zu setzen. Ich würde die Uhr zurückbringen.

Leise zog ich mich an und schlich auf Zehenspitzen durch den dunklen Gang des vierten Stocks. Bis zehn oder elf Uhr würde niemand mein Fehlen bemerken. Und da hoffte ich, wieder zurück zu sein.

Draußen lagen die Straßen unter dem trüben Purpurmantel, der in Barcelona das Morgengrauen einhüllt. Ich ging bis zur Calle Margenat hinunter. Um mich herum erwachte Sarriá. Niedrige Wolken durchzogen das Viertel und fingen die ersten Lichter in einem goldenen Nimbus ein. In den Lücken des Dunstes zeichneten sich die Hausfassaden und das umherflatternde Laub ab.

Ich fand die Straße sogleich wieder. Einen Augenblick blieb ich stehen, um die Stille, den seltsamen Frieden in mich aufzunehmen, der an diesem verlorenen Ort der Stadt herrschte. Allmählich spürte ich, dass die Welt zusammen mit der Uhr in meiner Tasche stehengeblieben war, als ich hinter mir ein Geräusch vernahm.

Ich drehte mich um und hatte eine Vision wie in einem Traum.

3

Langsam löste sich ein Fahrrad aus dem Dunst. Ein junges Mädchen in einem weißen Kleid fuhr mir bergauf entgegen. Im durchscheinenden Licht des frühen Morgens waren durch die Baumwolle hindurch die Umrisse ihres Körpers zu erraten. Lange heublonde Haare verdeckten in Wellen ihr Gesicht. Reglos, wie ein halbgelähmter Idiot schaute ich zu, wie sie sich mir näherte. Zwei Meter vor mir blieb das Rad stehen. Meine Augen – oder meine Phantasie – erahnten die Konturen schlanker Beine, die sich auf den Boden stemmten. Mein Blick kletterte das Kleid hoch, das einem Bild von Sorolla zu entstammen schien, um dann bei den Augen innezuhalten, so tief grau, dass man hätte hineinfallen können. Sie ruhten mit sarkastischem Blick auf mir.

Ich lächelte und setzte das dümmlichste Gesicht auf, das ich zustande brachte.

»Du musst der mit der Uhr sein«, sagte das junge Mädchen in einem Ton, der zu ihrem starken Blick passte.

Ich schätzte sie auf mein Alter, vielleicht ein Jahr älter. Das Alter einer Frau zu erraten war für mich eine Kunst oder eine Wissenschaft, nie ein bloßer Zeitvertreib. Ihre Haut war so blass wie das Kleid.

»Wohnst du hier?«, stotterte ich und deutete auf das Gittertor.

Sie blinzelte nur. Ihre Augen durchbohrten mich mit solcher Wut, dass ich zwei Stunden brauchen würde, um zu merken, dass dies das bezauberndste Geschöpf war, das ich je im Leben gesehen hatte oder zu sehen hoffte. Aber das ist ein anderes Thema.

»Und wer bist du, dass du das fragst?«

»Vermutlich bin ich der mit der Uhr«, improvisierte ich. »Ich heiße Óscar. Óscar Drai. Ich bin gekommen, um sie zurückzubringen.«

Bevor sie etwas sagen konnte, zog ich die Uhr aus der Tasche und reichte sie ihr. Einige Sekunden schaute mich das junge Mädchen weiter an, ehe sie sie ergriff. Dabei sah ich, dass ihre Hand so weiß wie Schnee war und dass sie am entsprechenden Finger einen goldenen Ring trug.

»Sie war schon kaputt, als ich sie an mich nahm«, erklärte ich.

»Sie ist seit fünfzehn Jahren kaputt«, murmelte sie, ohne mich anzusehen.

Als sie schließlich aufschaute, musterte sie mich von oben bis unten wie ein altes Möbelstück. Etwas in ihren Augen sagte mir, dass sie mich nicht unbedingt für einen Dieb hielt, sondern vielmehr für einen Schwachsinnigen oder ganz gewöhnlichen Dummkopf. Das Idiotengesicht, das ich aufgesetzt hatte, mochte das Seinige dazu beitragen. Das Mädchen zog eine Braue in die Höhe, während sie rätselhaft lächelte und mir die Uhr zurückgab.

»Du hast sie mitgenommen, also sollst auch du sie ihrem Eigentümer zurückgeben.«

»Aber ...«

»Die Uhr gehört nicht mir«, erklärte sie. »Sie gehört Germán.«

Die Nennung dieses Namens beschwor die riesige Silhouette mit der weißen Mähne herauf, die mich einige Tage zuvor in der Galerie des alten Hauses überrascht hatte.

»Germán?«

»Mein Vater.«

»Und du bist ...?«, fragte ich.

»Seine Tochter.«

»Ich meine, wie du heißt.«

»Ich weiß ganz genau, was du meinst.«

Und sie stieg wieder aufs Rad und fuhr durchs Tor. Bevor sie sich im Garten verlor, wandte sie sich kurz um. Ihre Augen lachten mich lauthals aus. Ich seufzte und folgte ihr. Eine alte Bekannte hieß mich willkommen. Die Katze schaute mich mit ihrer üblichen Verachtung an. Gern wäre ich ein Dobermann gewesen.

Eskortiert von dem Tier, ging ich durch den Garten, bahnte mir einen Weg durch den Dschungel bis zu dem Brunnen mit den Cherubim. Dort war das Rad angelehnt, und seine Eigentümerin hievte eine Tüte aus dem Korb am Lenker. Es duftete nach frischem Brot. Sie zog eine Flasche Milch aus der Tüte und kniete nieder, um eine große Tasse auf dem Boden zu füllen. Das Tier schoss auf sein Frühstück zu. Das schien ein tägliches Ritual zu sein.

»Ich dachte, deine Katze frisst nur wehrlose Vögel«, sagte ich.

»Er jagt sie bloß. Er frisst sie nicht. Das ist eine Frage des Territoriums«, erklärte sie, als hätte sie ein Kind vor sich. »Was er wirklich mag, ist Milch. Nicht wahr, Kafka, Milch schmeckt dir?«

Zum Zeichen der Zustimmung leckte ihr das kafka-eske Katzentier die Hand. Sie lächelte warm, während sie ihm den Rücken streichelte. Dabei zeichneten sich in den Falten des Kleides ihre Muskeln ab. Nun schaute sie auf und ertappte mich dabei, wie ich sie anstarrte und mir mit der Zunge über die Lippen fuhr.

»Und du? Hast du gefrühstückt?«, fragte sie.

Ich schüttelte den Kopf.

»Dann hast du bestimmt Hunger. Dummköpfe haben immer Hunger«, sagte sie. »Komm rein und iss was. Es wird gut sein, etwas im Magen zu haben, wenn du Germán erklären willst, warum du ihm die Uhr gestohlen hast.«

Die Küche war ein großer Raum im hinteren Teil des Hauses. Mein unerwartetes Frühstück bestand aus Hörnchen, die das junge Mädchen aus der Konditorei Foix auf der Plaza de Sarriá mitgebracht hatte. Sie stellte eine riesige Tasse Milchkaffee vor mich hin und setzte sich mir gegenüber, während ich gierig diesen Festschmaus verzehrte. Sie betrachtete mich, als hätte sie einen hungrigen Bettler aufgenommen, mit einer Mischung aus Neugier, Mitleid und Argwohn. Sie selbst rührte keine Krume an.

»Ich hab dich schon mal in dieser Gegend gesehen«, bemerkte sie, ohne mich aus den Augen zu lassen. »Dich und diesen kleinen Jungen mit dem verschreckten Gesicht. Oft geht ihr durch die hintere Straße, wenn man euch im Internat freilässt. Manchmal bist du allein und trällerst geistesabwesend vor dich hin. Ich könnte wetten, ihr habt einen Mordsspaß in diesem Kerker …«

Eben wollte ich etwas Geistreiches antworten, als sich ein mächtiger Schatten wie eine Tintenwolke auf dem Tisch ausbreitete. Meine Gastgeberin schaute auf und lächelte. Ich blieb reglos sitzen, den Mund voller Hörnchen, der Puls zwei Kastagnetten.

»Wir haben Besuch«, verkündete sie amüsiert. »Papa, das ist Óscar Drai, Amateuruhrendieb. Óscar, das ist Germán, mein Vater.«

Ich schluckte alles auf einmal hinunter und wandte mich langsam um. Vor mir erhob sich eine Gestalt, die mir riesig erschien. Der Mann trug einen Anzug aus Alpakawolle mit Weste und Fliege. Eine säuberlich zurückgekämmte Mähne fiel ihm über die Schultern. Ein weißer Schnurrbart zierte sein Gesicht, das um zwei dunkle, traurige Augen herum von scharfen Linien durchfurcht war. Was ihn aber wirklich ausmachte, waren seine Hände. Weiße Engelshände mit schmalen, endlosen Fingern. Germán.

»Ich bin kein Dieb …«, presste ich nervös heraus. »Es gibt für alles eine Erklärung. Wenn ich es gewagt habe, in Ihr Haus einzudringen, dann, weil ich glaubte, es sei unbewohnt. Ich weiß auch nicht, was dann mit mir geschah, als ich drin war, ich hörte diese Musik, nun, äh, jedenfalls kam ich herein und sah die Uhr. Ich wollte sie eigentlich gar nicht mitnehmen, ich schwör's Ihnen, aber ich bin erschrocken, und als ich sah, dass ich die Uhr hatte, war ich schon weit weg. Also, ich weiß nicht, ob ich mich klar ausdrücke …«

Das junge Mädchen lächelte verschmitzt. Dunkel und undurchdringlich bohrten sich Germáns Augen in meine. Ich nestelte in der Tasche und reichte ihm die Uhr in der Erwartung, der Mann werde jeden Augenblick zu schreien anfangen und mir mit der Polizei, den Zivilgardisten und dem Vormundschaftsgericht drohen.

»Ich glaube Ihnen«, sagte er liebenswürdig, nahm die Uhr und setzte sich zu uns an den Tisch.

Seine Stimme war sanft, beinahe unhörbar. Seine

Tochter stellte auch vor ihn einen Teller mit zwei Hörnchen und eine Tasse Milchkaffee hin. Dabei küsste sie ihn auf die Stirn, und Germán umarmte sie. Ich beobachtete sie im hellen Licht, das durch die Fenster hereindrang. Germáns Gesicht, das ich mir als das eines brutalen Menschen vorgestellt hatte, wurde zärtlich, fast verletzlich. Er war außerordentlich schlank und lächelte mir freundlich zu, während er die Tasse zum Mund führte, und einen Augenblick lang konnte ich spüren, dass zwischen Vater und Tochter ein Strom von Zuneigung floss, die über Worte und Gesten hinausging. Ein Band des Schweigens und der Blicke einte sie in den Schatten dieses Hauses, am Ende einer vergessenen Straße, wo sie, weitab von der Welt, einer für den anderen sorgten.

Germán beendete sein Frühstück und bedankte sich herzlich bei mir, dass ich mir die Mühe gemacht habe, ihm seine Uhr zurückzubringen. So viel Liebenswürdigkeit verdoppelte mein Schuldgefühl.

»Nun, Óscar«, sagte er mit müder Stimme, »es war mir ein Vergnügen, Sie kennenzulernen. Ich hoffe, Sie haben irgendwann Lust, uns erneut zu besuchen.«

Ich verstand nicht, warum er mich beharrlich siezte. Etwas an ihm erzählte von anderen Zeiten, als diese Mähne noch geglänzt hatte und dieser jetzt alte Kasten ein Palast auf halbem Weg zwischen Sarriá und dem Himmel gewesen war. Er gab mir die Hand, verabschiedete sich und verschwand in diesem unergründlichen Labyrinth. Ich sah ihn mit leichtem Hinken durch den Flur davongehen. Seine Tochter blickte ihm nach, einen Anflug von Trauer verbergend.

»Germán ist nicht allzu gesund«, flüsterte sie. »Er wird schnell müde.«

Aber sofort verbannte sie die Melancholie aus ihrem Blick.

»Möchtest du noch irgendwas?«

»Es ist spät geworden«, sagte ich und kämpfte gegen die Versuchung an, unter irgendeinem Vorwand noch länger in ihrer Gesellschaft zu verweilen. »Ich glaube, ich geh jetzt am besten.«

Sie begleitete mich in den Garten hinaus. Das Morgenlicht hatte den Dunst vertrieben. Der beginnende Herbst färbte die Bäume kupfern. Wir gingen aufs Gittertor zu; Kafka schnurrte in der Sonne. Beim Tor angelangt, blieb das junge Mädchen auf dem Grundstück und ließ mich hinaus. Wir sahen uns schweigend an. Sie reichte mir die Hand, und ich ergriff sie. Unter der Samthaut konnte ich ihren Puls fühlen.

»Danke für alles«, sagte ich. »Und Verzeihung wegen …«

»Unwichtig.«

Ich zuckte die Schultern.

»Nun …«

Ich begann die Straße hinunterzugehen und spürte,

wie die Magie dieses Hauses mit jedem Schritt mehr von mir abfiel. Auf einmal hörte ich ihre Stimme hinter mir:

»Óscar!«

Ich wandte mich um. Sie stand immer noch dort, hinter dem Gittertor. Zu ihren Füßen lag Kafka.

»Warum bist du neulich abends in unser Haus eingedrungen?«

Ich sah mich um, als erwartete ich, die Antwort aufs Pflaster geschrieben zu finden.

»Ich weiß es nicht«, gestand ich schließlich. »Das Geheimnis vermutlich ...«

Sie lächelte rätselhaft.

»Du magst Geheimnisse?«

Ich nickte. Ich glaube, wenn sie mich gefragt hätte, ob ich Arsen mochte, hätte ich ebenfalls genickt.

»Hast du morgen was vor?«

Ich schüttelte den Kopf, weiterhin stumm. Gäbe es irgendetwas zu tun, so würde ich mir eine Ausrede einfallen lassen. Als Dieb war ich keinen Heller wert, aber im Lügen, muss ich gestehen, war ich schon immer ein Künstler gewesen.

»Dann erwarte ich dich hier, um neun«, sagte sie und verlor sich in den Schatten des Gartens.

»Warte!«

Mein Ruf hielt sie zurück.

»Du hast mir nicht gesagt, wie du heißt ...«

»Marina ... Bis morgen.«

Ich winkte ihr zu, aber sie war bereits verschwunden. Vergeblich wartete ich, dass sie sich nochmals zeigte. Die Sonne berührte die Himmelskuppel, und ich rechnete mir aus, dass es etwa zwölf Uhr mittags sein musste. Als ich sah, dass Marina nicht noch einmal kommen würde, ging ich ins Internat zurück. Die alten Haustüren im Viertel schienen mir vertraulich zuzulächeln. Ich konnte das Echo meiner Schritte hören, doch ich hätte schwören können, eine Handbreit über dem Boden zu wandeln.

4

Ich glaube, in meinem ganzen Leben war ich nie so pünktlich gewesen. Die Stadt steckte noch im Pyjama, als ich über die Plaza de Sarriá ging. Während es zur Neun-Uhr-Messe läutete, flog bei meinem Vorübergehen ein Schwarm Tauben auf. Eine Sonne wie auf einem Kalenderbild entzündete die Spuren nächtlichen Nieselregens. Kafka war mich am Anfang der Straße, die zum Haus führte, abholen gekommen. Eine Gruppe Spatzen hielt sich auf einer Mauer in weisem Abstand. Der Kater beobachtete sie mit geübter professioneller Gleichgültigkeit.

»Morgen, Kafka. Haben wir heute schon einen Mord begangen?«

Er antwortete mit einem Schnurren und führte mich wie ein phlegmatischer Butler durch den Garten zum Brunnen. Auf dessen Rand erkannte ich Marinas Gestalt in einem elfenbeinfarbenen, schulterfreien Kleid. Mit einer Füllfeder schrieb sie in ein ledergebundenes Buch. Ihr Gesicht verriet große Konzentration, und sie nahm mich überhaupt nicht wahr. Ihr Geist schien in einer anderen Welt zu weilen, so dass ich sie einige Augenblicke verzückt betrachten

konnte. Ich hatte keinen Zweifel, dass diese Schlüssel-
beine von Leonardo da Vinci entworfen worden waren, eine andere Erklärung war nicht möglich. Eifer-
süchtig brach Kafka mit einem Miauen die Magie. Der
Füller hielt brüsk inne, Marina schaute auf und mir in
die Augen und klappte das Buch zu.

»Bereit?«

Sie führte mich mit unbekanntem Ziel und geheimnis-
vollem Lächeln durch die Straßen von Sarriá.

»Wohin gehen wir?«, fragte ich nach einigen Minuten.

»Nur Geduld. Du wirst es schon sehen.«

Ich folgte ihr gehorsam, obwohl ich argwöhnte,
einem im Moment noch unverständlichen Scherz auf-
zusitzen. Wir gingen zum Paseo de la Bonanova hinunter und von dort Richtung San Gervasio. Vor dem
schwarzen Loch von Víctors Kneipe wärmte eine
Gruppe junger Schnösel mit einem Bier in der Hand
und hinter Sonnenbrillen verschanzt lässig die Sättel
ihrer Vespas. Als wir vorübergingen, sahen sich einige
von ihnen gemüßigt, ihre Ray Bans auf halbmast zu
setzen, um Marina mit Röntgenblick zu erfassen. Blei
sollt ihr fressen, dachte ich.

Dann bog Marina rechts in die Calle Dr. Roux ein.
Wir gingen zwei Häuserblocks hinunter bis zu einem
schmalen unasphaltierten Pfad, der bei der Num-

mer 112 begann. Noch immer stand das rätselhafte Lächeln auf ihren Lippen.

»Ist es hier?«, fragte ich gespannt.

Der Pfad schien zu Ende zu sein. Marina ging aber einfach weiter zu einem Weg, der zu einem zypressengesäumten Säulengang hinaufführte. Auf der anderen Seite lag unter bläulichen Schatten ein verhexter Garten voller Grabsteine, Kreuze und moosiger Mausoleen.

Der alte Friedhof von Sarriá ist einer der verstecktesten Winkel Barcelonas. Sucht man ihn auf einem Stadtplan, dann findet man ihn nicht. Fragt man Anwohner oder Taxifahrer, wie man hingelangt, dann wissen sie es ziemlich sicher nicht, obwohl alle schon von ihm gehört haben. Und wenn jemand es vielleicht wagt, ihn auf eigene Faust zu suchen, verirrt er sich höchstwahrscheinlich. Die wenigen, die das Geheimnis seiner Lage kennen, vermuten, dass dieser alte Friedhof eigentlich nichts weiter ist als eine Insel aus der Vergangenheit, die nach Lust und Laune auftaucht und wieder verschwindet.

Hierher führte mich Marina an diesem Septembersonntag, um mir ein Geheimnis zu offenbaren, das mich beinahe mit derselben Spannung erfüllte, wie ihre ganze Person es tat. Gemäß ihren Anweisungen setzten wir uns in eine etwas erhöhte verborgene Ecke im nördlichen Teil des Geländes. Ruhig saßen wir da und betrachteten Gräber und verwelkte Blumen. Marina sagte keinen Ton, und nach einigen Minuten wurde ich langsam ungeduldig. Das einzige Geheimnis, das sich mir stellte, war, was zum Teufel wir hier zu suchen hatten.

»Ziemlich tote Hose hier«, meinte ich ironisch.

»Geduld ist die Mutter der Wissenschaft«, entgegnete sie.

»Und die Patin des Wahnsinns. Hier gibt es weniger als nichts.«

Sie warf mir einen Blick zu, den ich nicht deuten konnte.

»Da täuschst du dich. Hier liegen die Erinnerungen Hunderter von Menschen, ihre Leben, Gefühle, Illusionen, ihre Abwesenheit, die Träume, die sie nie verwirklichen konnten, die Enttäuschungen, Irrtümer und unerwiderten Lieben, die ihnen das Leben vergiftet haben. All das ist hier – auf immer festgehalten.«

Ich schaute sie neugierig und ein wenig befangen an, ich wusste nicht genau, wovon sie eigentlich sprach. Für sie war es jedenfalls wichtig.

»Man kann vom Leben nichts verstehen, solange man den Tod nicht versteht«, sagte sie.

Wieder begriff ich nicht recht, was sie meinte.

»Eigentlich denke ich nicht viel darüber nach«, sagte ich. »Über den Tod, meine ich. Wenigstens nicht ernsthaft …«

Sie schüttelte den Kopf wie ein Arzt, der die Symptome einer verhängnisvollen Krankheit erkennt.

»Du bist also einer dieser ahnungslosen Einfaltspinsel …«, sagte sie nachdenklich.

»Ahnungslos?«

Jetzt allerdings war ich aufgeschmissen. Hundertprozentig.

Marina ließ ihren Blick schweifen, und ihr ernstes Gesicht machte sie älter. Ich war hypnotisiert von ihr.

»Vermutlich hast du die Legende nicht gehört«, begann sie.

»Legende?«

»Das hab ich mir gedacht. Na ja, egal. Es heißt, dass der Tod Boten hat, die durch die Straßen ziehen und die Ignoranten und Hohlköpfe suchen, die nicht an ihn denken.«

Sie schaute mich durchdringend an.

»Wenn einer dieser Unglücklichen auf einen Todesboten stößt, führt ihn dieser in eine Falle, ohne dass er es merkt. Eine Falltür zur Hölle. Diese Boten haben ihr Gesicht bedeckt, damit man nicht sieht, dass sie keine Augen haben, sondern zwei schwarze Löcher, in denen Würmer hausen. Wenn es keinen Ausweg mehr gibt, enthüllt der Bote sein Gesicht, und dem Opfer wird der Horror bewusst, der ihn erwartet …«

Ihre Worte schwebten mit Echo dahin, während sich mein Magen zusammenzog.

Erst jetzt zeigte Marina ihr verschmitztes Lächeln. Ein Katzenlächeln.

»Du nimmst mich auf den Arm.«

»Natürlich.«

Es verstrichen fünf oder zehn Minuten, vielleicht auch mehr, ohne dass ein Wort fiel. Eine Ewigkeit. Eine leichte Brise strich durch die Zypressen. Zwischen den Gräbern flatterten zwei weiße Tauben umher. Eine Ameise kletterte mein Hosenbein hoch. Viel mehr ereignete sich nicht. Bald merkte ich, dass mir ein Bein einschlief, und ich befürchtete, mein Hirn werde denselben Weg einschlagen. Ich wollte gerade protestieren, als Marina die Hand hob und mir Schweigen gebot, noch bevor ich die Lippen öffnete. Sie deutete auf den Säulengang des Friedhofs.

Eben war jemand hereingekommen. Es schien eine in einen schwarzen Samtumhang gehüllte Frau zu sein. Eine Kapuze bedeckte ihr Gesicht. Die über der Brust gekreuzten Hände steckten in ebenfalls schwarzen Handschuhen. Der Umhang reichte bis auf den Boden, so dass ihre Füße nicht zu sehen waren. Von unserem Standort aus erweckte die gesichtslose Gestalt den Eindruck, dahinzugleiten, ohne den Boden zu berühren. Mir lief es kalt den Rücken hinunter.

»Wer …?«, flüsterte ich.

»Pscht.«

Hinter Säulen verborgen, beobachteten wir die Dame in Schwarz. Wie ein Gespenst bewegte sie sich zwischen den Gräbern. In den behandschuhten Händen trug sie eine rote Rose, die aussah wie eine frische Stichwunde. Die Frau kam auf ein Grab direkt unter unserem Beobachtungsposten zu und blieb schließlich mit dem Rücken zu uns stehen. Da sah ich, dass dieser Grabstein im Gegensatz zu den anderen keinen Namen trug. Auf dem Marmor war nur ein Symbol zu erkennen, das wie ein Insekt aussah, ein schwarzer Schmetterling mit ausgebreiteten Flügeln.

Die Dame in Schwarz blieb fast fünf Minuten reglos am Grab stehen. Schließlich beugte sie sich hinunter, legte die Rose auf den Stein und ging langsam davon, so, wie sie gekommen war. Wie ein Gespenst.

Marina warf mir einen nervösen Blick zu und rückte näher, um mir etwas zuzuflüstern. Ich spürte ihre Lippen am Ohr, und in meinem Nacken begann ein Tausendfüßler mit Feuerbeinchen Samba zu tanzen.

»Vor drei Monaten hab ich sie zufällig entdeckt, als ich Germán begleitete, der Blumen für seine Tante Reme brachte … Sie kommt jeweils am letzten Sonntagvormittag des Monats um zehn Uhr und legt immer die gleiche Rose aufs Grab. Sie trägt immer denselben Umhang, diese Handschuhe und die Kapuze. Und sie kommt immer allein. Nie sieht man ihr Gesicht. Nie spricht sie mit jemandem.«

»Wer liegt denn da begraben?«

Das seltsame eingravierte Symbol hatte meine Neugier geweckt.

»Ich weiß es nicht. Im Friedhofsregister steht kein Name …«

»Und wer ist diese Frau?«

Marina wollte eben eine Antwort geben, aber als sie die Silhouette der Dame durch den Säulengang verschwinden sah, nahm sie mich bei der Hand und stand eilig auf.

»Schnell, sonst verlieren wir sie.«

»Sollen wir ihr denn nachgehen?«

»Du wolltest doch Action, oder?«, sagte sie, halb mitleidig, halb aufgebracht, wie zu einem Trottel.

Als wir uns wieder in der Calle Dr. Roux befanden, ging die Frau in Richtung Bonanova davon. Es begann erneut zu regnen, aber die Sonne wollte nicht verschwinden. Wir folgten der Dame durch einen goldenen Tränenvorhang. Nach dem Überqueren des Paseo de la Bonanova begannen wir den Hang zu den Hügeln hinanzugehen, wo Palästchen und Villen aus besseren Zeiten standen. Die Dame betrat das Geflecht menschenleerer, von einer Laubdecke übersäter Straßen, die glänzten, als bestünden sie aus den abgestreiften Schuppen einer großen Schlange. Dann blieb sie, eine lebende Statue, auf einer Kreuzung stehen.

»Sie hat uns gesehen …«, flüsterte ich und verbarg mich mit Marina hinter einem dicken Baumstamm voller Einkerbungen.

Einen Moment befürchtete ich, sie könnte sich umdrehen und uns wirklich entdecken. Doch nein. Wenig später bog sie links ein und verschwand. Wir schauten uns an und nahmen die Verfolgung wieder auf. Die Spur führte uns in eine schmale Sackgasse, an deren Ende oberirdisch die Gleise der Sarriá-Bahn nach Vallvidrera und Sant Cugat verliefen. Wir blieben stehen. Keine Spur von der Dame in Schwarz, obwohl wir sie genau da hatten einbiegen sehen. Über den Bäumen und den Hausdächern konnte man in der Ferne die Türme des Internats erkennen.

»Sie wird ihr Haus betreten haben«, vermutete ich. »Sie muss hier irgendwo wohnen …«

»Nein. Diese Häuser sind unbewohnt. Hier lebt niemand.«

Marina deutete auf die hinter Gittertoren und Mauern verborgenen Fassaden. Zwei alte leerstehende Lagerräume und ein vor Jahrzehnten von den Flammen verzehrtes Haus – das war alles, was noch stand. Die Dame war uns vor der Nase entwischt.

Wir gingen in die Gasse hinein. Zu unseren Füßen spiegelte sich in einer Lache ein Stückchen Himmel; die Regentropfen verzerrten unser Bild. Am Ende der Gasse bewegte sich ein hölzernes Tor im Wind. Marina sah mich schweigend an. Vorsichtig traten wir näher, und ich riskierte einen Blick. Das Tor, eingefügt in eine rote Backsteinmauer, führte auf einen Innenhof. Was einmal ein Garten gewesen war, wurde jetzt vollständig von Unkraut überwuchert. Hinter dem Dickicht konnte man die Fassade eines seltsamen, efeuüberwachsenen Baus erahnen. Erst nach einem Moment begriff ich, dass es sich um ein von einem Stahlskelett getragenes gläsernes Gewächshaus handelte. Die Pflanzen zischten wie ein lauernder Insektenschwarm.

»Du zuerst«, forderte mich Marina auf.

Ich nahm allen Mut zusammen und drang ins Unkraut ein. Marina ergriff meine Hand und folgte mir. Ich spürte, wie meine Schritte in einer Schuttdecke versanken. Das Bild eines Knäuels dunkler Schlangen mit scharlachroten Augen ging mir durch den Kopf. Wir wichen dem Dschungel feindlicher Äste aus, die uns die Haut zerkratzten, und gelangten auf eine Lichtung vor dem Gewächshaus. Dort ließ Marina meine Hand los und betrachtete die unheimliche Konstruktion, über die der Efeu ein alles bedeckendes Spinnennetz wob. Das Gewächshaus sah aus wie ein in den Tiefen eines Sumpfes begrabener Palast.

»Ich fürchte, sie hat uns abgehängt«, sagte ich. »Hier hat jahrelang niemand einen Fuß hingesetzt.«

Widerwillig gab mir Marina recht. Mit enttäuschtem Gesicht warf sie einen letzten Blick auf das Gewächshaus. Stille Niederlagen schmecken besser, dachte ich.

»Komm, lass uns gehen«, sagte ich und streckte ihr die Hand hin in der Hoffnung, sie würde sie für den Gang durchs Dickicht wieder ergreifen.

Sie ignorierte sie und entfernte sich mit gerunzelter Stirn hinter das Gewächshaus. Seufzend und lustlos folgte ich ihr. Dieses junge Mädchen war starrköpfiger als ein Maultier.

»Marina«, begann ich, »da ist kein …«

Ich fand sie hinter dem Gewächshaus vor etwas, was wie der Eingang aussah. Sie blickte mich an und wischte den Schmutz von einer Inschrift auf der Glasscheibe. Ich erkannte den gleichen schwarzen Schmetterling wie auf dem anonymen Friedhofsgrab. Marina legte die Hand darauf. Langsam gab die Tür nach. Ich konnte den süßlich stinkigen Brodem riechen, der aus dem Inneren drang. Es war der Gestank vergifteter Sümpfe und Schächte. Mein letztes bisschen gesunden Menschenverstand ignorierend, setzte ich meinen Fuß in die Dunkelheit.

5

Ein gespenstischer Geruch nach Parfüm und morschem Holz hing in den Schatten. Der Boden bestand aus frischer, feuchter Erde. Dunstschwaden tanzten in Spiralen zur Glaskuppel empor. Die Kondensation schwitzte unsichtbare Tropfen in die Dunkelheit. Jenseits meines Gesichtsfeldes pulsierte ein seltsames Geräusch, ein metallisches Wispern wie von einer sich bewegenden Jalousie.

Es war feuchtwarm, die Kleider klebten mir am Leib, und die Stirn bedeckte sich mit einem Schweißfilm. Ich wandte mich zu Marina um und sah im schwachen Licht, dass es ihr nicht anders ging. Das übernatürliche Wispern bewegte sich im Schatten; es schien von überall herzukommen.

»Was ist das?«, flüsterte Marina mit angstgetönter Stimme.

Ich zuckte die Schultern. Wir drangen weiter ins Gewächshaus ein. An einer Stelle, wo das Licht in einem Nadelbündel von der Decke fiel, blieben wir stehen. Marina wollte eben etwas sagen, als erneut das unheilvolle Wispern zu vernehmen war. Ganz nahe.

Näher als zwei Meter. Direkt über unseren Köpfen. Stumm wechselten wir einen Blick und schauten dann langsam in die Schatten an der Decke hinauf. Ich spürte Marinas Hand kräftig um die meine. Sie zitterte. Wir zitterten.

Wir waren umzingelt. In der Leere hingen mehrere Silhouetten. Ich konnte ein Dutzend erkennen, vielleicht auch mehr. Beine, Arme, Hände und Augen, die im Dunkeln leuchteten. Wie Höllenmarionetten schwebten eine Menge lebloser Körper über uns. Wenn sie einander berührten, erzeugten sie dieses metallische Murmeln. Wir taten einen Schritt zurück, und ehe wir recht merkten, was passierte, blieb Marina mit dem Knöchel an einem Hebel hängen. Dieser gab nach. In einer Zehntelsekunde sauste die Armee eingefrorener Figuren herab. Ich stürzte mich auf Marina, um sie zu schützen, und wir fielen beide auf die Nase. Ich hörte das Echo einer heftigen Erschütterung und das Brausen der alten Glasstruktur, die erzitterte. Ich fürchtete, die Glasplatten könnten in einen Regen durchsichtiger Messer zerspringen, die uns auf dem Boden festspießten. In diesem Augenblick spürte ich eine kalte Berührung im Nacken. Finger.

Ich öffnete die Augen. Ein Gesicht lächelte mir zu. Glänzende gelbe Augen leuchteten leblos. Glasaugen in einem Gesicht aus lackiertem Holz. Und jetzt hörte ich neben mir einen erstickten Schrei von Marina.

»Es sind Puppen«, sagte ich, fast ohne Atem.

Wir standen auf, um zu sehen, was das wirklich für Geschöpfe waren. Marionetten. Figuren aus Holz, Metall und Keramik, die an tausend Seilen an einer Bühnenmaschinerie hingen. Der Hebel, den Marina ungewollt betätigt hatte, hatte den Rollenmechanismus in Gang gesetzt, an dem sie hingen. Drei Handbreit über dem Boden waren sie zum Stillstand gekommen. Jetzt baumelten sie in einem makabren Erhängtenballett.

»Was zum Teufel …?«, rief Marina.

Ich studierte die Gruppe Puppen. Da gab es eine Figur, die als Zauberer verkleidet war, einen Polizisten, eine Balletttänzerin, eine vornehme Dame in Granatrot, einen Jahrmarktsherkules … Alle waren im Maßstab 1:1 konstruiert und wie für einen Ball verkleidet, doch die Zeit hatte die festlichen Gewänder zu Lumpen gemacht. Etwas an ihnen war allen gemeinsam, eine seltsame Eigenschaft, die ihren identischen Ursprung verriet.

»Sie sind unvollendet«, sagte ich.

Marina sah sofort, was ich meinte. Jedem dieser Wesen fehlte etwas. Der Polizist hatte keine Arme. Die Balletttänzerin hatte keine Augen, nur zwei leere Höhlen. Der Magier hatte keinen Mund und keine Hände … Wir betrachteten die Figuren, die sich im gespenstischen Licht wiegten. Marina trat zu der Tänzerin, schaute sie genau an und deutete auf ein kleines

Mal auf der Stirn, direkt unter dem Haaransatz. Wieder der schwarze Schmetterling. Sie streckte die Hand aus und berührte die Haare der Puppe. Jäh zuckte sie zurück und verzog angeekelt das Gesicht.

»Es ist … richtiges Haar«, sagte sie.

»Unmöglich.«

Wir untersuchten jede einzelne Marionette und fanden bei allen das gleiche Mal. Wieder betätigte ich den Hebel, und das Rollensystem zog die Körper in die Höhe. Als ich sie so auffahren sah, leblos, kamen sie mir vor wie mechanische Seelen, die sich zu ihrem Schöpfer gesellten.

»Da gibt es offenbar was«, sagte Marina hinter mir.

Ich wandte mich um und sah sie in eine Ecke des Gewächshauses deuten, wo ein alter, von einer dünnen Staubschicht überzogener Schreibtisch zu erkennen war. Eine Spinne krabbelte davon und hinterließ eine Spur winziger Abdrücke. Ich kniete nieder und blies den Staub weg, so dass er in einer grauen Wolke aufstieg. Auf dem Schreibtisch lag ein ledergebundenes, in der Mitte aufgeschlagenes Buch. Unter einem eingeklebten alten Sepiafoto war in Schönschrift zu lesen: »Arles, 1903.« Das Bild zeigte ein am Oberkörper zusammengewachsenes siamesisches Zwillingspaar. In festlichen Kleidern steckend, zeigten die beiden Schwesterchen der Kamera das traurigste Lächeln der Welt.

Marina blätterte weiter. Es war ein ganz normales

altes Fotoalbum. Doch die darin enthaltenen Bilder waren alles andere als normal. Dasjenige der Zwillinge war nur ein Vorbote gewesen. Marina blätterte Seite um Seite weiter und betrachtete die Fotografien mit einer Mischung aus Faszination und Widerwillen. Ich warf einen Blick darauf und verspürte ein seltsames Kribbeln in der Wirbelsäule.

»Abnormitäten der Natur«, murmelte sie. »Geschöpfe mit Missbildungen, die früher in die Zirkusse abgeschoben wurden.«

Die verwirrende Macht dieser Bilder traf mich wie ein Peitschenhieb. Die dunkle Seite der Natur zeigte ihr ungeheuerliches Gesicht. Unschuldige Seelen, gefangen in entsetzlich verunstalteten Körpern. Minutenlang blätterten wir uns schweigend durch das Album. Eines ums andere zeigten uns die Fotos, ich sage es ungern, albtraumhafte Geschöpfe. Die körperlichen Gräuel vermochten indessen die Blicke der Trostlosigkeit, des Entsetzens und der Einsamkeit nicht zu verschleiern, die in diesen Gesichtern glühten.

»Mein Gott …«, flüsterte Marina.

Die Fotos waren datiert, nannten Jahr und Herkunft: Buenos Aires 1893, Bombay 1911, Turin 1930, Prag 1933 … Ich konnte mir nur schwer ausmalen, wer zu welchem Zweck eine solche Sammlung angelegt haben mochte. Einen Katalog der Hölle. Schließlich wandte Marina den Blick ab und tat ein paar

Schritte in die Schatten. Ich wollte ihr folgen, war aber außerstande, mich von dem Schmerz und Schrecken zu lösen, die von diesen Bildern ausgingen. Ich könnte tausend Jahre leben und würde mich bis an mein Ende an den Blick jedes Einzelnen dieser Unglücklichen erinnern. Dann klappte ich das Buch zu und sah mich nach Marina um. Ich hörte sie im Dunkeln seufzen und fühlte mich unbedeutend, wusste nicht, was ich tun oder sagen sollte. Diese Bilder hatten auch sie zutiefst aufgewühlt.

»Geht's dir gut?«, fragte ich.

Sie nickte wortlos, die Augen fast ganz geschlossen. Da, plötzlich ein Geräusch. Ich starrte in die Schattendecke um uns herum. Wieder hörte ich dieses nicht einzuordnende Geräusch. Feindlich. Unheilvoll. Da nahm ich einen fauligen Gestank wahr, ekelhaft und durchdringend. Er kam aus dem Dunkeln wie der Atem eines wilden Tiers. Ich war mir sicher, dass wir nicht allein waren. Da war noch jemand, der uns beobachtete. Wie versteinert schaute Marina in die Mauer aus Schwärze. Ich nahm sie bei der Hand und führte sie zum Ausgang.

6

Der Nieselregen hatte die Straßen in Silber gekleidet, als wir wieder hinauskamen. Es war ein Uhr mittags. Wortlos legten wir den Heimweg zurück. Bei Marina würde uns Germán zum Essen erwarten.

»Bitte erzähl ihm nichts von alledem«, bat mich Marina.

»Keine Sorge.«

Ich hätte auch gar nicht genau erklären können, was da geschehen war. Je weiter wir uns von diesem Ort entfernten, desto mehr verflüchtigten sich die Bilder und die Erinnerung an das düstere Gewächshaus. Als wir zur Plaza de Sarriá gelangten, bemerkte ich, dass Marina blass war und schwer atmete.

»Alles in Ordnung?«, fragte ich.

Ohne große Überzeugung nickte sie. Wir setzten uns auf eine Bank auf dem Platz. Die Augen geschlossen, atmete sie mehrmals tief durch. Ein Schwarm Tauben wuselte zu unseren Füßen. Einen Moment lang befürchtete ich, Marina werde ohnmächtig. Da öffnete sie die Augen und lächelte mich an.

»Du brauchst keine Angst zu haben, es ist nur eine

leichte Übelkeit. Das muss dieser Geruch gewesen sein.«

»Bestimmt. Wahrscheinlich ein totes Tier, eine Ratte oder …«

Sie teilte meine Vermutung. Kurz darauf kehrte die Farbe auf ihre Wangen zurück.

»Jetzt muss ich was in den Magen kriegen. Komm, gehen wir. Germán wird das Warten schon satthaben.«

Wir standen auf und marschierten zu ihr nach Hause. Am Gittertor stand Kafka. Mit einem verächtlichen Blick für mich lief er zu Marina und rieb seinen Rücken an ihren Knöcheln. Ich sann eben über die Vorteile des Katzendaseins nach, als ich wieder diese himmlische Stimme aus Germáns Grammophon vernahm. Die Musik überflutete den Garten.

»Was ist das für eine Musik?«

»Léo Delibes.«

»Keine Ahnung, wer das ist.«

»Delibes. Ein französischer Komponist«, sagte Marina, die meine Ignoranz nicht erstaunte. »Was bringt man euch in der Schule eigentlich bei?«

Ich zuckte die Schultern.

»Das ist aus einer seiner Opern. *Lakmé*.«

»Und diese Stimme?«

»Meine Mutter.«

Ich schaute sie ungläubig an.

»Deine Mutter ist Opernsängerin?«

Sie warf mir einen unergründlichen Blick zu.

»Sie war es. Sie ist tot.«

Germán erwartete uns im Salon, einem großen ovalen Raum. An der Decke hing ein Kronleuchter mit Glastropfen. Marinas Vater trug einen eleganten Anzug mit Weste, die Silbermähne war peinlich genau nach hinten gekämmt. Ich hatte den Eindruck, vor einem Kavalier des Fin de Siècle zu stehen. Wir setzten uns an den Tisch, auf dessen leinenem Tuch silbernes Besteck verteilt war.

»Es ist ein Vergnügen, Sie bei uns zu haben, Óscar«, sagte Germán. »Wir haben nicht jeden Sonntag das Glück, in so angenehmer Gesellschaft zu sein.«

Das Porzellanservice sah nach echter Antiquität aus. Offenbar bestand das Menü ausschließlich aus einer köstlich riechenden Suppe und Brot. Als Germán mich als Ersten bediente, wurde mir klar, dass dieser ganze Aufwand meiner Anwesenheit galt. Trotz des Silberbestecks, des Museumsgeschirrs und der Sonntagstracht reichte in diesem Haushalt das Geld nicht für einen zweiten Gang. Ja es gab nicht einmal Strom. Das Haus lag in dauerndem Kerzenlicht. Germán schien meine Gedanken zu lesen.

»Sie werden festgestellt haben, dass wir keine Elektrizität haben, Óscar. Tatsächlich glauben wir nicht allzu sehr an die Fortschritte der modernen Wissenschaft. Was ist denn das für eine Wissenschaft, die zwar einen Menschen auf den Mond schießen kann, aber nicht in der Lage ist, jedem Menschen ein Stück Brot auf den Tisch zu geben?«

»Vielleicht liegt das Problem nicht bei der Wissenschaft, sondern bei denen, die entscheiden, wie sie angewandt werden soll«, meinte ich.

Germán erwog meinen Gedanken und nickte feierlich, ich weiß nicht, ob aus Höflichkeit oder Überzeugung.

»Ich ahne, dass Sie ein wenig Philosoph sind, Óscar. Haben Sie Schopenhauer gelesen?«

Ich sah Marinas Augen auf mich gerichtet, die mir zu verstehen gaben, ich solle ihrem Vater nach dem Mund reden.

»Nur oberflächlich«, improvisierte ich.

Wortlos genossen wir die Suppe. Ab und zu lächelte mir Germán freundlich zu und betrachtete liebevoll seine Tochter. Irgendetwas sagte mir, dass Marina nicht viele Freunde hatte und Germán meine Anwesenheit deshalb mit Wohlgefallen sah, obwohl ich nicht einmal zwischen Schopenhauer und einer Orthopädiemarke unterscheiden konnte.

»Und sagen Sie, Óscar, was berichtet man dieser Tage so in der Welt?«

Die Art, wie die Frage formuliert war, ließ mich annehmen, ich würde, wenn ich das Ende des Zweiten Weltkriegs verkündigte, einen Wirbel auslösen.

»Ehrlich gesagt, nicht viel«, sagte ich unter Marinas wachsamem Blick. »Es stehen Wahlen an ...«

Das weckte Germáns Interesse, so dass er den Tanz des Löffels unterbrach und über das Thema nachdachte.

»Und wo stehen Sie, Óscar? Rechts oder links?«

»Óscar ist Anarchist, Papa«, sagte Marina knapp.

Der Brotbrocken blieb mir im Halse stecken. Ich wusste nicht, was dieses Wort bedeutete, aber es klang nach radfahrendem Freigeist. Neugierig sah mich Germán an.

»Der Idealismus der Jugend«, murmelte er. »Ich verstehe, ich verstehe. In Ihrem Alter habe ich ebenfalls Bakunin gelesen. Das ist wie die Masern – solange es nicht vorbei ist ...«

Ich warf Marina einen tödlichen Blick zu, und sie leckte sich den Mund wie eine Katze. Sie blinzelte mir zu und schaute weg. Germán betrachtete mich wohlwollend-neugierig. Ich erwiderte seine Liebenswürdigkeit mit einem Kopfnicken und führte den Löffel zum Mund. So würde ich wenigstens nicht sprechen müssen und dabei ins Fettnäpfchen treten. Schweigend aßen wir. Bald sah ich, wie Germán am anderen Tischende einnickte. Als der Löffel schließlich seinen Fingern entglitt, stand Marina auf und lockerte ihm wortlos die silberne Seidenfliege. Er seufzte. Eine seiner Hände zitterte leicht. Marina nahm ihren Vater am Arm und half ihm aufstehen. Er nickte niedergeschlagen und lächelte mir schwach, beinahe beschämt zu. Er wirkte in einem einzigen Augenblick um fünfzehn Jahre gealtert.

»Sie müssen mich entschuldigen, Óscar ...«, sagte er mit hauchdünner Stimme. »Die Grillen des Alters ...«

Ich stand ebenfalls auf und bot Marina mit einem Blick meine Hilfe an. Sie lehnte ab und bat mich, im Salon zu bleiben. Ihr Vater stützte sich auf sie, und so sah ich sie den Raum verlassen.

»Es war mir ein Vergnügen, Óscar ...«, murmelte Germáns müde Stimme, sich im schattigen Flur verlierend. »Besuchen Sie uns wieder, besuchen Sie uns wieder ...«

Ich hörte die Schritte im Inneren der Wohnung verhallen und wartete im Kerzenlicht fast eine halbe Stunde auf Marinas Rückkehr. Die Atmosphäre des Hauses begann mich zu durchdringen. Als mir klarwurde, dass Marina nicht wiederkommen würde, begann ich mir Sorgen zu machen. Ich wusste nicht, ob ich sie suchen sollte, aber es schien mir nicht richtig, einfach in den Zimmern herumzuschnüffeln. Ich wollte eine Nachricht hinterlassen, hatte jedoch nichts zum Schreiben dabei. Es wurde bereits dunkel, also würde ich am besten gehen. Am nächsten Tag wollte ich nach der Schule wiederkommen, um sicher zu sein, dass alles in Ordnung war. Überrascht stellte ich fest, dass ich Marina erst eine halbe Stunde nicht

gesehen hatte und im Kopf schon nach einem Vorwand suchte, um wiederzukommen. Ich ging zur
Hintertür in der Küche und dann durch den Garten
zum Gittertor. Der Himmel über der Stadt mit seinen
vorüberziehenden Wolken erlosch.

Auf dem gemächlichen Rückweg ins Internat zogen die Ereignisse des Tages durch meinen Geist. Als
ich die Treppen zu meinem Zimmer im vierten Stock
hinaufstieg, war ich überzeugt, dass das der seltsamste
Tag meines Lebens gewesen war. Aber hätte ich eine
Karte für eine Wiederholung kaufen können, ich hätte
es ohne zu zögern getan.

7

In der Nacht träumte ich, ich sei in einem riesigen Kaleidoskop gefangen. Es wurde von einem teuflischen Wesen gedreht, von dem ich durch die Linse nur sein großes Auge erspähte. Die Welt zerfiel in Labyrinthe optischer Illusionen, die mich umschwebten. Insekten. Schwarze Schmetterlinge. Plötzlich erwachte ich mit dem Gefühl, in meinen Adern fließe siedend heißer Kaffee. Dieser fiebrige Zustand verließ mich den ganzen Tag nicht. Die montäglichen Unterrichtsstunden rauschten vorbei wie Züge, die an meinem Bahnhof nicht hielten. JF bemerkte es sogleich.

»Eigentlich schwebst du ja immer in den Wolken, aber heute schwirrst du ins All ab. Bist du krank?«

Ich beruhigte ihn mit abwesender Miene. Die über der Wandtafel hängende Uhr zeigte halb vier. Erst in knapp zwei Stunden war Schulschluss. Eine Ewigkeit. Draußen kratzte der Regen an den Fenstern.

Als die Glocke läutete, sauste ich, anstatt mich mit JF auf unseren üblichen Spaziergang in der wirklichen Welt zu machen, durch die endlosen Gänge zum Ausgang. Die Gärten und Brunnen draußen lagen blass unter einer Gewitterdecke. Ich hatte keinen Schirm bei mir, nicht einmal eine Kapuze. Der Himmel glich einem bleiernen Grabstein, die Straßenlaternen brannten wie Streichhölzer.

Ich rannte los, wich Pfützen und überlaufenden Abflüssen aus und gelangte endlich auf die Straße hinaus. Sie war überflutet von Regenbächen, als blute eine Ader aus. Durchnässt bis auf die Knochen, lief ich durch die engen, stillen Straßen, an Gullys vorbei, die mich anbrüllten. Die Stadt schien in einem schwarzen Ozean untergehen zu wollen. In zehn Minuten stand ich vor dem Gittertor von Marinas und Germáns Haus. Längst waren meine Kleider und Schuhe vor Nässe aufgeweicht. Die Dämmerung war eine gräuliche Marmorwand am Horizont. Da glaubte ich hinter mir, in der Einmündung der Straße, ein Knacken zu hören und schnellte erschrocken herum. Einen Augenblick hatte ich das Gefühl, jemand sei mir gefolgt. Doch es war niemand da, nur der Regen peitschte die Pfützen auf dem Weg.

Ich schlüpfte durchs Tor. Die Helligkeit der Blitze leitete mich zum Haus. Die Cherubim im Brunnen hießen mich willkommen. Zitternd vor Kälte, erreichte ich den Hintereingang bei der Küche. Er war offen, und ich trat ein. Das Haus lag in vollkommener Dunkelheit. Ich erinnerte mich an das, was Germán über den fehlenden Strom gesagt hatte.

Erst jetzt kam ich auf den Gedanken, dass ich ja überhaupt nicht eingeladen war. Zum zweiten Mal drang ich eigenmächtig in dieses Haus ein. Ich wollte wieder gehen, doch draußen heulte der Sturm. Meine Hände schmerzten vor Kälte, so dass ich kaum die Fingerspitzen fühlte. Ich hustete wie ein Hund und spürte das Herz in den Schläfen hämmern. Eiskalt klebten mir die Kleider am Körper. Ein Königreich für ein Badetuch, dachte ich.

»Marina?«, rief ich.

Das Echo meiner Stimme verlor sich im Haus. Ich nahm die Decke der Schatten um mich herum wahr. Nur im Licht der durch die Fenster hereinzuckenden Blitze erhaschte ich flüchtige Eindrücke.

»Marina?«, rief ich erneut. »Ich bin's, Óscar ...«

Zögernd drang ich ins Haus ein. Meine nassen Schuhe quatschten beim Gehen. Als ich in den Salon kam, wo wir am Vortag gegessen hatten, blieb ich stehen. Der Tisch war leer, die Stühle verlassen.

»Marina? Germán?«

Keine Antwort. Im Halbdunkel erkannte ich auf einer Konsole einen Kerzenleuchter und eine Schachtel Streichhölzer. Erst beim fünften Versuch schafften es meine verschrumpelten, gefühllosen Finger, die Kerze anzuzünden.

Ich hob das flackernde Licht in die Höhe. Eine gespenstische Helligkeit erfüllte den Raum. Ich glitt auf den Flur hinaus, durch den ich tags zuvor Marina und ihren Vater hatte verschwinden sehen.

Der Gang führte zu einem weiteren großen Salon, in dem ebenfalls ein Lüster hing. Seine Glasperlen leuchteten im Dunkeln wie gläserne Karussells. Das Haus war von schrägen Schatten bevölkert, die der Sturm von außen durch die Scheiben warf. Unter weißen Laken ruhten alte Möbel und Sessel. Eine Marmortreppe führte in den ersten Stock hinauf. Mit dem Gefühl eines Eindringlings ging ich auf sie zu. Oben blitzten zwei gelbe Augen. Ich hörte ein Miauen. Kafka. Ich atmete auf. Eine Sekunde später zog sich der Kater in die Schatten zurück. Ich blieb stehen und schaute mich um. Meine Schritte hatten im Staub Spuren hinterlassen.

»Ist jemand da?«, rief ich erneut, bekam aber keine Antwort.

Ich stellte mir diesen großen Salon Jahrzehnte früher vor, in prachtvoller Aufmachung. Ein Orchester und Dutzende tanzender Paare. Jetzt sah er aus wie der Salon eines untergegangenen Luxusdampfers. Die Wände waren mit Ölgemälden bedeckt, alles Porträts einer Frau. Ich erkannte sie. Es war dieselbe wie die auf dem Bild, das ich am ersten Abend gesehen hatte. Die Perfektion und Magie des Pinselstrichs und die Leuchtkraft dieser Gemälde waren fast übernatürlich. Ich fragte mich, wer der Künstler sein mochte. Selbst mir war klar, dass alle von ein und derselben Hand stammten. Von überallher schien mich die Dame zu überwachen. Unschwer erkannte man die unglaubliche Ähnlichkeit dieser Frau mit Marina. Dieselben Lippen auf blasser, fast durchscheinender Haut. Dieselbe schlanke, fragile Gestalt wie bei einer Porzellanfigur. Dieselben aschfarbenen Augen, traurig und unergründlich. Ich spürte, wie mir etwas um den Knöchel strich; zu meinen Füßen schnurrte Kafka. Ich bückte mich und streichelte sein silbriges Fell.

»Wo ist denn Frauchen, na?«

Die Antwort war ein melancholisches Miauen. Hier war kein Mensch. Ich hörte den Regen aufs Dach prasseln. Tausende Wasserspinnen, die auf dem Dachboden krabbelten. Wie es schien, waren Marina und Germán aus einem nicht zu erratenden Grund weggegangen. Jedenfalls ging mich das nichts an. Ich streichelte Kafka und beschloss, mich aus dem Staub zu machen, ehe sie zurückkämen.

»Einer von uns beiden ist hier überflüssig«, flüsterte ich ihm zu. »Ich.«

Plötzlich sträubten sich seine Haare zu Stacheln. Ich spürte, wie sich unter meiner Hand seine Muskeln spannten wie Drahtseile. Er gab ein panisches Miauen von sich. Ich fragte mich, was das Tier so erschreckt haben mochte, als ich es ebenfalls wahrnahm. Diesen

Gestank. Den Gestank nach tierischer Fäulnis aus dem Gewächshaus. Ich verspürte Übelkeit.

Ich schaute auf. Ein Regenvorhang verschleierte das große Fenster des Salons. Auf der anderen Seite erkannte ich undeutlich die Silhouetten der Brunnenengel. Instinktiv war mir klar, dass irgendetwas nicht stimmte. Zwischen den Statuen befand sich noch eine weitere Gestalt. Ich stand auf und ging langsam zum Fenster. Eine der Silhouetten wandte sich mir zu. Ich erstarrte. Ich konnte ihre Züge nicht erkennen, nur gerade die dunkle, in einen Umhang gehüllte Gestalt. Ich war überzeugt, dass mich dieser Unbekannte beobachtete. Und er wusste, dass auch ich ihn gesehen hatte. Einen endlosen Moment lang blieb ich reglos stehen. Sekunden später zog sich die Gestalt in die Schatten zurück. Als das Licht eines Blitzes über dem Garten explodierte, war der Fremde nicht mehr dort. Erst nach einer Weile merkte ich, dass mit ihm auch der Gestank verschwunden war.

Mir fiel nichts anderes ein, als mich hinzusetzen und auf Marinas und Germáns Rückkehr zu warten. Die Vorstellung, ins Freie hinauszugehen, war nicht sehr verführerisch, und das Gewitter war noch das geringste Übel. Ich ließ mich in einen riesigen Sessel fallen. Allmählich schlief ich über dem Widerhall des Regens und der schwachen Helligkeit im Salon ein.

Dann hörte ich auf einmal, wie das Hauptportal aufgeschlossen wurde und Schritte sich im Haus bewegten. Ich erwachte aus meiner Trance, und mir blieb fast das Herz stehen. Durch den Gang näherten sich Stimmen. Eine Kerze. Kafka lief auf das Licht zu, als Germán und seine Tochter den Salon betraten. Marina warf mir einen eisigen Blick zu.

»Was suchst du hier, Óscar?«

Ich stammelte irgendetwas Unzusammenhängendes. Germán lächelte mir freundlich zu und betrachtete mich neugierig.

»Mein Gott, Óscar, Sie sind ja völlig durchnässt! Marina, bring Óscar ein paar Handtücher … Kommen Sie, Óscar, wir machen Feuer, es ist ein wahres Hundewetter.«

Ich setzte mich vor den Kamin, die Tasse Brühe in der Hand, die mir Marina gemacht hatte. Schwerfällig erläuterte ich den Grund meines Hierseins, erwähnte jedoch die Silhouette im Fenster und den unseligen Gestank nicht. Germán akzeptierte meine Erklärungen ohne weiteres und zeigte sich über mein Eindringen keineswegs beleidigt, im Gegenteil. Bei Marina jedoch war es anders. Ihr Blick durchbohrte mich. Ich befürchtete, mein idiotisches, schon fast gewohnheitsmäßiges Ins-Haus-Schleichen könnte das endgültige Aus für unsere Freundschaft bedeuten. In der halben

Stunde, die wir vor dem Feuer saßen, tat sie den Mund nicht auf. Als Germán sich mit einem Gute Nacht entschuldigte, vermutete ich, meine ehemalige Freundin werde mich mit Fußtritten hinausschmeißen und mir untersagen, mich jemals wieder hier blicken zu lassen.

Da, jetzt kommt's, dachte ich. Der Todeskuss. Schließlich lächelte sie fein und sarkastisch.

»Du siehst aus wie eine seekranke Ente«, sagte sie.

»Danke.« Ich hatte etwas Schlimmeres erwartet.

»Wirst du mir nun erzählen, was zum Teufel du hier gesucht hast?«

Ihre Augen glänzten im Licht des Feuers. Ich schlürfte den Rest Suppe und senkte den Blick.

»Ich weiß es wirklich nicht … Vermutlich … Ach, was weiß ich …«

Zweifellos kam mir mein jämmerlicher Anblick zu Hilfe – Marina trat zu mir und tätschelte mir die Hand.

»Schau mich an«, befahl sie.

Ich gehorchte. Sie betrachtete mich mit einer Mischung aus Mitleid und Sympathie.

»Ich bin dir nicht böse, hörst du? Es hat mich bloß überrascht, dich hier zu sehen, einfach so, ohne Ankündigung. Jeden Montag begleite ich Germán zum Arzt, ins San-Pablo-Krankenhaus, darum waren wir nicht da. Das ist kein guter Tag für Besuche.«

Ich war beschämt.

»Es wird nicht wieder vorkommen.«

Schon wollte ich ihr von der seltsamen Erscheinung berichten, die ich gesehen zu haben glaubte, als sie leise lachte und sich vorbeugte, um mich auf die Wange zu küssen. Allein die Berührung ihrer Lippen trocknete meine Kleider auf der Stelle. Meine Worte verirrten sich auf dem Weg zur Zunge. Marina bemerkte mein stummes Gestammel.

»Was ist?«, fragte sie.

Ich betrachtete sie schweigend und schüttelte den Kopf.

»Nichts.«

Sie zog die Brauen in die Höhe, als glaube sie mir nicht, insistierte aber nicht weiter.

»Noch etwas Brühe?« Sie stand auf.

»Gern.«

Sie ging mit meiner großen Tasse in die Küche, um sie zu füllen. Ich blieb beim Feuer und betrachtete fasziniert die Porträts der Dame an den Wänden. Als Marina zurückkam, folgte sie meinem Blick.

»Die Frau auf all diesen Porträts …«, begann ich.

»… ist meine Mutter.«

Ich spürte, dass ich mich auf heikles Gebiet wagte.

»Solche Bilder habe ich noch nie gesehen. Sie sind wie … Fotos der Seele.«

Marina nickte schweigend.

»Es muss ein berühmter Künstler sein«, schob ich nach. »Aber so was habe ich noch nie gesehen.«

Marinas Antwort ließ ein wenig auf sich warten.

»Und du wirst es auch nie wieder sehen. Seit fast sechzehn Jahren hat der Künstler kein Bild mehr gemalt. Diese Porträtserie war sein letztes Werk.«

»Er muss deine Mutter sehr gut gekannt haben, um sie auf diese Art porträtieren zu können.«

Sie schaute mich lange an. Ich spürte den gleichen Blick, wie er auf den Bildern eingefangen war.

»Besser als sonst jemand. Er war mit ihr verheiratet.«

8

An diesem Abend vor dem Kamin erzählte mir Marina die Geschichte von Germán und der Villa in Sarriá.

Germán Blau war in eine wohlhabende, dem damals aufblühenden katalanischen Bürgertum zugehörige Familie hineingeboren worden. Der Blau-Dynastie fehlte weder die Loge im Liceo noch die Industriesiedlung am Ufer des Segre-Flusses, noch der eine oder andere gesellschaftliche Skandal. Man munkelte, der kleine Germán sei kein Sprössling des großen Patriarchen Blau, sondern Frucht der unstatthaften Liebschaft zwischen seiner Mutter Diana und einem pittoresken Menschen namens Quim Salvat. Salvat war – in dieser Reihenfolge – Freigeist, Porträtmaler und Berufssatiriker. Er war das Ärgernis der feinen Leute und hielt gleichzeitig ihre hübschen Gesichter zu astronomischen Preisen in Öl fest. Was auch immer die Wahrheit sein mochte, fest steht, dass Germán weder eine physische noch eine charakterliche Ähnlichkeit mit irgendeinem anderen Familienmitglied aufwies. Sein einziges Interesse galt der Malerei, dem Zeichnen, was aller Welt verdächtig erschien, insbesondere seinem offiziellen Vater.

An seinem sechzehnten Geburtstag eröffnete ihm dieser, in der Familie gebe es keinen Platz für Herumtreiber und Faulpelze. Beharre er auf seiner Absicht, »Künstler zu sein«, so werde er ihn in seiner Fabrik als Tagelöhner oder Steinklopfer oder in der Fremdenlegion oder sonst einer Institution arbeiten lassen, die zur Stärkung seines Charakters beitragen und einen rechtschaffenen Menschen aus ihm machen werde. Hierauf riss Germán aus dem Elternhaus aus, wohin er vierundzwanzig Stunden später von der Guardia Civil zurückgebracht wurde.

Verzweifelt und enttäuscht über diesen Erstgeborenen, setzte der Vater seine ganzen Hoffnungen in den zweiten Sohn, Gaspar, der bestrebt war, das Textilgeschäft zu erlernen, und eher willens, die Familientradition fortzuführen. Da er um die wirtschaftliche Zukunft seines älteren Sohnes fürchtete, überschrieb der alte Blau Germán die seit Jahren halb verlassene Villa in Sarriá. »Obwohl du für uns alle eine Schande bist, habe ich nicht wie ein Sklave gearbeitet, damit einer meiner Söhne auf der Straße landet«, sagte er. Die Villa hatte seinerzeit bei der Crème de la Crème in höchstem Ansehen gestanden, aber nun kümmerte sich niemand mehr um sie. Sie war verflucht. Tatsächlich, hieß es, hätten die geheimen Begegnungen von Diana und dem Freigeist Salvat an diesem Ort stattgefunden. So ging das Haus wie durch eine Ironie des Schicksals an Germán über. Kurze Zeit später wurde er mit der heimlichen Unterstützung seiner Mutter Lehrling von ebendiesem Quim Salvat. Am ersten Tag schaute ihm Salvat fest in die Augen und sprach folgende Worte:

»Erstens, ich bin nicht dein Vater und kenne deine Mutter nur vom Sehen. Zweitens, das Künstlerleben ist ein Leben voller Risiken, Unsicherheiten und, fast immer, Armut. Man sucht es sich nicht aus, es sucht sich einen aus. Wenn du in einem der beiden Punkte Zweifel hast, gehst du am besten gleich wieder zu dieser Tür raus.«

Germán blieb.

Die Lehrlingsjahre bei Quim Salvat waren für ihn ein Sprung in eine andere Welt. Zum ersten Mal glaubte jemand an ihn, an sein Talent und seine Chancen, etwas mehr zu werden als nur ein blasser Abklatsch seines Vaters. Er fühlte sich wie ein neuer Mensch. In sechs Monaten lernte und verbesserte er sich mehr als in all den Jahren seines Lebens zuvor.

Salvat war ein extravaganter, großzügiger Mann, der die Annehmlichkeiten der Welt liebte. Er malte nur nachts, und obwohl er nicht gut aussah (wenn er überhaupt irgendwie aussah, dann wie ein Bär), galt er als regelrechter Herzensbrecher mit einer seltsamen

Verführungskraft, die er beinahe noch besser einzu-
setzen wusste als den Pinsel.

Atemberaubende Mannequins und Damen der
oberen Zehntausend zogen durch sein Atelier, weil
sie ihm sitzen und, so argwöhnte Germán, noch etwas mehr wollten. Salvat kannte sich mit Weinen,
Dichtern, legendären Städten und aus Bombay im-
portierter Liebesakrobatik aus. Er hatte seine sieben-
undvierzig Jahre intensiv ausgelebt und sagte immer,
die Menschen ließen das Leben an sich vorbeiziehen,
als würde es ewig dauern, und das sei ihr Verderben.
Er lachte über das Leben und den Tod, über Gott und
die Welt. Er kochte besser als die großen Küchenchefs
mit Sternen im Guide Michelin und aß für sie alle. In
der Zeit, die Germán bei ihm verbrachte, wurde Salvat
zu seinem Meister und besten Freund. Germán war
sich immer bewusst, dass er das, was er in seinem Leben als Mensch und Künstler geworden war, Quim
Salvat verdankte.

Salvat war einer der wenigen Privilegierten, die das
Geheimnis des Lichts kannten. Er bezeichnete das
Licht als eine launische Tänzerin, die um ihre Reize
wisse. Unter seinen Händen verwandelte es sich in
wundervolle Linien, die das Gemälde erleuchteten
und in der Seele Türen öffneten. Das erklärte zumindest der Werbetext in seinen Ausstellungskatalogen.

»Malen heißt schreiben mit Licht«, sagte Salvat.
»Zuerst muss man sein Alphabet lernen, dann seine

Grammatik. Erst dann kann man Stil und Magie entwickeln.«

Quim Salvat erweiterte Germáns Weltbild, indem er ihn auf seine Reisen mitnahm. So zogen sie durch Paris, Wien, Berlin, Rom ... Bald begriff Germán, dass Salvat seine Kunst ebenso gut verkaufte, wie er malte, vielleicht noch besser. Darin lag der Schlüssel zu seinem Erfolg.

»Von tausend Menschen, die ein Bild oder ein Kunstwerk erwerben, hat nur ein einziger eine entfernte Vorstellung dessen, was er kauft.« Salvat lächelte. »Die anderen kaufen nicht das Werk, sondern den Künstler, das, was sie von ihm gehört haben, und fast immer das, was sie sich um ihn herum zurechtphantasieren. Dieses Geschäft funktioniert auf die gleiche Weise wie Quacksalberware oder Liebestränke verkaufen, Germán. Der Unterschied besteht nur im Preis.«

Quim Salvats großes Herz blieb am 17. Juli 1938 stehen. Einige führten es auf die Exzesse des Malers zurück. Germán war immer der Ansicht, es seien die Schrecken des Bürgerkrieges gewesen, die den Glauben und die Lebenslust seines Mentors abgetötet hätten.

»Ich könnte tausend Jahre malen«, murmelte Salvat auf seinem Totenbett, »und die Barbarei, Ignoranz und Bestialität der Menschen würde sich keinen Deut ändern. Die Schönheit ist ein Hauch gegenüber dem

Wind der Wirklichkeit, Germán. Meine Kunst hat keinen Sinn. Sie ist unnütz …«

Die endlose Liste seiner Geliebten, Gläubiger, Freunde und Kollegen, die vielen Menschen, denen er selbstlos geholfen hatte, beweinten ihn auf seiner Beerdigung. Sie wussten, dass an diesem Tag ein Licht in der Welt erlosch und dass sie künftig einsamer, leerer wären.

Salvat vermachte ihm eine höchst bescheidene Summe Geld und sein Atelier. Er hieß ihn den Rest (was nicht viel war, denn er hatte immer mehr ausgegeben, als er verdient und ehe er es verdient hatte) unter seinen Geliebten und Freunden verteilen. Der mit der Testamentsvollstreckung beauftragte Notar gab Germán einen Brief, den ihm Salvat anvertraut hatte, als er sein Ende nahen fühlte. Er sollte ihn nach seinem Tod öffnen.

Mit Tränen in den Augen und zerfetzter Seele streifte der junge Mann eine Nacht lang ziellos in der Stadt umher. Das Morgengrauen überraschte ihn auf dem Wellenbrecher im Hafen, und dort las er in den ersten Stunden des neuen Tages die letzten Worte, die ihm Quim Salvat hinterlassen hatte.

Lieber Germán,

das hier habe ich Dir zu Lebzeiten nicht gesagt, da ich den richtigen Moment abwarten wollte. Aber ich fürchte, ich bin nicht mehr da, wenn er kommt.

Ich habe Dir Folgendes zu sagen. Nie habe ich einen Maler mit größerem Talent kennengelernt als Dich, Germán. Du weißt es noch nicht und kannst es auch nicht verstehen, aber es ist in Dir drin, und mein einziges Verdienst hat darin bestanden, es zu erkennen. Ich habe mehr von Dir gelernt als Du von mir, ohne dass Du es wusstest. Es wäre mir lieb, Du hättest den Lehrer gehabt, den Du verdienst, jemanden, der Dein Talent besser geleitet hätte als ich armer Lehrling. Das Licht spricht aus Dir, Germán. Wir anderen hören bloß zu. Vergiss das nie. Von nun an wird Dein Lehrer Dein Schüler und bester Freund sein, für immer.

SALVAT

Eine Woche später brach Germán, vor unerträglichen Erinnerungen fliehend, nach Paris auf. Man hatte ihm einen Lehrstuhl in einer Kunstakademie angeboten. Zehn Jahre lang sollte er keinen Fuß mehr nach Barcelona setzen.

In Paris erwarb er sich den Ruf eines Porträtmalers von einigem Prestige und entdeckte eine Leidenschaft, die ihn nie mehr loslassen sollte: die Oper. Allmählich verkauften sich seine Bilder gut, und ein Händler, der ihn noch aus seinen Zeiten bei Salvat kannte, wurde zu seinem Agenten. Sein Professorengehalt und der Verkauf seiner Bilder erlaubten ihm ein zwar einfaches, aber würdiges Leben. Mit einigen Einschränkungen und der Hilfe des Schulleiters, der mit halb Paris verwandt war, konnte er sich für die ganze Spielzeit einen Platz in der Oper reservieren. Nichts Protziges – Rang sechste Reihe und etwas zu weit links. Ein Fünftel der Bühne lag außerhalb seines Gesichtsfeldes, doch die Musik erreichte ihn in ihrer vollen Pracht, ihr war der Preis von Platz und Loge egal.

Dort erblickte er sie zum ersten Mal. Sie schien ein Geschöpf aus einem von Salvats Bildern zu sein, aber ihrer Stimme konnte nicht einmal ihre Schönheit gerecht werden. Sie hieß Kirsten Auermann, war neunzehn Jahre alt und laut dem Programmzettel eine der jungen Verheißungen des internationalen Musiktheaters. Am selben Abend wurde sie ihm auf dem von der Intendanz nach der Aufführung organisierten Empfang vorgestellt, bei dem er sich als angeblicher Musikkritiker von *Le Monde* eingeschlichen hatte. Als er ihr die Hand gab, blieb er stumm.

»Dafür, dass Sie Kritiker sind, sprechen Sie sehr wenig und mit ziemlichem Akzent«, scherzte Kirsten.

In diesem Moment beschloss Germán, diese Frau

zu heiraten, und sei es die letzte Tat seines Lebens. Er wollte sämtliche Verführungskünste beschwören, die er Salvat jahrelang hatte praktizieren sehen. Doch einen Salvat gab es nur einmal, er war unwiederholbar. So begann ein sechs Jahre dauerndes Katz-und-Maus-Spiel, das an einem Sommernachmittag des Jahres 1946 in einer kleinen Kapelle der Normandie endete. Am Tag ihrer Hochzeit schwebte das Gespenst des Krieges noch in der Luft wie der Gestank von verborgenem Aas.

Nach kurzer Zeit kehrten Kirsten und Germán nach Barcelona zurück und ließen sich in Sarriá nieder. In seiner Abwesenheit war der Wohnsitz zu einem geisterhaften Museum geworden. Kirstens Leuchtkraft und dreiwöchige Reinigungsarbeiten wirkten Wunder.

Das Haus erlebte eine vorher nie gekannte glanzvolle Zeit. Germán malte pausenlos, besessen von einer ihm selbst unerklärlichen Energie. Seine Werke standen in den obersten Kreisen hoch im Kurs, und einen Blau zu besitzen wurde bald zum *sine qua non* der guten Gesellschaft. Auf einmal verkündete der Vater öffentlich seinen Stolz auf Germáns Erfolg. »Ich habe immer an sein Talent und seinen künftigen Durchbruch geglaubt«, »Er hat es eben im Blut wie alle Blaus« und »Einen stolzeren Vater als mich kann es nicht geben« wurden zu seinen Lieblingssätzen, und nachdem er sie oft genug wiederholt hatte, glaubte er selber daran. Kunsthändler und Kuratoren, die sich jahrelang nicht dazu herabgelassen hatten, Germán auch nur zu grüßen, schmeichelten sich jetzt bei ihm ein. Und inmitten dieses Sturms der Eitelkeiten und Heucheleien vergaß Germán nie, was Salvat ihm beigebracht hatte.

Auch Kirstens Opernkarriere gedieh prächtig. In der Zeit, in der allmählich die 33er-Schallplatte in Mode kam, war sie eine der ersten Stimmen, die ihr Repertoire auf Vinyl verewigte. Es waren Jahre des Glücks und des Lichts in der Villa in Sarriá, Jahre, in denen alles möglich schien und keine Schatten sich am Horizont abzeichneten.

Niemand maß Kirstens Übelkeiten und Ohnmachten größere Bedeutung bei, bis es zu spät war. Der Erfolg, die Reisen, die Anspannungen der Premieren – das erklärte vermeintlich alles. An dem Tag, an dem Kirsten von Dr. Cabrils untersucht wurde, veränderten zwei Nachrichten für immer ihre Welt. Die erste: Sie war schwanger. Die zweite: Eine unheilbare Blutkrankheit zehrte sie langsam auf. Ein Jahr blieb ihr noch, allerhöchstens zwei.

Noch an diesem Tag bestellte Kirsten, nachdem sie die Arztpraxis verlassen hatte, bei der Allgemeinen Schweizer Uhrmacherwerkstatt in der Vía Augusta eine goldene Uhr mit einer Inschrift für Germán.

Für Germán, aus dem das Licht spricht.
K.A.
19-1-1964

Diese Uhr sollte die gemeinsamen Stunden zählen, die ihnen noch verblieben.

Sie gab Bühne und Laufbahn auf. Die Galavorstellung zu ihrem Abschied fand im Liceo in Barcelona mit *Lakmé* von ihrem Lieblingskomponisten Delibes statt. Niemand würde je wieder eine Stimme hören wie die ihre. Während der Schwangerschaftsmonate malte Germán eine Porträtserie von seiner Frau, die alle seine vorherigen Werke in den Schatten stellte. Nie wollte er sie verkaufen.

Am 26. September 1964 kam in der Villa in Sarriá ein Mädchen mit hellem Haar und aschfarbenen Augen wie die ihrer Mutter zur Welt. Sie sollte Marina getauft werden und in ihrem Gesicht immer das Abbild und das Licht ihrer Mutter tragen. Sechs Monate später starb Kirsten Auermann, im selben Zimmer, in dem sie ihre Tochter zur Welt gebracht und mit Germán die glücklichsten Stunden ihres Lebens verbracht hatte. Ihr Mann nahm ihre blasse, zitternde Hand in die seinen. Als das Morgengrauen sie wie einen Hauch mitnahm, war sie bereits kalt.

Einen Monat nach ihrem Tod betrat Germán wie-

der sein Atelier auf dem Dachboden der Familien-
wohnung. Zu seinen Füßen spielte die kleine Marina.
Er ergriff den Pinsel und versuchte eine Linie auf der
Leinwand zu ziehen. Seine Augen füllten sich mit Tränen, und der Pinsel fiel ihm aus der Hand. Germán
Blau malte nie wieder. Das Licht in seinem Inneren
war für immer erloschen.

9

Im Lauf des Herbstes wurden meine Besuche bei Germán und Marina allmählich zu einem täglichen Ritual. Die Unterrichtsstunden verbrachte ich tagträumend und nur darauf wartend, zu dem geheimen Sträßchen entwischen zu können. Dort erwarteten mich meine neuen Freunde, außer montags, wenn Marina Germán ins Krankenhaus zum Arzt begleitete. Wir tranken Kaffee und plauderten in den halbdunklen Salons. Germán brachte mir die Anfangsgründe des Schachspiels bei. Trotz dieses Unterrichts setzte mich Marina immer in fünf oder sechs Minuten schachmatt, doch ich verlor die Hoffnung nicht.

Nach und nach wurde Germáns und Marinas Welt zur meinen, ohne dass ich es richtig gewahrte. Ihr Haus, die in der Luft schwebenden Erinnerungen wurden allmählich meine eigenen. So fand ich heraus, dass Marina nicht zur Schule ging, um ihren Vater nicht allein lassen zu müssen und ihn umsorgen zu können. Sie erklärte mir, Germán habe sie lesen, schreiben und denken gelehrt.

»Die ganze Geographie, Trigonometrie und Arithmetik der Welt taugt nichts, wenn du nicht selbständig denken lernst«, rechtfertigte sie sich. »Und das bringen sie einem in keiner Schule bei. Das steht nicht auf dem Lehrplan.«

Germán hatte seinen Geist der Welt der Kunst, der Geschichte, der Wissenschaft geöffnet. Die alexandrinische Bibliothek seines Hauses war zu seinem Universum geworden. Jedes seiner Bücher war eine Tür zu neuen Welten und neuen Gedanken. Eines Abends Ende Oktober setzten wir uns auf ein Fensterbrett im zweiten Stock, um die Lichter des Tibidabo in der Ferne zu betrachten. Marina gestand mir, ihr Traum sei es, Schriftstellerin zu werden. Sie hatte eine ganze Truhe voller Geschichten und Erzählungen, die sie seit ihrem neunten Lebensjahr geschrieben hatte. Als ich sie bat, mir etwas zu zeigen, schaute sie mich an, als wäre ich betrunken, und sagte, das komme überhaupt nicht in Frage. Das ist wie beim Schach, dachte ich. Nur nichts überstürzen.

Oft studierte ich Germán und Marina, wenn sie mich nicht beachteten. Spielend, lesend oder einander schweigend am Schachbrett gegenübersitzend. Das unsichtbare Band zwischen ihnen, diese abgeschiedene Welt, die sie sich fern von allem und allen errichtet hatten, war ein wunderbarer Zauber. Eine Fata Morgana, die ich manchmal mit meiner Gegenwart zu zerstören fürchtete. Es gab Tage, da ich mich auf dem Rückweg ins Internat als glücklichsten Menschen der Welt empfand, da ich diese Welt teilen durfte.

Ohne genau zu wissen, warum, hielt ich diese Freundschaft geheim. Ich hatte niemandem etwas von den beiden erzählt, nicht einmal meinem Kameraden JF. In wenigen Wochen waren Germán und Marina zu meinem geheimen Leben geworden und, wie ich ehrlicherweise sagen muss, zum einzigen Leben, das ich leben wollte. Ich erinnere mich an einen Abend, an dem sich Germán zeitig zur Ruhe zurückzog, nachdem er sich wie immer mit seinen erlesenen Manieren eines Fin-de-Siècle-Kavaliers empfohlen hatte. Ich blieb mit Marina im Salon der Porträts allein. Sie lächelte mir rätselhaft zu und sagte, sie schreibe über mich. Diese Vorstellung erschreckte mich.

»Über mich? Was meinst du mit ›über mich schreiben‹?«

Sie genoss meine plötzliche Nervosität.

»Na?«, fragte sie. »Hast du vielleicht eine so geringe Meinung von dir, dass du glaubst, es lohne sich nicht, über dich zu schreiben?«

Auf diese Frage wusste ich keine Antwort. Ich beschloss, die Strategie zu ändern und in die Offensive zu gehen. Das hatte mir Germán in seinen Schachstunden beigebracht. Grundstrategie: Wenn man dich mit heruntergelassenen Hosen erwischt, dann schrei los und greif an.

»Na, wenn das so ist, wird dir nichts anderes übrigbleiben, als es mich lesen zu lassen.«

Unentschlossen zog sie eine Braue in die Höhe.

»Es ist mein gutes Recht, zu erfahren, was man über mich schreibt.«

»Vielleicht gefällt es dir ja nicht.«

»Vielleicht. Oder vielleicht doch.«

»Ich werde darüber nachdenken.«

»Ich werde warten.«

Die Kälte überfiel Barcelona auf die übliche Art – wie ein Meteorit. Innerhalb eines knappen Tages konnten die Thermometer ihre eigenen Tiefstwerte nicht mehr lesen. Heerscharen von Wintermänteln wurden entmottet, um die leichten Übergangsmäntel zu ersetzen. Stählerne Himmel und Stürme, die in die Ohren bissen, bemächtigten sich der Straßen. Germán und Marina überraschten mich mit dem Geschenk einer wollenen Mütze, die ein Vermögen gekostet haben musste.

»Sie soll die Gedanken beschützen, lieber Óscar«, erklärte Germán. »Nicht, dass Ihnen noch das Hirn einfriert.«

Mitte November verkündete Marina, Germán und sie müssten für eine Woche nach Madrid fahren. Ein Arzt des La-Paz-Krankenhauses, eine echte Kapazität, hatte sich bereit erklärt, Germán einer Behandlung zu unterziehen, die sich noch im Experimentierstadium befand und in ganz Europa erst zweimal angewandt worden war.

»Dieser Arzt soll Wunder wirken, ich weiß nicht …«, sagte Marina.

Die Vorstellung, eine Woche ohne die beiden verbringen zu müssen, fiel wie eine Steinplatte auf mich. Vergeblich versuchte ich es zu verbergen. Marina las in meinem Inneren, als wäre ich aus Glas, und tätschelte mir die Hand.

»Es ist ja nur eine Woche, weißt du, danach sehen wir uns wieder.«

Ich nickte, ohne tröstende Worte für sie zu finden.

»Gestern habe ich mit Germán über die Möglichkeit gesprochen, dass du in diesen Tagen Kafka und das Haus hütest …«, wagte sie sich vor.

»Aber selbstverständlich, alles, was ihr wollt.«

Sie strahlte.

»Hoffentlich ist dieser Arzt so gut, wie man sagt«, bemerkte ich.

Sie schaute mich lange an. Nach dem Lächeln ging von ihren aschfarbenen Augen ein entwaffnend trauriges Licht aus.

»Hoffentlich.«

Der Zug nach Madrid fuhr um neun Uhr vormittags vom Francia-Bahnhof ab. Ich war im Morgengrauen entwischt und hatte mit meinen Ersparnissen ein Taxi genommen, um Germán und Marina abzuholen und zum Bahnhof zu fahren. Dieser Sonntagmorgen war

in bläulichen Nebel gehüllt, der sich unter dem zag-
haft bernsteinfarbenen Tagesanbruch verflüchtigte.
Den größten Teil der Fahrt schwiegen wir. Das Taxa-
meter des alten Seat 1500 klapperte wie ein Metro-
nom.

»Sie hätten sich doch nicht in solche Unkosten zu
stürzen brauchen, lieber Óscar«, sagte Germán.

»Das sind keine Unkosten. Es ist eine Hundekälte,
und schließlich soll uns nicht die Seele abfrieren, nicht
wahr?«

Im Bahnhof zog sich Germán in ein Café zurück,
während Marina und ich am Schalter die vorbestell-
ten Fahrkarten abholen gingen. Kurz vor der Abfahrt
umarmte mich Germán so innig, dass ich beinahe in
Tränen ausgebrochen wäre. Mit Hilfe eines Dienst-
mannes stieg er ein und ließ mich für den Abschied
mit Marina allein. Im riesigen Bahnhofsgewölbe ver-
hallte das Echo Tausender von Stimmen und Pfeifen.
Wir schauten uns schweigend an, eher aneinander
vorbei.

»Also dann …«, sagte ich.

»Vergiss nicht, die Milch zu wärmen, denn …«

»… Kafka hasst kalte Milch, besonders nach einem
Verbrechen, ich weiß. Der feine Herr Kater.«

Der Bahnhofsvorsteher schickte sich an, mit seinem roten Fähnchen das Zeichen zur Abfahrt zu geben. Marina seufzte.

»Germán ist stolz auf dich«, sagte sie.

»Dafür gibt es keinen Grund.«

»Wir werden dich vermissen.«

»Das glaubst du nur. Los, geh schon.«

Unversehens beugte sie sich vor und streifte mit ihren Lippen die meinen. Bevor ich auch nur mit der Wimper zucken konnte, war sie eingestiegen. Ich blieb stehen und sah den Zug im Nebel verschwinden. Nachdem das Fauchen der Lokomotive verklungen war, ging ich auf den Ausgang zu. Dabei dachte ich, dass ich Marina nie von der merkwürdigen Vision jener Gewitternacht in ihrem Haus erzählt hatte. Mit der Zeit hatte ich es selbst vorgezogen, das Ganze zu vergessen, und schließlich war ich überzeugt, mir alles nur eingebildet zu haben. Ich war bereits in der großen Eingangshalle des Bahnhofs, als ein Dienstmann etwas überstürzt auf mich zukam.

»Das …, hier, das hat man mir für dich gegeben.«

Er reichte mir einen ockerfarbenen Umschlag.

»Ich glaube, Sie irren sich.«

»Nein, nein. Diese Dame hat gesagt, ich solle ihn dir geben.«

»Welche Dame?«

Er wandte sich um und zeigte auf den Säulengang, der auf den Paseo Colón hinausführte. Dunstfäden zogen sich über die Eingangsstufen. Da war niemand. Der Dienstmann zuckte die Schultern und ging davon.

Verwirrt näherte ich mich dem Säulengang und trat

gerade noch rechtzeitig auf die Straße hinaus, um sie zu erkennen. Die Dame in Schwarz, die wir auf dem Friedhof von Sarriá gesehen hatten, stieg in eine anachronistische Pferdedroschke ein. Sie wandte sich um und schaute mich einen Augenblick lang an. Ihr Gesicht war unter einem schwarzen Schleier verborgen, einem undurchdringlichen Spinnennetz. Eine Sekunde später schloss sich das Türchen der Droschke, und der Kutscher in seinem grauen Mantel, der ihn von Kopf bis Fuß einhüllte, peitschte die Pferde an. Die Droschke sauste auf dem Paseo de Colón Richtung Ramblas davon und verlor sich schließlich im Verkehr.

Ich war durcheinander und mir nicht bewusst, dass ich den Brief, den mir der Dienstmann gegeben hatte, noch in der Hand hielt. Als ich ihn bemerkte, öffnete ich ihn. Im Umschlag steckte eine alte Karte, worauf eine Adresse zu lesen war:

Michail Kolwenik
Calle Princesa, 33, 4° 2ª

Ich drehte die Karte um. Auf der Rückseite war das Symbol aufgedruckt, das das namenlose Friedhofsgrab und das verlassene Gewächshaus schmückte. Ein schwarzer Schmetterling mit ausgebreiteten Flügeln.

10

Auf dem Weg zur Calle Princesa spürte ich meinen Magen knurren und kaufte in einer Bäckerei gegenüber der Basilika Santa María del Mar ein Stück Kuchen. Der Geruch nach süßem Brot schwebte wie ein Echo der Glockenklänge in der Luft. Die Calle Princesa führte als enges Schattental durch die Altstadt. Ich kam an betagten Palästen und Häusern vorbei, die älter wirkten als die Stadt selbst. Die verwaschene Nummer 33 an einer der Fassaden war kaum zu entziffern. Ich trat in einen Hausflur, der an den Kreuzgang einer alten Kapelle gemahnte. An einer gesprungenen Emailwand bleichten eine Reihe rostiger Briefkästen vor sich hin. Als ich – vergeblich – den Namen Michail Kolwenik suchte, hörte ich es hinter mir schwer atmen.

Erschrocken wandte ich mich um und erblickte das lederartige Gesicht einer alten Frau in ihrer Pförtnerinnenloge. Sie sah aus wie eine Wachsfigur in Witwentracht. Ein Hauch von Licht umspielte ihr Gesicht. Ihre Augen waren weiß wie Marmor. Ohne Pupillen. Sie war blind.

»Wen suchen Sie?« Ihre Stimme klang gebrochen.

»Michail Kolwenik, Señora.«

Die leeren Augen blinzelten zweimal. Dann schüttelte sie den Kopf.

»Ich habe diese Adresse bekommen«, sagte ich. »Michail Kolwenik. Vierter Stock, zweite Tür.«

Wieder schüttelte die Alte den Kopf und kehrte dann in ihren reglosen Zustand zurück. In diesem Augenblick sah ich, wie sich auf dem Tisch in ihrem Kabäuschen etwas bewegte. Eine schwarze Spinne kletterte auf die runzlige Hand der Pförtnerin. Ihre weißen Augen starrten ins Leere. Leise schlich ich zu den Treppen.

Seit mindestens dreißig Jahren hatte hier niemand mehr eine Glühbirne ausgewechselt. Die Treppenstufen waren glitschig und ausgetreten, die Absätze Schächte von Dunkelheit und Stille. Von einer Dachluke bei der obersten Wohnung ging eine zittrige Helligkeit aus. Dort flatterte eine Taube umher, die den Weg nach draußen nicht mehr fand. Die zweite Wohnung im vierten Stock lag hinter einer massiven Kassettentür mit einer Klinke, die nach Eisenbahnwaggon aussah. Ich klingelte zweimal und hörte im Innern das Echo verhallen. Einige Minuten verstrichen. Ich klingelte erneut. Zwei weitere Minuten. Ich dachte, ich hätte ein Grab betreten. Eines von Hunderten geisterhafter Häuser, die Barcelonas Altstadt verzaubern.

Auf einmal wurde der Schieber am Guckloch betätigt. Lichtstrahlen durchbrachen die Dunkelheit. Die Stimme, die ich vernahm, war aus Sand – eine Stimme, die seit Ewigkeiten nicht mehr gesprochen hatte.

»Wer ist da?«

»Señor Kolwenik? Michail Kolwenik?«, fragte ich. »Dürfte ich mich einen Moment mit Ihnen unterhalten, bitte?«

Schlagartig wurde wieder der Schieber betätigt. Stille. Eben wollte ich noch einmal klingeln, als die Tür aufging.

Eine Silhouette zeichnete sich auf der Schwelle ab. In der Wohnung hörte man einen Wasserhahn.

»Was willst du, mein Junge?«

»Señor Kolwenik?«

»Ich bin nicht Kolwenik«, unterbrach mich die Stimme. »Mein Name ist Sentís, Benjamín Sentís.«

»Verzeihen Sie, Señor Sentís, aber ich habe diese Adresse bekommen und …«

Ich reichte ihm die Karte, die mir der Dienstmann auf dem Bahnhof gegeben hatte. Eine steife Hand ergriff sie, und der Mann, dessen Gesicht ich nicht erkennen konnte, studierte sie eine Weile schweigend und gab sie mir dann wieder zurück.

»Michail Kolwenik lebt seit vielen Jahren nicht mehr hier.«

»Kennen Sie ihn denn?«, fragte ich. »Vielleicht können Sie mir helfen?«

Wieder ein langes Schweigen.

»Komm rein«, sagte Benjamín Sentís.

Er war ein korpulenter Mann, der in einem granatro-
ten Flanellschlafrock hauste. Zwischen seinen Lippen
hing eine erloschene Pfeife, und sein Gesicht zierte
einer dieser Schnurrbärte, die in die Koteletten über-
gingen, Stil Jules Verne. Die Wohnung lag über dem
Dächerdschungel der Altstadt und schwebte in äthe-
rischer Helle. In der Ferne erkannte man die Türme
der Kathedrale und dahinter den Hügel des Montjuïc.
Auf einem Klavier häuften sich Staubschichten, und
der Boden war mit Schachteln voller längst eingegan-
gener Zeitungen übersät. Nichts in dieser Wohnung
zeugte von der Gegenwart. Benjamín Sentís lebte im
Plusquamperfekt.

Wir setzten uns ins Wohnzimmer, das auf einen
Balkon hinausging, und Sentís betrachtete wieder die
Karte.

»Warum suchst du Kolwenik?«, fragte er.

Ich beschloss, ihm alles von Anfang an zu erzählen,
von unserem Besuch auf dem Friedhof bis zu der seltsamen Erscheinung der Dame in Schwarz an diesem
Morgen auf dem Francia-Bahnhof. Sentís hörte mir
mit verlorenem Blick zu, ohne irgendeine Regung zu
zeigen. Als ich zu Ende erzählt hatte, machte sich ein
unbehagliches Schweigen zwischen uns breit. Sentís

schaute mich aufmerksam an. Er hatte einen kalten, durchdringenden, einen wölfischen Blick.

»Michail Kolwenik wohnte vier Jahre lang in dieser Wohnung, kurz nachdem er nach Barcelona gekommen war. Da hinten liegt noch das eine oder andere seiner Bücher rum. Das ist alles, was von ihm übriggeblieben ist.«

»Haben Sie vielleicht seine gegenwärtige Adresse? Wissen Sie, wo ich ihn finden kann?«

Sentís lachte.

»Versuch's doch mal in der Hölle.«

Ich schaute ihn verständnislos an.

»Michail Kolwenik ist 1948 gestorben.«

Wie mir Benjamín Sentís an diesem Morgen erzählte, war Michail Kolwenik Ende 1919 nach Barcelona gekommen. Damals war er knapp über zwanzig; er stammte aus Prag und war auf der Flucht vor einem durch den Ersten Weltkrieg verwüsteten Europa. Er sprach kein Wort Katalanisch oder Spanisch, jedoch fließend Französisch und Deutsch. Er hatte weder Geld noch Freunde oder Bekannte in dieser schwierigen, feindlichen Stadt. Seine erste Nacht in Barcelona verbrachte er im Gefängnis, da er beim Schlafen in einem Hauseingang erwischt wurde, wo er sich vor der Kälte hatte schützen wollen. In der Zelle verpassten ihm zwei des Raubes, Überfalls und der Brandstiftung angeklagte Insassen eine Tracht Prügel mit dem Argument, all der lausigen Ausländer wegen sei das Land auf den Hund gekommen. Die drei gebrochenen Rippen, die Quetschungen und inneren Verletzungen heilten mit der Zeit wieder aus, aber auf dem linken Ohr verlor er für immer das Gehör. »Nervenverletzung«, diagnostizierten die Ärzte. Ein übler Anfang. Doch Michail Kolwenik sagte immer, was schlecht beginne, könne nur noch besser enden. Zehn Jahre später war er einer der reichsten und einflussreichsten Männer Barcelonas.

Auf der Gefängniskrankenstation lernte er den Mann kennen, der mit den Jahren sein bester Freund wurde, einen jungen Arzt englischer Abstammung namens Joan Shelley. Dieser sprach ein wenig Deutsch und wusste aus eigener Erfahrung, was es hieß, sich in einem fremden Land als Ausländer zu fühlen. Dank ihm bekam Kolwenik nach seiner Entlassung eine Anstellung in einem kleinen Unternehmen namens Velo-Granell. Da wurden Orthopädieartikel und medizinische Prothesen hergestellt. Der Marokkokonflikt und der Erste Weltkrieg hatten für diese Produkte einen enormen Markt geschaffen – Legionen von Männern, die zum höheren Ruhm von Bankiers, Kanzlern, Generalen, Börsenmaklern und anderen Vaterlandsvätern für ihr ganzes Leben verstümmelt und im Namen von Freiheit, Demokratie, Reich, Rasse oder Flagge zerstört worden waren.

Die Werkstätten der Velo-Granell lagen neben dem Born-Markt. Die Schaukästen im Inneren mit künstlichen Armen, Augen, Beinen und Gelenken riefen dem Besucher die Zerbrechlichkeit des menschlichen Körpers in Erinnerung. Mit einem bescheidenen Gehalt und der Empfehlung der Firma fand Michail Kolwenik Unterkunft in einer Wohnung der Calle Princesa. Ein gieriger Leser, hatte er in einem halben Jahr gelernt, sich auf Katalanisch und Spanisch durchzuschlagen. Sein Talent und seine Erfindungsgabe machten ihn bald zu einem der wichtigsten Angestellten der Velo-Granell. Er verfügte über umfassende Kenntnisse in Medizin, Chirurgie und Anatomie und entwarf einen revolutionären pneumatischen Mechanismus, dank dem bei Bein- und Armprothesen Bewegungen ausgeführt werden konnten. Die Apparatur reagierte auf Muskelimpulse und verlieh dem Patienten eine noch nie dagewesene Beweglichkeit. Diese Erfindung katapultierte die Velo-Granell an die Spitze der Branche. Doch das war erst der Anfang. Unermüdlich produzierte Kolweniks Zeichentisch neue Errungenschaften, und schließlich wurde er zum Chefingenieur der Entwicklungsabteilung ernannt.

Monate später stellte ein Unglücksfall das Talent des jungen Kolwenik auf die Probe. Der Sohn des Velo-Granell-Gründers erlitt im Werk einen schrecklichen Unfall. Eine hydraulische Presse hatte ihm wie ein Drachenschlund beide Hände abgerissen. Wochenlang arbeitete Kolwenik unermüdlich an der Erfindung neuer Hände aus Holz, Metall und Porzellan, deren Finger auf den Befehl von Muskeln und Sehnen des Unterarms reagierten. Die von Kolwenik ersonnene Lösung nutzte die elektrischen Ströme der Nervenstimuli im Arm, um die Bewegung auszulösen. Vier Monate nach dem Unfall nahm das Opfer erstmals die neuen mechanischen Hände in Betrieb, mit denen es Gegenstände ergreifen, eine Zigarette anzünden oder sich ohne Hilfe das Hemd zuknöpfen konnte. Jedermann war sich darin einig, dass Kolwenik diesmal alles Vorstellbare übertroffen hatte. Kolwenik, kein großer Freund von Lobesworten und Euphorie, meinte, das sei erst der Beginn einer neuen Wissenschaft. In Anerkennung seines Werks ernannte ihn der Velo-Granell-Gründer zum Generaldirektor des Unternehmens und bot ihm ein Aktienpaket an, das ihn gemeinsam mit dem Mann, dem sein Erfindergeist neue Hände verschafft hatte, praktisch zu einem der Inhaber machte.

Unter Kolweniks Leitung schlug die Velo-Granell eine neue Richtung ein. Die Firma erweiterte das Angebot und diversifizierte ihre Produktpalette. Sie legte sich als Symbol einen schwarzen Schmetterling mit ausgebreiteten Flügeln zu, dessen Bedeutung Kolwenik nie erläuterte. Das Werk wurde infolge der Lancierung neuer Mechanismen vergrößert: mit Gelenken versehene Gliedmaßen, Kreislaufklappen, Knochenfasern und zahllose weitere Erfindungen. Der Vergnügungspark auf dem Tibidabo bevölkerte sich mit menschlichen Automaten, die Kolwenik zum Zeitvertreib und als Experimentierfeld geschaffen hatte. Die Velo-Granell exportierte in sämtliche Länder Europas, nach Amerika und Asien. Der Wert der Aktien und Kolweniks persönliches Vermögen nahmen gewaltig zu, aber er selbst weigerte sich, die bescheidene Behausung in der Calle Princesa zu verlassen. Er fand, es gebe keinen Anlass für eine Veränderung. Er war ein einsamer Mensch, der ein schlichtes Leben führte, und diese Unterkunft reichte für ihn und seine Bücher.

Das sollte sich ändern, als eine neue Figur auf dem Spielbrett erschien. Ewa Irinowa war der Star in einem Erfolgsstück im Teatro Real. Die junge Frau russischer Abstammung war knapp neunzehn. Man sagte, ihrer Schönheit halber hätten sich Kavaliere in Paris, Wien und anderen Städten das Leben genommen. Auf ihren Reisen hatte Ewa Irinowa zwei seltsame Personen um sich, die Zwillingsgeschwister Sergei und Tatjana Glasunow. Sie waren Ewas Agenten und Tutoren. Es hieß, Sergei und die junge Diva seien Geliebte, die finstere Tatjana schlafe in einem Sarg im Orchestergraben des Teatro Real, Sergei sei einer der Mörder der Romanow-Dynastie gewesen, Ewa habe die Gabe, sich mit den Geistern der Verstorbenen zu unterhalten … Allerhand ausgefallener Klatsch nährte den Ruhm der schönen Irinowa, die Barcelona völlig im Griff hatte.

Die Irinowa-Legende kam Kolwenik zu Ohren. Neugierig besuchte er eines Abends das Theater, um der Ursache von so viel Aufruhr persönlich auf den Grund zu gehen. Nach einem einzigen Abend war er wie geblendet von der jungen Frau. Von diesem Tag an wurde ihre Garderobe buchstäblich zu einem Rosenbeet. Zwei Monate nach dieser Offenbarung beschloss Kolwenik, im Theater eine Loge zu mieten. Jeden Abend verbrachte er dort, um hingerissen den Gegenstand seiner Anbetung zu betrachten. Natürlich wurde die Angelegenheit zum Stadtgespräch. Eines schönen Tages trommelte Kolwenik seine Anwälte zusammen und hieß sie dem Impresario Daniel Mestres ein Angebot machen. Er wollte dieses alte Theater und damit die Schulden übernehmen, die es mit sich schleppte, um es von Grund auf neu aufzubauen und zur besten Bühne Europas zu machen. Ein blendendes Theater mit den modernsten technischen Errungenschaften und ganz seiner angebeteten Ewa Irinowa gewidmet. Die Theaterleitung versagte sich seinem großzügigen Angebot nicht. Das neue Projekt wurde auf den Namen Gran Teatro Real getauft. Einen Tag später trug Kolwenik Ewa Irinowa in perfektem Russisch die Ehe an. Sie willigte ein.

Das Paar plante, nach der Hochzeit in eine Traumvilla zu ziehen, die sich Kolwenik neben dem Park Güell bauen ließ. Er selbst hatte zuvor dem Architekturbüro Sunyer, Balcells i Baró einen Entwurf des Prachtbaus vorgelegt. Es hieß, niemals in der Geschichte Barcelonas sei für einen privaten Wohnsitz eine derartige Summe ausgegeben worden, und das bedeutete etwas. Nicht allen gefiel jedoch dieses Märchen. Kolweniks Partner bei der Velo-Granell war dessen Besessenheit ein Dorn im Auge, da er befürchtete, Kolwenik werde zur Finanzierung seines irrwitzigen Projekts, das Teatro Real zum achten Weltwunder zu machen, Mittel der Firma investieren. Damit lag er nicht ganz falsch. Zudem begann man nun in der Stadt über Kolweniks wenig orthodoxe Praktiken zu munkeln. Es traten Zweifel an seiner Vergangenheit und an seiner Selfmademan-Fassade auf. Dank der unerbittlichen Anwaltsmaschinerie der Velo-Granell erstarben die meisten dieser Gerüchte wieder, ehe sie in die Druckereien der Presse gelangten. Mit Geld kann man sein Glück nicht kaufen, sagte Kolwenik immer, aber dafür kaufte er sich alles andere.

Sergei und Tatjana Glasunow, Ewa Irinowas finstere Wärter, sahen ihre Zukunft in Gefahr. In der im Bau befindlichen neuen Villa war kein Raum für sie vorgesehen. Kolwenik, der das Problem mit den Zwillingen erwartet hatte, bot ihnen eine großzügige Summe an, damit sie ihren angeblichen Vertrag mit

Irinowa auflösten. Dafür sollten sie das Land verlassen und sich verpflichten, nie wieder zurückzukehren oder sich mit Ewa Irinowa in Verbindung zu setzen. Zornentbrannt weigerte sich Sergei rundweg und schwor Kolwenik, dass er sie nie loswürde.

Als Sergei und Tatjana am nächsten Tag frühmorgens aus einer Haustür in der Calle Sant Pau traten, setzte eine aus einem Fuhrwerk abgegebene Salve ihrem Leben beinahe ein Ende. Der Angriff wurde den Anarchisten in die Schuhe geschoben. Eine Woche später unterzeichneten die Zwillinge das Dokument, in dem sie zusicherten, Ewa Irinowa freizugeben und für immer zu verschwinden. Das Hochzeitsfest wurde auf den 24. Juni 1935 festgesetzt. Schauplatz sollte die Kathedrale von Barcelona sein.

Die Zeremonie, von einigen mit der Krönung von König Alfonso XIII. verglichen, fand an einem strahlenden Vormittag statt. Die Menschenmenge besetzte jeden Winkel der Avenida de la Catedral, gierig danach, sich mit dem Prunk und der Pracht des Schauspiels vollzusaugen. Noch nie hatte Ewa Irinowa so betörend ausgesehen. Zu den Klängen von Wagners Hochzeitsmarsch, auf der Freitreppe der Kathedrale vom Orchester des Liceo-Theaters gespielt, stieg das Brautpaar zur Kutsche mit den weißen Pferden hinab, die es erwartete. Sie waren nur noch drei Meter davon entfernt, da durchbrach ein Mann den Sicherheitskordon und stürzte sich auf das Paar. Man hörte alarmierte Schreie. Als er sich umwandte, sah sich Kolwenik den blutunterlaufenen Augen Sergei Glasunows gegenüber. Keiner der Anwesenden sollte je vergessen, was dann geschah. Glasunow zog ein Flakon aus der Tasche und schüttete den Inhalt Ewa Irinowa ins Gesicht. Die Säure versengte den Schleier und verwandelte ihn in ein Gespinst aus Dampf. Ein Aufheulen spaltete den Himmel. Die Menge explodierte in einen wilden Haufen, und in einem einzigen Augenblick verlor sich der Angreifer zwischen den Menschen.

Kolwenik kniete neben der Braut nieder und nahm sie in die Arme. Unter der Einwirkung der Säure zerflossen Ewa Irinowas Gesichtszüge wie ein frisch gemaltes Aquarell im Wasser. Die dampfende Haut schrumpfte zu einem verbrannten Pergament, und der Gestank nach versengtem Fleisch erfüllte die Luft. Die Augen der jungen Frau waren unversehrt geblieben. In ihnen waren der Schrecken und die Agonie zu lesen. Kolwenik wollte das Antlitz seiner Gattin retten, indem er seine Hände darauf legte. Doch es blieben nur Fleischfetzen hängen, während die Säure seine Handschuhe zerfraß. Als Ewa schließlich die Besinnung verlor, war ihr Gesicht nichts anderes mehr als eine groteske Maske aus Knochen und bloßliegendem Fleisch.

Das renovierte Teatro Real öffnete seine Tore nie. Nach der Tragödie brachte Kolwenik seine Frau in die noch unfertige Villa neben dem Park Güell. Ewa Irinowa setzte nie wieder einen Fuß außer Haus. Die Säure hatte ihr Gesicht vollkommen verätzt und zudem ihre Stimmbänder beschädigt. Es hieß, sie verständige sich mit Hilfe von Notizen auf einem Block und verlasse ihre Gemächer oft wochenlang nicht.

Zu dieser Zeit begannen sich die Finanzprobleme der Velo-Granell als schwerwiegender abzuzeichnen als angenommen. Kolwenik fühlte sich in die Enge getrieben und ließ sich bald nicht mehr im Betrieb sehen. Man munkelte, er habe sich eine seltsame Krankheit zugezogen, die ihn mehr und mehr ans Haus fessele. Zahllose Unregelmäßigkeiten in der Führung der Velo-Granell und seltsame Transaktionen, die Kolwenik persönlich in der Vergangenheit durchgeführt hatte, kamen ans Tageslicht. Kolwenik, zurückgezogen in seinem Refugium mit seiner geliebten Ewa, wurde zu einer Figur der schwarzen Legende. Ein Aussätziger. Die Regierung enteignete das Konsortium der Gesellschaft Velo-Granell. Die Gerichtsbehörden untersuchten den Fall, der mit einem über tausendseitigen Dossier eben erst seinen Anfang nahm.

In den darauffolgenden Jahren verlor Kolwenik sein Vermögen. Seine Villa wurde zu einer Burgruine voller Schatten. Die Bediensteten, die monatelang ihr

Gehalt nicht mehr bekommen hatten, zogen aus. Nur Kolweniks persönlicher Fahrer hielt ihm die Treue. Alle möglichen haarsträubenden Gerüchte kamen in Umlauf. Man erzählte sich, Kolwenik und seine Frau lebten unter Ratten und schweiften ruhelos in den Gängen dieses Grabes umher, in das sie sich zu Lebzeiten verbannt hatten.

Im Dezember 1948 verzehrte ein entsetzlicher Brand ihr Anwesen. Wie die Zeitung *El Brusi* schrieb, waren die Flammen bis Mataró zu sehen. Wer sich daran erinnert, versichert, der Himmel über Barcelona sei zu einem scharlachroten Bild geworden, und riesige Aschewolken seien im Morgengrauen über die Stadt gezogen, während die Menge schweigend das rauchende Skelett der Ruinen betrachtet habe. Kolweniks und Ewas Leichen fanden sich verkohlt im Dachgeschoss in enger Umarmung. Dieses Bild erschien auf der Frontseite der *Vanguardia* unter dem Titel »Das Ende einer Ära«.

Anfang 1949 begann Barcelona die Geschichte von Michail Kolwenik und Ewa Irinowa zu vergessen. Die große Stadt war in unabänderlichem Wandel begriffen, und das Geheimnis um die Velo-Granell gehörte einer legendären Vergangenheit an, die dazu verurteilt war, für immer unterzugehen.

11

Was mir Benjamín Sentís erzählt hatte, verfolgte mich die ganze Woche wie ein heimlicher Schatten. Je mehr ich darüber nachdachte, desto mehr kam ich zur Überzeugung, dass in dieser Geschichte Teile fehlten. Welche, das war eine andere Frage. Diese Gedanken nagten von früh bis spät an mir, während ich ungeduldig auf Germáns und Marinas Rückkehr wartete.

Nachmittags nach Schulschluss ging ich zu ihrem Haus, um mich zu vergewissern, dass alles in Ordnung war. Immer wartete Kafka bei der Eingangstür auf mich, manchmal mit einer erjagten Beute zwischen den Zähnen. Ich füllte seinen Teller mit Milch, und wir plauderten miteinander, das heißt, er trank die Milch, und ich hielt einen Monolog. Mehr als einmal war ich versucht, die Abwesenheit der Hausbesitzer zu nutzen, um alles auszukundschaften, aber ich beherrschte mich. In jedem Winkel war der Widerhall ihrer Anwesenheit zu spüren. Ich machte es mir zur Gewohnheit, den Einbruch der Nacht in dem leeren Haus abzuwarten, in der Wärme ihrer unsichtbaren Gesellschaft. Ich setzte mich in den Salon mit den Bildern und betrachtete stundenlang die Porträts, die Germán Blau fünfzehn Jahre zuvor von seiner Frau gemalt hatte. In ihnen sah ich eine erwachsene Marina, die Frau, zu der sie bereits wurde. Ich fragte mich, ob ich wohl eines Tages fähig wäre, etwas von ähnlichem Wert zu erschaffen. Überhaupt etwas von Wert.

Am Sonntag bezog ich Stellung im Francia-Bahnhof. Es dauerte noch zwei Stunden, bis der Schnellzug aus Madrid käme. Ich vertrieb mir die Zeit mit Hin- und Herspazieren. Unter der mächtigen Kuppel versammelten sich Züge und Fremde wie Wallfahrer. Für mich gehörten die alten Bahnhöfe schon immer zu den wenigen magischen Orten, die es auf der Welt noch gab. Hier mischten sich die Geister der Erinnerungen und Abschiede mit dem Beginn Hunderter von Reisen an ferne Destinationen und ohne Rückkehr. Wenn ich mich eines Tages verirre, soll man mich auf einem Bahnhof suchen, dachte ich.

Der Pfiff des Schnellzugs aus Madrid riss mich aus meinen Träumereien. Der Zug fuhr in vollem Galopp in den Bahnhof ein und peilte sein Gleis an; das Ächzen der Bremsen erfüllte die Luft. Seinem Gewicht entsprechend träge kam er zum Stillstand. Die ersten Fahrgäste stiegen aus, namenlose Gestalten. Ich ließ den Blick über den ganzen Bahnsteig schweifen, mein Herz drohte zu bersten. Dutzende unbekannte Gesichter zogen an mir vorüber. Plötzlich wurde ich unschlüssig – sollte ich mich im Tag, im Zug, im Bahnhof, in der Stadt oder im Planeten geirrt haben? Da hörte ich hinter mir eine unverwechselbare Stimme.

»Das ist aber eine Überraschung, mein lieber Óscar. Man hat Sie vermisst.«

»Gleichfalls«, antwortete ich und drückte die Hand des alten Malers.

Marina stieg aus. Sie trug dasselbe weiße Kleid wie am Tag der Abreise. Wortlos und mit strahlendem Blick lächelte sie mir zu.

»Und wie war Madrid?«, fragte ich ins Blaue hinein und nahm Germán das Köfferchen ab.

»Wunderbar. Und siebenmal größer als das letzte Mal. Wenn diese Stadt nicht zu wachsen aufhört, wird sie eines Tages über die Ränder der Meseta hinausfließen.«

In Germáns Stimme war eine prächtige Laune und ungewöhnliche Energie festzustellen. Ich hoffte, das sei ein Anzeichen dafür, dass die Nachrichten des Arztes vom La-Paz-Krankenhaus verheißungsvoll waren. Während er sich auf dem Weg zum Ausgang redselig bei einem verdutzten Dienstmann über die Fortschritte der Eisenbahnwissenschaften ausließ, hatte ich Gelegenheit, mit Marina allein zu sein. Sie drückte mir fest die Hand.

»Wie ist alles gelaufen?«, flüsterte ich. »Germán wirkt aufgekratzt.«

»Gut. Sehr gut. Danke, dass du uns abholen gekommen bist.«

»Danke, dass du zurückgekommen bist. Barcelona hat die letzten Tage sehr leer gewirkt … Ich muss dir eine Menge erzählen.«

Vor dem Bahnhof hielten wir ein Taxi an, einen alten Dodge, der lauter war als der Schnellzug aus Madrid. Auf der Fahrt die Ramblas hinauf betrachtete Germán die Menschen, Märkte und Blumenstände und lächelte zufrieden.

»Man kann sagen, was man will, aber eine Straße wie diese gibt es in keiner anderen Stadt der Welt, mein lieber Óscar. Da kann man selbst über New York nur lachen.«

Marina nickte zu den Bemerkungen ihres Vaters, der nach dieser Reise wie neu belebt und jünger wirkte.

»Ist morgen nicht Feiertag?«, fragte er auf einmal.

»Ja«, sagte ich.

»Dann haben Sie also keinen Unterricht …«

»Theoretisch nicht.«

Germán lachte auf, und für eine Sekunde glaubte ich in ihm den jungen Burschen zu sehen, der er vor Jahrzehnten einmal gewesen war.

»Und sagen Sie, haben Sie morgen schon was vor, mein lieber Óscar?«

Um acht Uhr früh war ich bereits bei ihnen, wie mich Germán gebeten hatte. Am Vorabend hatte ich meinem Tutor versprochen, an sämtlichen Abenden dieser Woche doppelt so viele Stunden zu lernen, wenn er mir an diesem Tag, einem Feiertag, freigäbe.

»Ich weiß ja nicht, was du in letzter Zeit treibst. Das hier ist kein Hotel, aber auch kein Gefängnis. Für dein Verhalten bist du selbst verantwortlich«, sagte Pater Seguí misstrauisch. »Du musst wissen, was du tust, Óscar.«

Als ich im Haus in Sarriá eintraf, fand ich Marina in der Küche, wo sie einen Korb mit Sandwiches und Thermosflaschen mit Getränken füllte. Kafka verfolgte ihre Bewegungen aufmerksam und leckte sich die Schnauze.

»Wohin geht's denn?«, fragte ich neugierig.

»Überraschung.«

Kurz darauf erschien Germán, euphorisch und aufgeräumt und wie ein Rallyefahrer aus den zwanziger Jahren gekleidet. Er gab mir die Hand und fragte, ob ich ihm in der Garage helfen könne. Ich nickte. Eben erst hatte ich entdeckt, dass sie eine Garage hatten – in Wirklichkeit sogar drei, wie ich feststellte, als ich mit Germán übers Grundstück ging.

»Ich freue mich, dass Sie mitkommen können, Óscar.«

Er blieb vor der dritten Garagentür stehen, einem efeuüberwachsenen Schuppen von der Größe eines kleinen Hauses. Beim Öffnen quietschte der Türgriff. Eine Staubwolke erfüllte den dunklen Innenraum, der aussah, als sei er zwanzig Jahre lang verschlossen gewesen. Das Skelett eines alten Motorrads, verrostete Werkzeuge und gestapelte Kisten, alles unter einer Staubschicht so dick wie ein Perserteppich. Ich erkannte eine graue Plane, mit der etwas zugedeckt war, was ein Auto sein musste. Germán ergriff eine Ecke der Plane und bedeutete mir, es ihm gleichzutun.

»Auf drei?«, fragte er.

Auf das Zeichen hin zogen wir beide kräftig, und die Plane verschwand wie ein Brautschleier. Nachdem sich die Staubwolke im leichten Wind verzogen hatte, gab das schwache Licht, das durch die Bäume drang, eine Vision frei. Ein eindrucksvoller weinroter Fünfziger-Jahre-Tucker mit Chromfelgen schlummerte in dieser Höhle. Verblüfft schaute ich Germán an. Er lächelte stolz.

»Solche Autos werden heute nicht mehr hergestellt, Óscar.«

»Wird er fahren können?«, fragte ich mit einem Blick auf dieses, wie mir schien, Museumsstück.

»Was Sie da sehen, ist ein Tucker, Óscar. Er fährt nicht los, er prescht davon.«

Eine Stunde später kurvten wir über die Küstenstraße. Germán saß am Steuer, sah aus wie ein Pionier des Automobilismus und lächelte, als hätte er das große Los gezogen. Marina und ich hatten vorn neben ihm Platz genommen. Kafka verfügte über den ganzen Fond und schlief friedlich. Alle anderen Autos überholten uns, aber ihre Insassen drehten sich um und starrten mit Staunen und Bewunderung auf den Tucker.

»Bei einem Klassefahrzeug ist die Geschwindigkeit vollkommen nebensächlich«, erklärte Germán.

Wir waren schon in der Nähe von Blanes, und ich hatte noch immer keine Ahnung, wohin die Reise ging. Germán war mit Fahren beschäftigt, und ich mochte ihn in seiner Konzentration nicht stören. Er fuhr mit der für ihn typischen Galanterie, gewährte selbst den Ameisen den Vortritt und grüßte Radfahrer, Passanten und die Motorradfahrer der Guardia Civil. Nach Blanes kündigte eine Tafel den Küstenort Tossa de Mar an. Ich sah zu Marina hin, und sie blinzelte mir zu. Ich dachte, vielleicht besuchten wir das Schloss von Tossa, doch der Tucker umfuhr das Dorf und folgte der schmalen Küstenstraße nach Norden. Es war weniger eine Straße als ein zwischen Himmel und Steilküste schwebendes Band, das sich um Hunderte scharfe Kurven schlängelte. Zwischen den Ästen der Pinien hindurch, die sich an steile Flanken klammerten, war das weit wie eine glühende blaue Decke daliegende Meer zu sehen. Etwa hundert Meter weiter unten bildeten Dutzende von unzugäng-

lichen Buchten und verborgenen Winkeln eine ge-
heime Route zwischen Tossa de Mar und la Punta
Prima beim Hafen von Sant Feliu de Guíxols in zwanzig Kilometer Entfernung.

Nach etwas über einer Viertelstunde hielt Germán
am Straßenrand an. Mit einem Blick gab mir Marina
zu verstehen, wir seien am Ziel. Wir stiegen aus, und
Kafka entfernte sich Richtung Pinien, als kennte er
den Weg. Während sich Germán versicherte, dass
die Bremse des Tucker fest angezogen war, so dass er
nicht den Hang hinuntersausen konnte, trat Marina
an den Abgrund zum Meer. Ich stellte mich neben sie
und starrte hinunter. Zu unseren Füßen umfasste eine
kleine, halbmondförmige Bucht eine Meerzunge von
durchsichtigem Grün. Dahinter beschrieben Felsen
und Strände einen Bogen bis zur Punta Prima, wo
sich zuoberst auf dem Berg wie eine Schildwache die
Silhouette der Einsiedelei Sant Elm erhob.

»Komm, gehen wir«, sagte Marina.

Ich folgte ihr zwischen den Pinien hindurch. Der
Pfad führte über das Grundstück eines alten verlassenen Hauses, das eine Beute der Sträucher geworden
war. Von dort glitt eine in den Fels gehauene Treppe
zum Strand mit seinen goldenen Steinen hinunter. Bei
unserem Anblick flog ein Schwarm Tauben auf und
zog sich in die Hänge zurück, die die Bucht säumten
und eine Basilika aus Felsen, Meer und Licht bildeten.
Das Wasser war so glasklar, dass man jede Falte Sand

unter der Oberfläche lesen konnte. In der Mitte der Bucht ragte eine Steinspitze wie der Bug eines gestrandeten Schiffs hinaus. Der Meeresgeruch war kräftig, und eine salzig schmeckende Brise kämmte die Küste. Marinas Blick verlor sich am Horizont aus Silber und Dunst.

»Diese Ecke ist mir die liebste auf der ganzen Welt«, sagte sie.

Sie wollte mir unbedingt jeden Winkel in den Steilhängen zeigen. Bald wurde mir klar, dass ich mir am Ende das Genick brechen oder kopfüber ins Wasser stürzen würde.

»Ich bin doch keine Gemse!« Ich versuchte, ein wenig gesunden Menschenverstand in diese seillose Bergsteigerei zu bringen.

Marina überhörte meine Bedenken und erkletterte vom Meer abgeschliffene Wände und schlüpfte durch Öffnungen, wo die Gezeiten atmeten wie ein versteinerter Wal. In ständiger Sorge, meinen Stolz zu verlieren, wartete ich weiterhin darauf, dass das Schicksal jeden Moment das Gesetz der Schwerkraft auf mich anwenden würde. Es dauerte nicht lange, bis sich meine Vorhersage erfüllte. Marina war auf die andere Seite eines winzigen Inselchens gesprungen, um eine Felsgrotte zu erforschen. Ich dachte, wenn sie es schaffte, sei es wohl besser, es ebenfalls zu versuchen.

Einen Augenblick später versank ich mit beiden Beinen im Mittelmeer. Ich zitterte vor Kälte und Scham. Beunruhigt beobachtete mich Marina von den Felsen aus.

»Ich bin in Ordnung«, wimmerte ich. »Ich habe mir nicht weh getan.«

»Ist es kalt?«

»Keine Spur. Wie Brühe.«

Sie lächelte, schlüpfte vor meinen verdutzten Augen aus ihrem weißen Kleid und warf sich in die Lagune. Dann tauchte sie lachend neben mir wieder auf. In dieser Jahreszeit war das ein Wahnsinn. Aber ich beschloss, es ihr gleichzutun. Wir schwammen mit energischen Zügen und legten uns dann auf den lauen Steinen in die Sonne. In den Schläfen spürte ich den beschleunigten Puls – ich könnte nicht sicher sagen, ob wegen des eisigen Wassers oder wegen der Durchsichtigkeit, die das Bad Marinas nasser Unterwäsche verliehen hatte. Sie bemerkte meinen Blick und stand auf, um ihr Kleid von den Felsen zu holen. Ich sah sie zwischen den Steinen dahingehen, wobei sich jeder Muskel unter der feuchten Haut abzeichnete, wenn sie den Felsen auswich. Ich leckte mir die salzigen Lippen und wurde mir meines Bärenhungers bewusst.

Den Rest des Nachmittags verbrachten wir in dieser vor der Welt verborgenen Bucht, verzehrten die Sandwiches aus dem Korb, und Marina erzählte die eigentümliche Geschichte der Besitzerin des verlassenen Wohnsitzes zwischen den Pinien.

Das Haus hatte einer holländischen Schriftstellerin gehört, der eine seltsame Krankheit jeden Tag ein wenig mehr vom Augenlicht raubte. Da sie sich ihres Schicksals bewusst war, ließ sie sich auf den Steilhängen eine Zufluchtsstätte bauen und zog sich für ihre letzten lichten Tage hierher zurück, wo sie dem Strand gegenübersaß und das Meer betrachtete.

»Ihre einzige Gesellschaft waren Sascha, ein deutscher Schäferhund, und ihre Lieblingsbücher«, erklärte Marina. »Nachdem sie völlig erblindet war und wusste, dass ihre Augen nie wieder eine neue Morgendämmerung über dem Meer erblicken würden, bat sie einige Fischer, die immer in der Bucht vor Anker gingen, sich Saschas anzunehmen. Einige Tage später ruderte sie frühmorgens in einem Boot aufs Meer hinaus. Sie wurde nie wieder gesehen.«

Aus irgendeinem Grund argwöhnte ich, die Geschichte mit der holländischen Autorin sei eine Erfindung Marinas, und gab ihr das auch zu verstehen.

»Manchmal geschehen die realistischsten Dinge nur in der Vorstellung, Óscar«, entgegnete sie. »Wir erinnern uns nur an das, was nie geschehen ist.«

Germán war eingeschlafen, das Gesicht unter dem

Hut und Kafka zu seinen Füßen. Traurig betrachtete Marina ihren Vater. Die Gelegenheit nutzend, nahm ich sie bei der Hand, und wir gingen ans andere Ende des Strandes. Dort setzten wir uns auf ein Bett aus von den Wellen polierten Felsen, und ich erzählte ihr alles, was während ihrer Abwesenheit vorgefallen war, ohne ein einziges Detail auszulassen, weder die seltsame Erscheinung der Dame in Schwarz im Bahnhof noch die Geschichte Michail Kolweniks und der Velo-Granell, die mir Benjamín Sentís erzählt hatte, noch die finstere Gestalt in der Gewitternacht in ihrem Haus in Sarriá. Marina hörte mir schweigend zu, den Blick im Wasser verloren, das ihre Füße umspielte, geistesabwesend. Eine gute Weile blieben wir wortlos dort sitzen und betrachteten die Einsiedelei Sant Elm in der Ferne.

»Was hat denn der Arzt im La Paz gesagt?«, fragte ich schließlich.

Sie schaute auf. Die Sonne begann unterzugehen, und im orangefarbenen Licht sah ich ihre tränennassen Augen.

»Er hat nicht mehr lange zu leben ...«

Ich drehte mich um und sah Germán uns zuwinken. Ich spürte, wie sich mir das Herz zusammenschnürte und ein unerträglicher Kloß in den Hals setzte.

»Er glaubt es nicht«, sagte Marina. »Es ist auch besser so.«

Ich schaute sie erneut an und sah, dass sie sich mit einer optimistischen Handbewegung rasch die Tränen getrocknet hatte. Ich ertappte mich dabei, wie ich sie anstarrte und mich dann, ohne zu wissen, woher ich den Mut nahm, über sie beugte und ihren Mund suchte. Sie legte ihre Finger auf meine Lippen und streichelte in sanfter Zurückweisung mein Gesicht. Eine Sekunde später erhob sie sich und ging davon. Ich seufzte.

Dann stand ich ebenfalls auf und kehrte zu Germán zurück. Beim Näherkommen sah ich, dass er in ein kleines Notizheft zeichnete. Ich erinnerte mich daran, dass er seit Jahren keinen Bleistift oder Pinsel mehr in die Hand genommen hatte. Er schaute auf und lächelte mir zu.

»Na, was sagen Sie zur Ähnlichkeit, Óscar?« Unbekümmert zeigte er mir das Heft.

Die Bleistiftstriche hatten Marinas Gesicht mit beängstigender Vollkommenheit festgehalten.

»Es ist großartig«, flüsterte ich.

»Gefällt es Ihnen? Freut mich.«

Am anderen Ende des Strandes zeichnete sich Marinas Silhouette ab, unbeweglich vor dem Meer. Germán betrachtete zuerst sie, dann mich. Er riss das Blatt heraus und reichte es mir.

»Für Sie, Óscar, damit Sie meine Marina nicht vergessen.«

Auf der Rückfahrt machte die Dämmerung das Meer zu einer Fläche aus geschmolzenem Kupfer. Germán saß lächelnd am Steuer und erzählte unermüdlich Anekdoten über seine Jahre in diesem alten Tucker. Marina hörte ihm zu, lachte über seine Späße und hielt das Gespräch mit den unsichtbaren Fäden einer Zauberin in Gang. Ich schwieg, die Stirn ans Fenster gepresst und die Seele zuunterst in der Hosentasche. Auf halbem Weg nahm Marina wortlos meine Hand zwischen die ihren.

Wir kamen in Barcelona an, als es dunkel wurde. Germán wollte mich unbedingt zum Eingang des Internats bringen. Er parkte den Tucker vor dem Gittertor und gab mir die Hand. Marina stieg aus und ging mit mir hinein. Ihre Gegenwart verbrannte mich, und ich wusste nicht, wie ich mich entfernen sollte.

»Óscar, wenn es da was gibt …«

»Nein.«

»Schau, Óscar, es gibt Dinge, die du nicht verstehst, aber …«

»Das ist offensichtlich«, unterbrach ich sie. »Gute Nacht.«

Ich wandte mich um und wollte durch den Garten entfliehen.

»Warte«, sagte Marina am Tor.

Neben dem Teich blieb ich stehen.

»Du sollst wissen, dass das heute einer der schönsten Tage meines Lebens gewesen ist«, sagte sie.

Als ich mich umdrehte, um zu antworten, war sie schon weg.

Jede Treppenstufe kam mir vor, als trüge ich Bleistiefel. Ich begegnete einigen meiner Kameraden, die mich argwöhnisch musterten wie einen Unbekannten. Das Gemunkel über meine geheimnisvollen Abwesenheiten hatte in der Schule die Runde gemacht. Das war mir ziemlich egal. Ich nahm die Tageszeitung vom Tisch im Speisesaal und zog mich damit in mein Zimmer zurück. Dort legte ich mich mit dem Blatt auf der Brust aufs Bett. Im Gang waren Stimmen zu hören. Ich knipste die Nachttischlampe an und versank in der für mich unwirklichen Welt der Zeitung. In jeder Zeile schien Marinas Name zu stehen. Es wird schon vorübergehen, dachte ich. Kurz danach beruhigte mich die Routine der Nachrichten. Es gibt nichts Besseres, als von den Problemen der anderen zu lesen, um die eigenen zu vergessen. Kriege, Gaunereien, Morde, Betrügereien, Hymnen, Paraden und Fußball. Die Welt hatte sich nicht verändert. Etwas ruhiger las ich weiter. Zuerst bemerkte ich sie gar nicht. Es war eine jener kleinen Meldungen, mit denen man auf einer Seite eine Lücke füllt. Ich faltete die Zeitung zusammen und hielt sie ins Licht.

LEICHENFUND IN EINEM ABWASSER-
KANAL DES GOTISCHEN VIERTELS

Von Gustavo Berceo, Red.

(Barcelona.) Am frühen Freitagmorgen wurde in einer Mündung des vierten Sammelkanals der Kanalisation von Ciutat Vella die Leiche von Benjamín Sentís
gefunden, dreiundachtzig Jahre alt und aus Barcelona
gebürtig. Es ist nicht bekannt, wie die Leiche in dieses
seit 1941 geschlossene Teilstück gelangte. Die Todes-
ursache scheint Herzstillstand gewesen zu sein. Aber
laut unseren Quellen sind der Leiche beide Hände
abgetrennt worden. Benjamín Sentís, pensioniert, er-
langte in den vierziger Jahren eine gewisse Bekannt-
heit im Zusammenhang mit dem Skandal um die
Firma Velo-Granell, bei der er Aktionär gewesen war.
In den letzten Jahren hatte er zurückgezogen in einer
kleinen Wohnung in der Calle Princesa gewohnt, fast
völlig verarmt und ohne bekannte Angehörige.

12

Diese Nacht tat ich kein Auge zu, da mir Sentís' Geschichte unermüdlich im Kopf herumging. Immer wieder las ich die Meldung von seinem Tod, in der Hoffnung, zwischen Punkten und Kommas einen geheimen Hinweis zu finden. Der Alte hatte mir verschwiegen, dass er bei der Velo-Granell Kolweniks Partner gewesen war. Wenn der Rest der Geschichte stimmte, musste er der Sohn des Firmengründers gewesen sein, der Sohn, der fünfzig Prozent des Aktienpakets geerbt hatte, als Kolwenik zum Generaldirektor ernannt wurde. Diese Offenbarung verschob sämtliche Teilchen des Puzzles. Wenn mich Sentís in diesem Punkt belogen hatte, konnte er auch in allen anderen gelogen haben. Das Tageslicht ertappte mich beim Versuch, mir die Bedeutung dieser Geschichte und ihres Ausgangs zu erklären.

An diesem Dienstag machte ich mich in der Mittagspause dünn, um Marina zu treffen.

Als hätte sie meine Gedanken gelesen, wartete sie im Garten mit der Zeitung vom Vortag in den Händen. Ein kurzer Blick genügte mir, um zu wissen, dass sie die Meldung von Sentís' Tod gelesen hatte.

»Dieser Mann hat dich belogen ...«

»Und jetzt ist er tot.«

Sie warf einen Blick zum Haus hinüber, als befürchtete sie, Germán könnte uns hören.

»Wir machen lieber einen Spaziergang«, schlug sie vor.

Obwohl ich in weniger als einer halben Stunde wieder in der Schule sein musste, willigte ich ein. Unsere Schritte führten uns zum Santa-Amelia-Park an der Grenze zum Viertel Pedralbes. Mitten im Park stand eine vor kurzem zum Bürgerhaus umgebaute Villa. Einer der ehemaligen Salons war nun eine Cafeteria. Dort setzten wir uns an einen Tisch am großen Fenster. Marina las laut die Meldung, die ich längst auswendig konnte.

»Es steht nirgends, dass es Mord war«, meinte sie wenig überzeugt.

»Das ist auch nicht nötig. Ein Mann, der zwanzig Jahre zurückgezogen gelebt hat, wird tot in der Kanalisation gefunden, nachdem sich auch noch jemand einen Spaß daraus gemacht hat, ihm beide Hände abzutrennen, bevor er die Leiche zurückgelassen hat ...«

»Einverstanden. Mord.«

»Es ist mehr als Mord.« Meine Nerven waren zum Zerreißen gespannt. »Was hatte Sentís mitten in der Nacht in einem verlassenen Abwasserkanal zu suchen?«

Ein Kellner, der hinter der Theke gelangweilt Gläser trocknete, hörte uns zu.

»Sprich leiser«, flüsterte Marina.

Ich nickte und versuchte mich zu beruhigen.

»Vielleicht sollten wir zur Polizei gehen und mitteilen, was wir wissen«, sagte sie.

»Aber wir wissen ja gar nichts.«

»Wahrscheinlich wissen wir etwas mehr als sie. Vor einer Woche lässt dir eine geheimnisvolle Dame eine Karte mit Sentís' Adresse und dem Symbol des schwarzen Schmetterlings zukommen. Du besuchst Sentís, der nichts von alledem wissen will, dir aber eine merkwürdige Geschichte von Michail Kolwenik und der Firma Velo-Granell auftischt, die vor vierzig Jahren in undurchsichtige Angelegenheiten verwickelt war. Aus irgendeinem Grund vergisst er, dir zu sagen, dass er mit zu dieser Geschichte gehört hat, dass er sogar der Sohn des Gründers war, der Mann, für den dieser Kolwenik nach einem Unfall in der Fabrik zwei künstliche Hände entwickelt hat. Sieben Tage später findet man Sentís tot in den Kloaken ...«

»Ohne die orthopädischen Hände.« Ich erinnerte mich daran, dass Sentís gezaudert hatte, mir zur Begrüßung die Hand zu geben. Beim Gedanken an jene steife Hand lief mir ein Schauer über den Rücken.

»Als wir in dieses Gewächshaus hineingingen, sind wir irgendeiner Sache über den Weg gelaufen.« Ich versuchte, meine Gedanken zu ordnen. »Und jetzt gehören wir unversehens dazu. Die schwarze Frau kam mit dieser Karte zu mir.«

»Óscar, wir wissen nicht, ob sie zu dir kam noch welches ihre Beweggründe waren. Wir wissen nicht, wer sie ist.«

»Aber sie weiß, wer wir sind und wo sie uns finden kann. Und wenn sie es weiß …«

Marina seufzte.

»Lass uns auf der Stelle die Polizei anrufen, und dann vergessen wir das Ganze so schnell wie möglich«, sagte sie. »Es gefällt mir gar nicht, und außerdem geht es uns nichts an.«

»Doch, es geht uns etwas an, seit wir der Dame auf dem Friedhof gefolgt sind.«

Marina ließ den Blick durch den Park schweifen, wo zwei Kinder mit einem Drachen herumtollten und ihn zum Fliegen zu bringen versuchten. Ohne sich von ihnen abzuwenden, murmelte sie langsam:

»Was schlägst du also vor?«

Ich wusste ganz genau, was ich im Sinn hatte.

Die Sonne stand über der Kirche auf der Plaza de Sarriá, als Marina und ich in den Paseo de la Bonanova einbogen, Richtung Gewächshaus. Wir waren vorausschauend genug gewesen, eine Taschenlampe und eine Schachtel Streichhölzer einzupacken. Wir nahmen die Calle Iradier und drangen dann in die einsamen Passagen ein, die die Eisenbahngleise säumten. Durch die Bäume war das Echo der nach Vallvidrera hinauffahrenden Züge zu hören. Bald fanden wir die Gasse wieder, wo wir die Dame aus den Augen verloren hatten, und das hölzerne Tor, hinter dem sich im Hintergrund das Gewächshaus verbarg.

Eine Laubschicht bedeckte das Pflaster. Um uns herum breiteten sich gallertartige Schatten aus, als wir ins Gestrüpp vordrangen. Das Gras pfiff im Wind, und zwischen den Wolken am Himmel lächelte das Gesicht des Mondes. Als es dunkel war, ließ mich der Efeu auf dem Gewächshaus an Schlangenhaare denken. Wir gingen um die Konstruktion herum zur Hintertür. Im Schein eines Streichholzes erblickten wir das vom Moos fleckig gewordene Symbol von Kolwenik und der Velo-Granell. Ich schluckte und schaute Marina an. Ihr Gesicht verströmte einen leichenhaften Glanz.

»Es ist deine Idee gewesen, hierher zurückzukehren ...«, sagte sie.

Ich knipste die Taschenlampe an, und ihr rötliches Licht beleuchtete die Schwelle des Gewächshauses. Vor dem Eintreten warf ich einen Blick hinein. Schon bei Tageslicht war mir dieser Ort schauerlich vorgekommen. Jetzt, in der Nacht, wirkte er wie der Schauplatz eines Albtraums. Der Strahl der Lampe enthüllte gewundene Reliefs im Schutt. Ich ging voran, die Lampe geradeaus gerichtet, Marina mir nach. Der feuchte Boden quatschte unter unseren Füßen. Das schaudererregende Sirren der Figuren, wenn sie sich berührten, war bis zu uns zu hören. Ich horchte in die Schatten im Gewächshaus hinein. Einen Moment konnte ich mich nicht erinnern, ob sich die aufgehängten Figuren oben oder unten befunden hatten, als wir hier weggegangen waren. Ich blickte Marina an und sah, dass sie an dasselbe dachte.

»Seit letztem Mal ist jemand hier gewesen ...«, sagte sie und deutete auf die auf halber Höhe an der Decke hängenden Silhouetten.

Ein Meer von Füßen baumelte. Im Nackenansatz spürte ich eine Kältewelle, und mir wurde klar, dass jemand gekommen war, um die Figuren herunterzulassen. Ohne noch mehr Zeit zu verlieren, ging ich zum Schreibtisch und reichte Marina die Taschenlampe.

»Was suchen wir denn?«, flüsterte sie.

Ich zeigte auf das Album mit den alten Fotos auf dem Schreibtisch. Ich ergriff es und steckte es in die Umhängetasche auf dem Rücken.

»Dieses Album gehört nicht uns, Óscar, ich weiß nicht, ob ...«

Ich überhörte ihren Protest und kniete nieder, um die Schreibtischschubladen zu untersuchen. Die erste enthielt allerhand verrostete Werkzeuge, Messer, Stichel und stumpf gewordene Sägen. Die zweite war leer. Kleine schwarze Spinnen wimmelten darin umher und suchten in den Winkeln Zuflucht. Ich schob die Schublade zu und versuchte mein Glück bei der dritten. Sie war verschlossen.

»Was ist?«, hörte ich Marina voller Ungeduld flüstern.

Ich nahm eines der großen Messer aus der ersten Schublade und versuchte, das Schloss aufzubrechen. Hinter mir hielt Marina die Lampe in die Höhe und beobachtete die tanzenden Schatten, die über die Wände des Gewächshauses huschten.

»Dauert's noch lange?«

»Ganz ruhig. Eine Minute.«

Ich ertastete mit dem Messer den Beschlag des Schlosses und bohrte rundherum das Holz auf. Es war trocken und morsch und gab meinem Druck problemlos nach. Geräuschvoll splitterte das Holz. Marina kniete neben mir nieder und legte die Lampe auf den Boden.

»Was ist das für ein Geräusch?«, fragte sie auf einmal.

»Nichts. Das Holz der Schublade, das nachgibt …«

Sie legte ihre Hand auf meine, um meine Bewegung zu stoppen. Einen Augenblick umgab uns Stille. Ich spürte ihren raschen Puls auf der Hand. Dann vernahm auch ich dieses Geräusch. Das Klappern von Holz in der Höhe. Inmitten dieser in der Dunkelheit verankerten Figuren rührte sich etwas. Ich versuchte krampfhaft, mehr zu sehen, und erblickte gerade noch den Umriss von etwas Armähnlichem, das sich gewunden bewegte. Eine der Figuren kam herunter – so, wie eine Natter durchs Geäst gleitet. Gleichzeitig begannen sich andere Figuren zu regen. Ich umklammerte das Messer und stand zitternd auf. In diesem Moment stieß jemand oder etwas die Lampe zu unseren Füßen weg, so dass sie in einen Winkel rollte und wir in tiefste Dunkelheit gehüllt waren. Da hörten wir das Pfeifen auf uns zukommen.

Ich nahm meine Freundin bei der Hand, und wir rannten auf den Ausgang zu. Hinter uns senkte sich langsam die Figurenmaschinerie herab, Arme und Beine berührten unsere Köpfe und versuchten, sich in unseren Kleidern festzukrallen. Ich spürte metallene Fingernägel im Nacken. Neben mir schrie Marina auf, und ich stieß sie vor mir her durch diesen teuflischen Tunnel von Gestalten, die aus dem Dunkel heruntersanken. Die durch den Efeu dringenden Strahlen des Mondlichts enthüllten zerbrochene Gesichter, Glasaugen und Emailgebisse.

Kräftig schwang ich das Messer nach allen Seiten. Da spürte ich, wie es einen harten Körper schlitzte. Eine dicke Flüssigkeit ergoss sich über meine Finger. Ich zog die Hand zurück; ein Etwas riss Marina in die Schatten hinein. Sie heulte vor Schreck auf, und ich sah das blicklose Gesicht mit den leeren schwarzen Augenhöhlen der hölzernen Tänzerin, die mit messerscharfen Fingern Marinas Kehle umklammerte.

Das Gesicht der Figur war von einer Maske toter Haut bedeckt. Mit aller Kraft warf ich mich auf sie und riss sie zu Boden. Dicht aneinandergepresst, liefen wir zur Tür, während die geköpfte Tänzerinnengestalt aufstand und auferstand, eine Marionette an unsichtbaren Fäden mit Klauen, die wie eine Schere klapperten.

Als wir an die frische Luft gelangten, sah ich, dass uns mehrere Figuren den Ausweg versperrten. Wir liefen in der Gegenrichtung auf einen Schuppen an der Mauer zu, die das Grundstück von den Eisenbahnschienen trennte. Die Glastüren des Schuppens waren von jahrzehntealtem Schmutz blind geworden. Geschlossen. Mit dem Ellbogen zerschlug ich die Scheiben und ertastete das Schloss im Inneren. Die Klinke gab nach, und die Tür öffnete sich nach innen. Wir stürzten hinein. Die hinteren Fenster bildeten zwei Flecken milchiger Helle. Auf der anderen Seite konnte man das Gewirr der Oberleitungen der Bahn erahnen. Marina schaute einen Augenblick zurück. In der Tür des Schuppens zeichneten sich eckige Formen ab.

»Rasch!«, rief sie.

Verzweifelt schaute ich mich nach etwas um, womit ich die Scheiben einschlagen konnte. Eine rostige Autoleiche moderte im Dunkeln vor sich hin. Davor lag die Kurbel für den Motor. Ich ergriff sie und schlug, mich vor den Splittern schützend, immer wieder auf die Fensterscheiben ein. Die nächtliche Brise wehte mir ins Gesicht, und ich nahm den verbrauchten Atem aus dem dunklen Loch wahr.

»Hier lang!«

Marina hievte sich zur Fensteröffnung hinauf, während ich die Silhouetten langsam in die Garage hereinrobben sah. Mit beiden Händen schwang ich die Kurbel. Auf einmal hielten die Figuren inne und wichen einen Schritt zurück. Verständnislos schaute ich zu, und da hörte ich dieses mechanische Atmen über mir. Instinktiv sprang ich zum Fenster, genau in dem Moment, als sich ein Körper von der Decke löste. Ich erkannte die Figur des armlosen Polizisten. Sein Gesicht schien ebenfalls von einer plump vernähten Maske toter Haut bedeckt. Die Nähte bluteten.

»Óscar!«, rief Marina auf der anderen Seite des Fensters.

Ich stürzte durch den Schlund der zersplitterten Scheibe und spürte, wie mir eine Glaszunge in die Hose schnitt und säuberlich das Fleisch auftrennte. Als ich auf der anderen Seite landete, brandete der Schmerz gnadenlos auf mich ein. Ich spürte, wie unter dem Stoff lauwarm das Blut rann. Marina half mir auf die Beine, und wir überquerten mühsam die Gleise. In diesem Augenblick klammerte sich etwas an meinen Knöchel, so dass ich kopfüber auf die Schiene fiel. Verwirrt drehte ich mich um. Die Hand einer monströsen Marionette schloss sich um meinen Fuß. Ich stützte mich auf die Schiene und spürte die Vibration des Metalls. In der Ferne zeichnete sich auf den Mauern das Licht eines Zuges ab. Ich hörte das Quietschen der Räder und spürte unter meinem Körper den Boden erzittern.

Marina wimmerte auf, als sie sah, dass sich in voller Geschwindigkeit ein Zug näherte. Sie kniete zu meinen Füßen nieder und rangelte mit den Holzhänden, die mich festhielten. Ich hörte heulend den Pfiff. Die Puppe lag leblos da und hielt unerschütterlich ihre Beute fest. Mit beiden Händen kämpfte Marina um meine Befreiung. Einer der Finger gab nach. Sie stöhnte. Eine halbe Sekunde später richtete sich dieser Körper auf und packte mit der anderen Hand Marinas Arm. Mit aller Kraft schlug ich die Kurbel, die ich noch in der Hand hielt, dieser Figur ins Gesicht, bis ihre Schädelstruktur barst. Voller Entsetzen stellte ich fest, dass das, was ich für Holz gehalten hatte, Knochen war. In diesem Geschöpf hauste Leben.

Das Brausen des Zuges wurde ohrenbetäubend und erstickte unsere Schreie. Die Steine zwischen den Gleisen bebten. Das Scheinwerferlicht hüllte uns ein. Ich schloss die Augen und schlug weiterhin aus ganzer Seele auf diese unheilvolle Marionette ein, bis sich der Kopf vom Körper löste. Erst jetzt gaben uns die Klauen frei. Vom Licht geblendet, rollten wir über die Steine. Wenige Zentimeter neben unseren Körpern fegte funkensprühend tonnenweise Stahl vorbei.

Die zerstückelten Teile der Teufelsbrut spritzten davon, rauchend wie die Glut eines Feuers.

Als der Zug vorüber war, öffneten wir die Augen. Ich wandte mich zu Marina um und nickte, wie um zu bestätigen, dass ich wohlauf war. Langsam standen wir auf. Da spürte ich den stechenden Schmerz in meinem Bein. Marina legte meinen Arm um ihre Schulter, so dass ich es auf die andere Seite der Schiene schaffte. Dort wandten wir uns um und schauten zurück. Zwischen den Gleisen bewegte sich etwas, leuchtend unter dem Mond. Es war eine von den Rädern des Zuges abgetrennte hölzerne Hand. Sie bewegte sich spastisch, immer langsamer und blieb dann reglos liegen. Wortlos kletterten wir zwischen den Sträuchern zu einer Gasse hinauf, die zur Calle Anglí führte. In der Ferne waren die Kirchenglocken zu hören.

Zum Glück schlummerte Germán in seinem Studio, als wir ankamen. Leise führte mich Marina zu einem der Badezimmer, um mir im Kerzenlicht die Wunde am Bein zu waschen. Wände und Boden waren mit glasierten Kacheln ausgekleidet, in denen sich die Flammen spiegelten. In der Mitte stand auf vier eisernen Füßen eine riesige Badewanne.

»Zieh die Hose aus«, sagte Marina, die mir den Rücken zuwandte und in der Hausapotheke hantierte.

»Was?«

»Du hast mich schon gehört.«

Ich tat wie geheißen und legte das Bein auf den Wannenrand. Der Schnitt war tiefer, als ich gedacht hatte, und die Ränder hatten sich purpurrot verfärbt. Mir wurde übel. Marina kniete neben mir nieder und untersuchte das Bein sorgfältig.

»Tut's weh?«

»Nur wenn ich es anschaue.«

Meine Behelfskrankenschwester näherte sich dem Schnitt mit einem alkoholgetränkten Wattebausch.

»Das wird brennen …«

Als der Alkohol die Wunde ätzte, klammerte ich mich so kräftig an die Wanne, dass sich meine Fingerabdrücke in sie eingruben.

»Tut mir leid«, flüsterte Marina und blies auf den Schnitt.

»Mir tut es noch leider.«

Ich atmete tief durch und schloss die Augen, während sie gewissenhaft die Wunde reinigte. Schließlich nahm sie eine Mullbinde aus der Hausapotheke und verband den Schnitt. Mit kundiger Hand klebte sie das Pflaster fest.

»Sie hatten es nicht auf uns abgesehen«, sagte sie.

Ich wusste nicht genau, was sie meinte.

»Diese Figuren im Gewächshaus«, sagte sie, ohne mich anzuschauen. »Sie haben das Fotoalbum gesucht. Wir hätten es nicht mitnehmen dürfen.«

Ich spürte ihren Atem auf dem Bein, während sie den Verband anlegte.

»Wegen dem am Strand, neulich ...«, begann ich.

Marina hielt inne und schaute auf.

»Nichts.«

Sie klebte das letzte Stück Pflaster fest und betrachtete mich schweigend, ich dachte, sie würde etwas sagen, doch sie stand einfach auf und verließ das Badezimmer.

Ich blieb mit den Kerzen und einer unbrauchbaren Hose allein.

13

Als ich nach Mitternacht das Internat betrat, lagen alle meine Kameraden schon im Bett, aber durch die Schlüssellöcher sickerten schwache Lichtstrahlen auf den Gang. Auf Zehenspitzen glitt ich zu meinem Zimmer und schloss so leise wie möglich die Tür. Dann schaute ich auf den Wecker – fast ein Uhr. Ich knipste die Lampe an und zog das Fotoalbum aus der Tasche, das wir aus dem Gewächshaus mitgenommen hatten.

Wieder versank ich in die Galerie der Gestalten, die es beherbergte. Ein Bild zeigte eine Hand, deren Finger wie bei einem Amphibium durch Membranen verbunden waren. Daneben entblößte ein Mädchen in Weiß und mit blonden Korkenzieherlocken teuflisch grinsend zwischen den Lippen Reißzähne wie bei einem Hund. Seite um Seite zogen grausame Auswüchse der Natur an mir vorbei. Zwei Albinogeschwister, deren Haut im bloßen Licht einer Kerze in Flammen aufzugehen schien. Am Schädel zusammengewachsene Siamesen mit einander für ein ganzes Leben zugewandten Gesichtern. Der nackte Körper einer Frau mit einer Wirbelsäule, die gewunden war wie ein dürrer Ast. Viele waren Kinder oder Jugendliche, die jünger aussahen als ich. Erwachsene und gar Greise gab es kaum. Natürlich – die Lebenserwartung dieser Unglückseligen war äußerst gering.

Ich erinnerte mich an Marinas Worte, dieses Album gehöre nicht uns und wir hätten es niemals an uns nehmen dürfen. Jetzt, da sich das Adrenalin in meinem Blut verflüchtigt hatte, bekam dieser Gedanke eine neue Bedeutung. Mit dem Betrachten des Albums entweihte ich eine Sammlung von Erinnerungen, die nicht mir gehörten. Ich sah, dass diese Bilder der Traurigkeit und des Unglücks auf ihre Art ein Familienalbum bildeten. Wiederholt blätterte ich mich durch die Seiten, im Glauben, in ihnen eine Verbindung zu spüren, die weiter reichte als Raum und Zeit. Schließlich klappte ich es zu und verwahrte es wieder in meiner Tasche. Ich löschte das Licht, und das Bild von Marina, wie sie über den Strand spazierte, kam mir in den Sinn. Ich sah sie am Ufer davongehen, bis der Schlaf die Stimme der Flut zum Verstummen brachte.

Für einen Tag hatte der Regen Barcelona satt und entfernte sich nach Norden. Wie ein Strolch ließ ich an diesem Nachmittag die letzte Unterrichtsstunde aus, um mich mit Marina zu treffen. Die Wolken hatten sich zu einem blauen Vorhang aufgetan, die Sonne sprenkelte die Straßen. Marina erwartete mich im Garten, in ihr Geheimheft versunken. Sowie sie mich erblickte, klappte sie es eilig zu. Ich fragte mich, ob sie über mich schrieb oder über das, was uns im Gewächshaus widerfahren war.

»Wie geht's deinem Bein?« Sie drückte das Heft mit beiden Armen an sich.

»Ich werde es überleben. Komm, ich möchte dir etwas zeigen.«

Ich zog das Album hervor und setzte mich neben sie auf den Brunnenrand. Während ich blätterte, seufzte Marina leise, verwirrt von diesen Bildern.

»Da.« Bei einem Foto gegen Ende des Albums hielt ich inne. »Heute Morgen beim Aufstehen ist es mir eingefallen. Bisher war ich noch nicht drauf gekommen, aber jetzt …«

Marina betrachtete das Bild, das ich ihr hinhielt. Ein Schwarzweißfoto, verhext durch die seltene Schärfe, die nur die alten Studioporträts besitzen. Darauf sah man einen Mann mit brutal missgebildetem Schädel und einer Wirbelsäule, die ihn kaum auf den Füßen hielt. Er stützte sich auf einen jungen Mann in weißem Kittel mit runden Brillengläsern und einer zu seinem akkurat geschnittenen Schnurrbart passenden Fliege. Ein Arzt. Er schaute in die Kamera. Der Patient bedeckte sich mit der Hand die Augen, als schämte er sich seiner Geartetheit. Dahinter konnte man die spanische Wand einer Umkleidekabine erkennen und etwas, was eine Arztpraxis sein musste. In einer Ecke sah man eine halb geöffnete Tür. Dort stand ein sehr kleines Mädchen mit einer Puppe und betrachtete schüchtern die Szene. Die Fotografie schien in erster Linie ein medizinisches Dokument zu sein.

»Schau genau hin«, sagte ich.

»Ich sehe nichts weiter als einen armen Teufel …«

»Schau nicht ihn an. Schau dahinter.«

»Ein Fenster …«

»Und was siehst du durch dieses Fenster?«

Sie runzelte die Stirn.

»Erkennst du ihn?« Ich deutete auf eine Drachenfigur, die die Fassade des Hauses jenseits des Zimmers schmückte, wo die Aufnahme gemacht worden war.

»Den hab ich irgendwo gesehen …«

»Das habe ich auch gedacht. Hier in Barcelona. Auf den Ramblas, gegenüber dem Liceo-Theater. Ich habe sämtliche Aufnahmen in diesem Album genau studiert, und das ist die einzige, die in Barcelona gemacht worden ist.«

Ich löste das Bild ab und reichte es Marina. Auf der Rückseite war in fast verwischten Buchstaben zu lesen:

Fotostudio Martorell-Borrás – 1951
Kopie – Dr. Joan Shelley
Rambla de los Estudiantes, 46–48, 1°. Barcelona

Mit einem Schulterzucken gab mir Marina das Bild zurück.

»Das Foto ist vor fast dreißig Jahren gemacht worden, Óscar, das besagt doch nichts.«

»Heute Vormittag habe ich im Telefonbuch nachgeschaut. Dieser Dr. Shelley ist immer noch drin, und zwar in der Rambla de los Estudiantes Nr. 46–48, erster Stock. Ich wusste doch, dass er mir bekannt vorkam. Dann habe ich mich daran erinnert, dass Sentís sagte, Dr. Shelley sei Michail Kolweniks erster Freund in Barcelona gewesen.«

Marina schaute mich lange an.

»Und du, um das zu feiern, hast noch etwas mehr getan, als nur im Telefonbuch nachzuschlagen …«

»Ich habe angerufen«, gab ich zu. »Dr. Shelleys Tochter María hat geantwortet. Ich hab ihr gesagt, es sei höchst wichtig, dass wir mit ihrem Vater sprechen.«

»Und sie hat dich ernst genommen?«

»Zuerst nicht, aber als ich Michail Kolweniks Namen nannte, hat sich ihre Stimme verändert. Ihr Vater hat eingewilligt, uns zu empfangen.«

»Und wann?«

Ich schaute auf die Uhr.

»In rund vierzig Minuten.«

Mit der U-Bahn fuhren wir zur Plaza de Cataluña. Es wurde bereits dunkel, als wir die Treppe zu den Ramblas hinaufstiegen. Weihnachten lag vor der Tür und die Stadt im Glanz der Lichtergirlanden. Die Straßenlaternen zeichneten bunte Muster auf den Boulevard. Zwischen Blumenkiosken und Cafés flatterten Taubenschwärme, es wimmelte von Straßenmusikanten und Animierdamen, Touristen und Provinzlern, Polizisten und Gaunern, Bürgern und Gespenstern aus anderen Zeiten. Germán hatte recht – nirgends sonst auf der Welt gab es eine solche Straße.

Vor uns erhob sich die Silhouette des Liceo-Theaters. Es war ein Abend mit Operngala, und das Lichterdiadem des Vordachs war an. Auf der anderen Seite des Boulevards erkannten wir an einer Ecke der Fassade den grünen Drachen des Fotos, der die Menge betrachtete. Bei seinem Anblick dachte ich, die Geschichte habe die Altäre und Farbbildchen für den heiligen Georg reserviert, dem Drachen aber sei auf ewig Barcelona zugefallen.

Dr. Shelleys ehemalige Praxis belegte den ersten Stock eines herrschaftlichen Hauses mit düsterer Beleuchtung. Wir durchquerten ein höhlenartiges Entree, von dem aus in einer Spirale eine gewundene Treppe hinaufführte. Unsere Schritte verloren sich im Echo des Treppenhauses. Die Türklopfer waren schmiedeeiserne Engelsgesichter. Kathedralenartige Dachfenster umgaben das Oberlicht und machten das Haus zum größten Kaleidoskop der Welt. Der erste Stock war, wie immer bei Häusern jener Zeit, nicht der erste, sondern der dritte – nach Hochparterre und Hauptstock gelangten wir zu der Tür, auf der ein altes Bronzeschild verkündete: *Dr. Joan Shelley.* Ich schaute auf die Uhr. Es fehlten noch zwei Minuten bis zu der vereinbarten Zeit, als Marina anklopfte.

Zweifellos war die Frau, die uns öffnete, einem Heiligenbild entsprungen. Ungreifbar, jungfräulich und von einem mystischen Hauch umgeben. Ihre Haut war schneeweiß, beinahe durchsichtig und ihre Augen hell bis zur Farblosigkeit. Ein Engel ohne Flügel.

»Señora Shelley?«, fragte ich wohlerzogen.

Sie nickte, und ihr Blick glühte vor Neugier.

»Guten Abend«, setzte ich an. »Mein Name ist Óscar. Ich habe heute Vormittag mit Ihnen gesprochen.«

»Ich weiß. Kommen Sie, kommen Sie.«

Nachdem wir eingetreten waren, bewegte sie sich wie eine Tänzerin auf Wolken, im Zeitlupentempo. Sie war von fragilem Körperbau und roch nach Rosenwasser. Ich schätzte sie auf etwas über dreißig, obwohl sie jünger wirkte. Eines ihrer Handgelenke war verbunden, und um den Schwanenhals trug sie ein Tüchlein. Die Diele war eine mit Samt und Rauchglasspiegeln ausgekleidete Dunkelkammer. Die Wohnung roch nach Museum, als wäre die Luft schon seit Jahrzehnten darin gefangen.

»Wir sind Ihnen sehr dankbar, dass Sie uns empfangen. Das ist meine Freundin Marina.«

María fasste Marina ins Auge. Immer schon hat mich fasziniert, wie Frauen einander mustern. Das hier war keine Ausnahme.

»Erfreut«, sagte María Shelley schließlich gedehnt. »Mein Vater ist ein Mann fortgeschrittenen Alters mit ein wenig flatterhaftem Temperament. Bitte ermüden Sie ihn nicht.«

»Seien Sie unbesorgt«, sagte Marina.

Sie bat uns herein. Sie bewegte sich tatsächlich mit luftiger Elastizität.

»Und Sie sagen, Sie haben etwas, was dem verstorbenen Señor Kolwenik gehörte?«, fragte María.

»Haben Sie ihn denn gekannt?«, fragte ich meinerseits.

Bei den Erinnerungen an frühere Zeiten leuchtete ihr Gesicht auf.

»Nicht wirklich, nein … Ich habe aber viel von ihm gehört. Als Mädchen«, fügte sie wie für sich selbst hinzu.

Die mit schwarzem Samt ausgeschlagenen Wände waren von Heiligen-, Muttergottes- und Märtyrerbildchen bedeckt, Letztere im Todeskampf. Die dunklen Teppiche absorbierten das bisschen Licht, das zu den Ritzen der geschlossenen Fenster hereindrang.

Während wir unserer Gastgeberin durch diese Galerie folgten, fragte ich mich, wie lange sie hier schon allein mit ihrem Vater leben mochte. Ob sie je geheiratet und außerhalb der bedrückenden Welt dieser Wände irgendetwas erlebt, geliebt oder gefühlt hatte?

Vor einer Schiebetür blieb María Shelley stehen und klopfte an.

»Vater?«

Dr. Joan Shelley bzw. das, was von ihm übriggeblieben war, saß unter mehreren Decken in einem Sessel vor dem Feuer. Seine Tochter ließ uns mit ihm allein. Ich versuchte, meine Augen von ihrer Wespentaille abzuwenden, während sie sich zurückzog. Der greise Arzt, in dem ich kaum den Mann wiedererkannte, dessen Foto ich in der Tasche hatte, betrachtete uns schweigend. Seine Augen verrieten Argwohn. Eine seiner Hände zitterte leicht auf der Sessellehne. Unter einer Maske von Kölnischwasser stank sein Körper nach Krankheit. Sein sarkastisches Lächeln konnte das Unbehagen nicht übertünchen, das ihm die Welt und sein eigener Zustand einflößten.

»Die Zeit macht mit dem Körper, was die Dummheit mit der Seele macht«, sagte er, auf sich deutend. »Sie lässt ihn vermodern. Was wollen Sie?«

»Wir haben uns gefragt, ob Sie uns von Michail Kolwenik erzählen könnten.«

»Könnte ich schon, aber ich sehe keinen Grund dafür«, sagte der Arzt kurz angebunden. »Seinerzeit ist schon genügend geredet worden, und alles war gelogen. Würden die Leute auch nur ein Viertel so viel denken, wie sie reden, diese Welt wäre ein Paradies.«

»Ja, aber wir sind an der Wahrheit interessiert«, sagte ich.

Der Alte verzog das Gesicht zu einer spöttischen Grimasse.

»Die Wahrheit findet man nicht, mein Junge. Sie findet einen.«

Ich versuchte, gefügig zu lächeln, begann aber zu ahnen, dass dieser Mann tatsächlich nicht im Sinn hatte, seine Zugeknöpftheit aufzugeben. Marina erriet meine Befürchtung und ergriff die Initiative.

»Dr. Shelley«, sagte sie sanft, »zufällig ist uns eine Fotosammlung in die Hände geraten, die Señor Michail Kolwenik gehört haben könnte. Auf einem dieser Bilder sind Sie mit einem Ihrer Patienten zu sehen. Aus diesem Grund haben wir es gewagt, Sie zu belästigen, in der Hoffnung, die Sammlung ihrem rechtmäßigen Eigentümer zurückzugeben.«

Diesmal gab es keinen lapidaren Satz zur Antwort. Der Arzt betrachtete Marina, ohne eine gewisse Überraschung zu verbergen. Ich fragte mich, warum mir keine solche List eingefallen war, und dachte, je mehr Marina die Last des Gesprächs übernehme, desto besser.

»Ich weiß nicht, von was für Fotografien Sie spre-chen.«

»Es ist ein Archiv, das von Missbildungen betrof-fene Patienten zeigt«, sagte sie.

In den Augen des Arztes leuchtete es auf. Wir hat-ten einen Nerv berührt. Unter den Decken gab es also doch Leben.

»Was bringt Sie auf den Gedanken, diese Sammlung könnte Michail Kolwenik gehört haben?«, fragte er mit gespielter Gleichgültigkeit. »Oder ich hätte ir-gendetwas damit zu tun?«

»Ihre Tochter hat uns gesagt, Sie beide seien Freunde gewesen«, sagte Marina, vom Thema abwei-chend.

»María hat die Tugend der Naivität«, unterbrach Shelley sie feindselig.

Marina nickte, stand auf und gab mir ein Zeichen, es ihr gleichzutun.

»Ich verstehe«, sagte sie höflich. »Wir müssen uns geirrt haben. Tut uns leid, Sie belästigt zu haben, Dok-tor. Gehen wir, Óscar. Wir werden schon herausfin-den, wem wir die Sammlung geben müssen.«

»Einen Augenblick.«

Shelley räusperte sich und bedeutete uns, wieder Platz zu nehmen.

»Habt ihr diese Sammlung noch?«

Marina nickte und hielt dem Blick des Alten stand. Auf einmal gab Shelley ein Geräusch von sich, das wahrscheinlich Gelächter war, aber klang, als zerknüllte er alte Zeitungsseiten.

»Wie soll ich wissen, dass ihr die Wahrheit sagt?«
Marina warf mir einen stummen Befehl zu. Ich zog das Foto aus der Tasche und reichte es ihm. Er ergriff es mit seiner zitternden Hand und studierte es ausgiebig. Schließlich wandte er den Blick zum Feuer und begann zu sprechen.

Wie er uns erzählte, war Dr. Shelley Sohn eines britischen Vaters und einer katalanischen Mutter. In einem Krankenhaus in Bournemouth hatte er sich auf Traumatologie spezialisiert. Als er sich in Barcelona niederließ, waren ihm als Fremdem die Türen zu allen gesellschaftlichen Kreisen verschlossen, wo verheißungsvolle Karrieren geschmiedet wurden. Alles, was er bekam, war eine Stelle im medizinischen Trakt des Gefängnisses. Er behandelte Michail Kolwenik, nachdem dieser eine brutale Tracht Prügel hatte einstecken müssen. Damals sprach Kolwenik weder Spanisch noch Katalanisch. Zu seinem Glück konnte Shelley ein wenig Deutsch. Shelley lieh ihm Geld, damit er sich Kleider kaufen konnte, quartierte ihn bei sich ein und half ihm, eine Stelle bei der Velo-Granell zu finden. Kolwenik fasste eine immense Zuneigung zu ihm und vergaß nie seine Güte. Zwischen den beiden entstand eine tiefe Freundschaft.

Später sollte diese Freundschaft auch in beruflicher Hinsicht Früchte tragen. Viele von Dr. Shelleys Patienten benötigten orthopädische Teile und spezielle Prothesen. Auf diesem Gebiet war Velo-Granell führend, und von ihren Konstrukteuren zeigte keiner mehr Talent als Michail Kolwenik. Mit der Zeit wurde Shelley Kolweniks persönlicher Arzt. Sowie ihm das Glück lachte, wollte Kolwenik seinem Freund helfen, indem er ihm ein auf das Studium und die Behandlung degenerativer Krankheiten und angeborener Missbildungen spezialisiertes medizinisches Zentrum finanzierte.

Kolweniks Interesse an diesem Thema ging auf seine Kindheit in Prag zurück. Shelley erzählte uns, Michail Kolweniks Mutter habe Zwillinge gehabt. Der eine, Michail, kam kräftig und gesund zur Welt. Der andere, Andrej, hatte eine unheilbare Knochen- und Muskelmissbildung, die seinem Leben nach nur sieben Jahren ein Ende setzte. Dieses Erlebnis prägte die Erinnerung und in gewissem Sinn auch die Berufung des jungen Michail. Er hatte immer gedacht, mit der angezeigten medizinischen Fürsorge und der Entwicklung einer Technologie, die das ihm von der Natur Versagte hätte ersetzen können, hätte sein Bruder das Erwachsenenalter erreichen und ein erfülltes Leben führen können. Diese Überzeugung brachte ihn dazu, sein Talent in die Konstruktion von Mechanismen fließen zu lassen, die, wie er gern sagte, die von der Vorsehung vernachlässigten Körper »vervollständigten«.

»Die Natur ist wie ein Kind, das mit unserem Leben spielt. Wenn es seiner zerbrochenen Spielzeuge überdrüssig ist, lässt es sie liegen und ersetzt sie durch andere«, sagte Kolwenik immer. »Es ist unsere Verantwortung, die Teile wieder zusammenzufügen.«

In diesen Worten sahen einige Leute an Blasphemie grenzende Arroganz, andere aber nichts als Hoffnung. Der Schatten seines Bruders hatte Michail Kolwenik nie verlassen. Er dachte, ein launischer, grausamer Zufall habe beschlossen, ihn leben zu lassen, während sein Bruder schon als vom Tod Gezeichneter zur Welt gekommen sei. Shelley erzählte, deswegen habe sich Kolwenik schuldig und sich von tiefstem Herzen Andrej und all denjenigen verpflichtet gefühlt, die wie sein Bruder mit dem Stigma der Unvollkommenheit geschlagen waren. In dieser Zeit begann Kolwenik Fotos von Ungeheuern und Missbildungen aus aller Welt zusammenzutragen. Für ihn waren diese vom Schicksal verlassenen Wesen Andrejs unsichtbare Geschwister, seine Familie.

»Michail Kolwenik war ein brillanter Mann«, fuhr Dr. Shelley fort. »Solche Menschen wecken immer den Argwohn von Leuten, die sich unterlegen fühlen. Der Neid ist ein Blinder, der einem die Augen auskratzen möchte. Alles, was in Michails letzten Jahren und nach seinem Tod über ihn gesagt wurde, waren Verleumdungen … Dieser verdammte Inspektor – Florián. Er verstand nicht, dass er als Marionette benutzt wurde, um Michail zu Boden zu werfen.«

»Florián?«, fragte Marina.

»Florián war Chefinspektor der Kripo«, sagte Shelley mit so viel Verachtung, wie seine Stimmbänder hervorbrachten. »Ein Karrierist, ein Mistkerl, der sich auf Kosten der Velo-Granell und Michail Kolweniks einen Namen machen wollte. Mich tröstet einzig, dass er nie etwas beweisen konnte. Seine Verbissenheit setzte seinem Aufstieg ein Ende. Er war es, der sich diesen ganzen Skandal mit den Leichen aus dem Ärmel schüttelte …«

»Leichen?«

Shelley verfiel in langes Schweigen. Er sah uns beide an, und das zynische Lächeln kam wieder zum Vorschein.

»Dieser Inspektor Florián …«, sagte Marina. »Wissen Sie, wo wir ihn finden könnten?«

»In einem Zirkus, zusammen mit all den anderen Clowns«, antwortete Shelley.

»Haben Sie Benjamín Sentís gekannt, Doktor?« Ich versuchte, das Gespräch wieder auf das richtige Gleis zu bringen.

»Aber selbstverständlich. Ich hatte regelmäßig mit ihm zu tun. Als Kolweniks Partner besorgte Sentís

den administrativen Teil von Velo-Granell. Ein hab-
gieriger Mensch, der nicht wusste, wo sein Platz auf
der Welt war, meiner Meinung nach. Vom Neid zerfressen.«

»Wissen Sie, dass Señor Sentís' Leiche vor einer
Woche in der Kanalisation gefunden wurde?«, fragte
ich.

»Ich lese Zeitung«, antwortete er frostig.

»Finden Sie das nicht merkwürdig?«

»Nicht merkwürdiger als alles andere, was man in
der Presse liest. Die Welt ist krank. Und ich werde
langsam müde. Sonst noch was?«

Ich wollte eben etwas wegen der Dame in Schwarz
fragen, als mir Marina mit einem verneinenden Lächeln zuvorkam. Shelley griff nach einer Klingel-
schnur für die Bediensteten und zog daran. Den Blick
auf ihre Füße gerichtet, stellte sich María ein.

»Diese jungen Leute wollen gehen, María.«

»Ja, Vater.«

Wir standen auf. Ich machte Anstalten, das Foto
wieder einzustecken, doch die zitternde Hand des
Arztes kam mir zuvor.

»Diese Fotografie behalte ich, wenn es euch nichts
ausmacht …«

Danach wandte er uns den Rücken zu und bedeutete seiner Tochter mit einer Handbewegung, uns zur
Tür zu bringen. Beim Verlassen der Bibliothek warf
ich einen letzten Blick auf den Arzt und sah, dass er

das Foto ins Feuer warf. Seine glasigen Augen schauten zu, wie es in den Flammen verbrannte.

María Shelley führte uns schweigend zur Diele und lächelte uns dann entschuldigend zu.

»Mein Vater ist ein schwieriger Mann, aber er hat ein gutes Herz. Das Leben hat ihm viel Verdruss bereitet, und manchmal spielt ihm sein Temperament einen Streich …«

Sie öffnete die Tür und knipste die Treppenhausbeleuchtung an. In ihrem Blick las ich einen Zweifel, als wolle sie uns noch etwas sagen, fürchte sich aber davor. Marina bemerkte es ebenfalls und reichte ihr zum Dank die Hand. María Shelley ergriff sie. Wie kalter Schweiß drang die Einsamkeit aus den Poren dieser Frau.

»Ich weiß nicht, was mein Vater Ihnen erzählt hat«, sagte sie sehr leise und schaute ängstlich hinter sich.

»María?«, war die Stimme des Arztes aus den Tiefen zu hören. »Mit wem sprichst du?«

Ein Schatten überzog Marías Gesicht.

»Ich komm schon, Vater, ich komm schon.«

Sie warf uns einen letzten trostlosen Blick zu und verschwand in der Wohnung. Als sie sich umdrehte, sah ich an ihrem Hals ein kleines Medaillon hängen. Ich hätte schwören können, dass es ein schwarzer Schmetterling mit ausgebreiteten Flügeln war. Doch die Tür ging zu, ohne dass ich Zeit hatte, mich zu vergewissern. Wir blieben auf dem Treppenabsatz stehen und hörten, wie in der Wohnung der Arzt auf einmal mit Donnerstimme seine Wut an der Tochter ausließ. Die Treppenhausbeleuchtung erlosch. Einen Augenblick glaubte ich verwesendes Fleisch zu riechen. Der Geruch kam von irgendwoher im Treppenhaus, als läge im Dunkeln ein totes Tier. Da meinte ich Schritte zu vernehmen, die sich nach oben entfernten, und der Geruch – oder die Einbildung eines solchen – verschwand.

»Lass uns von hier verschwinden«, sagte ich.

14

Auf dem Rückweg zu Marinas Haus bemerkte ich, dass sie mich verstohlen beobachtete.

»Wirst du Weihnachten nicht bei deiner Familie verbringen?«

Ich schüttelte den Kopf, den Blick im Verkehr verloren.

»Und warum nicht?«

»Meine Eltern sind andauernd auf Reisen. Wir verbringen Weihnachten schon seit einigen Jahren nicht mehr gemeinsam.«

Unbeabsichtigt klang meine Stimme scharf und abweisend. Den Rest des Weges legten wir schweigend zurück. Ich begleitete Marina bis zum Gittertor und verabschiedete mich von ihr.

Noch bevor ich im Internat war, begann es wieder zu regnen. Aus der Ferne betrachtete ich die Fensterreihe im vierten Stock. Nur in zweien war Licht. Die meisten meiner Kameraden waren bereits in die Weihnachtsferien gefahren und würden erst in drei Wochen wiederkommen. Es war jedes Jahr dasselbe. Das

Internat war verlassen, und nur ein paar Unglücks-raben blieben bei ihren Tutoren zurück. Die beiden letzten Schuljahre waren die schlimmsten gewesen, aber diesmal bekümmerte es mich nicht. Tatsächlich war es mir sogar lieber so. Der Gedanke, mich von Marina und Germán zu entfernen, war kaum vorstell-bar. Solange ich in ihrer Nähe war, würde ich mich nicht allein fühlen.

Ein weiteres Mal stieg ich die Treppen zu meinem Zimmer hoch. Der Gang war ruhig, verlassen. Dieser Flügel des Internats war menschenleer. Ich vermutete, nur Doña Paula sei noch da, eine Witwe, der die Rei-nigung oblag und die allein in einer kleinen Wohnung im dritten Stock hauste. Unter mir war das nicht en-den wollende Murmeln ihres Fernsehers zu erraten. Ich ging an der Reihe leerer Zimmer vorbei bis zu meinem und öffnete die Tür. Am Himmel über der Stadt brüllte ein Donner, der im ganzen Haus wider-hallte. Durch die geschlossenen Fensterläden zuckte der Blitz herein. Angezogen legte ich mich aufs Bett und hörte draußen das Gewitter toben. Ich zog die Nachttischschublade auf und nahm die Bleistiftskizze heraus, die Germán am Strand von Marina gezeichnet hatte. Im Halbdunkel betrachtete ich sie, bis Müdig-keit und dann Schlaf mich übermannten. Die Skizze wie ein Amulett festhaltend, schlief ich ein. Als ich er-wachte, war das Porträt nicht mehr in meinen Hän-den.

Unversehens ließ mich etwas die Augen aufschlagen. Ich spürte Kälte und einen schneidenden Wind im Gesicht. Das Fenster stand offen, und der Regen besprengte mein Zimmer. Verdutzt richtete ich mich auf und tastete nach der Nachttischlampe. Umsonst drückte ich auf den Schalter. Kein Strom. Und in diesem Moment merkte ich, dass sich die Zeichnung, mit der ich eingeschlafen war, weder in meinen Händen befand noch auf dem Bett oder dem Boden lag. Verständnislos rieb ich mir die Augen. Auf einmal nahm ich ihn wahr, intensiv und durchdringend. Diesen Fäulnisgestank. In der Luft. Im Zimmer. An meinen eigenen Kleidern, als hätte mir jemand die Leiche eines verwesenden Tiers über die Haut gerieben, während ich schlief. Ich kämpfte gegen den Brechreiz an, und einen Augenblick später befiel mich tiefste Panik. Ich war nicht allein. Jemand oder etwas war unbemerkt durchs Fenster eingedrungen.

Langsam tastete ich mich die Möbel entlang zur Tür und versuchte die Deckenbeleuchtung einzuschalten. Nichts. Ich schaute auf den Korridor hinaus, der sich im Dunkeln verlor. Erneut und diesmal noch penetranter roch ich den Gestank. Die Spur eines wilden Tiers. Auf einmal glaubte ich einen Schatten ins hinterste Zimmer treten zu sehen.

»Doña Paula?«, wollte ich rufen, aber ich brachte nur ein Flüstern zustande.

Die Tür schloss sich sanft. Ich atmete kräftig ein

und betrat verwirrt den Gang. Als ich zischend wie von einem Reptil ein Flüstern hörte, blieb ich stehen. Es war ein Wort. Mein Name. Die Stimme schien aus dem geschlossenen Zimmer zu kommen.

»Doña Paula, sind Sie es?«, stammelte ich und versuchte das Zittern unter Kontrolle zu bringen, das meine Hände immer stärker befiel.

Ich tat einen Schritt in die Dunkelheit hinein. Die Stimme wiederholte meinen Namen – es war eine Stimme, wie ich sie noch nie gehört hatte, eine gebrochene, grausame und vor Bosheit blutende, eine Albtraumstimme. Ich war in diesem Schattengang gestrandet, unfähig, auch nur einen Muskel zu rühren. Auf einmal wurde die Tür des Zimmers mit roher Kraft aufgestoßen. Eine unendliche Sekunde lang hatte ich das Gefühl, der Gang verenge sich, ziehe sich zu meinen Füßen zusammen und reiße mich zu dieser Tür hin.

Mitten im Raum, auf dem Bett, erkannte ich ganz deutlich etwas Helles. Es war Marinas Porträt, mit dem ich eingeschlafen war. Zwei hölzerne Hände, Marionettenhände, hielten es fest. Aus den Rändern der Handgelenke ragten blutige Kabel. Schlagartig war mir klar, dass das die Hände waren, die Benjamín Sentís in den Tiefen der Kanalisation verloren hatte. Mit Stumpf und Stiel ausgerissen. Ich spürte, wie die Luft aus meinen Lungen wich.

Der Gestank wurde unerträglich, sauer. Und mit

der Klarsichtigkeit der Angst entdeckte ich die Figur an der Wand, die reglos dort hing, ein schwarzgekleidetes Wesen mit gekreuzten Armen. Wirre Haare verhüllten das Gesicht. Von der Tür aus sah ich, wie sich dieses Gesicht unendlich langsam hob und mit einem Lächeln im Halbdunkel blitzende Eckzähne entblößte. In den Handschuhen begannen sich Klauen wie Schlangenbündel zu bewegen. Ich trat einen Schritt zurück und hörte wieder meinen geflüsterten Namen. Wie eine riesige Spinne kam die Figur auf mich zu.

Mit einem Aufheulen schmetterte ich die Tür zu. Ich versuchte sie zu blockieren, verspürte aber einen brutalen Schlag. Im Holz erschienen zehn messergleiche Fingernägel. Ich rannte los ans andere Ende des Gangs und hörte, wie die Tür zersplitterte. Der Korridor war zu einem endlosen Tunnel geworden. Schließlich erspähte ich in einigen Metern Entfernung die Treppe und schaute zurück. Die Höllengestalt kam direkt auf mich zu. Der Glanz ihrer Augen durchbohrte die Dunkelheit.

Ich stürzte die Treppe hinunter und auf den Gang zu, der zu den Küchen führte. Zum Glück kannte ich sämtliche Winkel meiner Schule im Schlaf. Ich verschloss hinter mir die Tür. Vergeblich. Die Kreatur stürzte sich auf sie und riss sie nieder, so dass ich zu Boden geworfen wurde. Ich rollte über die Fliesen und suchte unter dem Tisch Zuflucht. Ich sah Beine.

Um mich herum zerschellten Dutzende Teller und Gläser zu einem Scherbenteppich. Zwischen den Splittern erblickte ich ein gezacktes Messer, das ich verzweifelt packte. Die Gestalt kniete vor mir nieder wie ein Wolf vor einem Kaninchenbau. Ich stieß das Messer diesem Gesicht entgegen, und die Klinge versank darin wie in Lehm. Die Gestalt zuckte einen halben Meter zurück, und ich floh ans andere Ende der Küche. Während ich mich Schritt für Schritt zurückzog, suchte ich etwas, um mich zu verteidigen. Ich fand eine Schublade und zog sie auf. Besteck, Küchengeräte, Kerzen, ein Benzinfeuerzeug, unnützes Gerümpel. Instinktiv ergriff ich das Feuerzeug und versuchte es anzuknipsen. Vor mir erhob sich der Schatten des Wesens. Ich spürte seinen stinkenden Atem. Eine der Klauen näherte sich meinem Hals. Da entzündete sich das Feuerzeug und beleuchtete die nur zwanzig Zentimeter entfernte Gestalt. Ich schloss die Augen und hielt den Atem an, überzeugt, das Gesicht des Todes gesehen zu haben und nur noch warten zu können. Das Warten wurde ewig.

Als ich die Augen wieder öffnete, hatte sich die Gestalt zurückgezogen. Ich hörte, wie sich ihre Schritte entfernten. Ich folgte ihr zu meinem Zimmer und glaubte ein Ächzen zu hören, ein Geräusch voller Schmerz oder Wut. Als ich bei meinem Zimmer angekommen war, schaute ich hinein. Das Geschöpf wühlte in meiner Tasche und nahm das Fotoalbum aus dem Gewächshaus an sich. Es wandte sich um, und wir schauten uns an. Für eine Zehntelsekunde umriss das gespenstische Nachtlicht den Eindringling. Ich wollte etwas sagen, doch das Geschöpf hatte sich bereits aus dem Fenster gestürzt.

Ich lief hinterher und schaute hinaus in der Erwartung, den Körper ins Leere sausen zu sehen. Unwahrscheinlich schnell glitt die Gestalt die Abwasserrohre hinunter. Ihr schwarzes Cape flatterte im Wind. Dann sprang sie auf die Dächer des Ostflügels und wich einem Wald von Wasserspeiern und Türmen aus. Gelähmt verfolgte ich, wie sich die höllische Erscheinung panthergleich und mit unmöglichen Pirouetten unter dem Gewitter entfernte, als wären die Dächer von Barcelona ihr Dschungel. Ich sah, dass der Fensterrahmen voller Blut war, und folgte der Spur auf den Gang hinaus. Erst nach einer Weile begriff ich, dass es nicht mein Blut war. Ich hatte mit dem Messer ein menschliches Wesen verletzt. Ich lehnte mich an die Wand. Meine Knie gaben nach, und erschöpft sank ich in die Hocke.

Ich weiß nicht, wie lange ich so verharrte. Als ich endlich aufstehen konnte, beschloss ich, den einzigen Ort aufzusuchen, an dem ich mich sicher fühlen würde.

15

Bei Marina angekommen, tastete ich mich durch den Garten um das Haus herum zum Küchen-eingang. Zwischen den Fensterläden tanzte warmes Licht. Mit einem Gefühl der Erleichterung klopfte ich an und trat ein. Die Tür war nicht abge-schlossen. Trotz der späten Stunde schrieb Marina am Küchentisch bei Kerzenlicht in ihr Heft, Kafka auf dem Schoß. Als sie mich erblickte, fiel ihr die Feder aus der Hand.

»Mein Gott, Óscar! Was …?« Sie besah sich meine zerrissenen, schmutzigen Kleider und berührte leicht die Kratzer in meinem Gesicht. »Was ist denn pas-siert?«

Nach zwei Tassen heißen Tees schaffte ich es, Marina zu erzählen, was geschehen war – oder an was ich mich noch erinnerte, denn langsam begann ich an meinen Sinnen zu zweifeln. Sie hörte mir zu und nahm dabei meine Hand zwischen die ihren, um mich zu beruhigen. Ich musste noch übler aussehen, als ich gedacht hatte.

»Macht es dir was aus, wenn ich die Nacht hier verbringe? Ich wusste nicht, wohin ich gehen sollte. Ins Internat zurück will ich nicht.«

»Das würde ich auch nicht zulassen. Du kannst so lange bei uns bleiben wie nötig.«

»Danke.«

In ihren Augen erkannte ich dieselbe Unruhe, die auch an mir nagte. Nach dem, was diese Nacht geschehen war, war ihr Haus so sicher wie das Internat oder sonst ein Ort. Das Geschöpf, das uns verfolgt hatte, wusste uns überall zu finden.

»Was sollen wir jetzt tun, Óscar?«

»Wir könnten diesen Inspektor aufsuchen, den Shelley erwähnt hat, Florián, und auf diese Weise herausfinden, was da wirklich vor sich geht.«

Sie seufzte.

»Hör zu, vielleicht geh ich besser …«, sagte ich.

»Unter keinen Umständen. Ich richte dir oben ein Zimmer, neben meinem. Komm.«

»Und was – was wird Germán sagen?«

»Er wird sich sehr freuen. Wir werden ihm sagen, du verbringst Weihnachten bei uns.«

Ich folgte ihr treppauf. Noch nie war ich oben gewesen. Ein von eichenen Kassettentüren gesäumter Korridor lag im Licht des Leuchters. Mein Zimmer befand sich am Ende des Gangs neben demjenigen Marinas. Die Möbel sahen aus wie aus dem Antiquariat, aber alles war reinlich und aufgeräumt.

»Die Laken sind sauber«, sagte Marina, während sie das Bett aufschlug. »Im Schrank gibt es noch mehr Decken, falls dir kalt wird. Und hier sind Handtücher. Ich schau mal, ob ich einen Pyjama von Germán für dich finde.«

»Darin werde ich mich wie in einem Zelt fühlen ...«, sagte ich.

»Besser zu groß als zu klein. Ich bin in einer Sekunde wieder da.«

Während ich hörte, wie sich ihre Schritte im Gang entfernten, legte ich meine Kleider über einen Stuhl und glitt zwischen die sauberen, gestärkten Laken. Ich glaube, in meinem ganzen Leben war ich noch nie so müde gewesen. Meine Lider waren bleischwer. Marina brachte eine Art zwei Meter langes Nachthemd zurück, das aussah wie aus der Wäschesammlung einer Infantin entwendet.

»Kommt nicht in Frage«, sagte ich. »Darin schlafe ich nicht.«

»Es ist das Einzige, was ich gefunden habe. Es wird dir wie angegossen passen. Außerdem mag es Germán nicht, wenn ich nackte Jungs zum Übernachten hier habe. Regeln.«

Sie warf mir das Nachthemd zu und ließ zwei Kerzen auf der Konsole stehen.

»Wenn du was brauchst, klopf einfach an die Wand.«

Einen Augenblick sahen wir uns schweigend an. Schließlich wandte Marina den Blick ab.

»Gute Nacht, Óscar«, flüsterte sie.

»Gute Nacht.«

Als ich erwachte, war das Zimmer lichtdurchflutet. Es lag gegen Osten, und im Fenster stieg glänzend die Sonne über der Stadt auf. Bevor ich aufstand, bemerkte ich, dass meine Kleider nicht mehr auf dem Stuhl lagen. Mir war klar, was das bedeutete, und ich verfluchte so viel Liebenswürdigkeit, überzeugt, dass Marina es absichtlich getan hatte. Unter der Tür drang der Duft nach frischem Brot und Kaffee herein. Ich ließ jede Hoffnung auf Wahrung meiner Würde fahren und schickte mich an, in diesem lächerlichen Nachthemd in die Küche hinunterzugehen. Als ich auf den Gang hinaustrat, sah ich, dass das ganze Haus in magisches Licht getaucht war. In der Küche hörte ich meine Gastgeber schwatzen. Ich wappnete mich mit Mut und stieg die Treppe hinunter. Auf der Schwelle zur Küche blieb ich stehen und räusperte mich. Marina schenkte Germán eben Kaffee ein und schaute auf.

»Guten Morgen, Dornröschen«, sagte sie.

Germán wandte sich um und stand höflich auf, um mir seine Hand und einen Stuhl am Tisch anzubieten.

»Morgen, mein lieber Óscar!«, rief er begeistert. »Es ist ein Vergnügen, Sie bei uns zu haben. Marina hat mir das mit den Bauarbeiten im Internat schon erzählt. Sie sollen wissen, dass Sie so lange hierbleiben können wie nötig, ohne jedes Problem. Fühlen Sie sich wie zu Hause.«

»Herzlichen Dank.«

Verschlagen lächelnd, schenkte mir Marina eine Tasse Kaffee ein und zeigte auf das Nachthemd.

»Passt dir super.«

»Göttlich. Ich bin eine wahre Augenweide. Wo sind meine Kleider?«

»Ich habe sie einmal durchgewaschen und dann zum Trocknen aufgehängt.«

Germán schob mir ein Tablett mit eben in der Konditorei Foix erstandenen Hörnchen hin. Mir lief ein Fluss im Mund zusammen.

»Probieren Sie eins von denen, Óscar«, sagte er. »Das ist der Mercedes-Benz unter den Hörnchen. Und täuschen Sie sich nicht – was Sie hier sehen, ist keine Marmelade, sondern ein Gedicht.«

Mit dem Appetit eines Schiffbrüchigen putzte ich alles gierig auf, was vor mich hingestellt wurde. Germán blätterte zerstreut in der Zeitung. Er wirkte aufgeräumt, und obwohl er schon zu Ende gefrühstückt hatte, stand er erst auf, als ich satt und nur das Besteck noch nicht gegessen war. Dann schaute er auf die Uhr.

»Du kommst zu spät zu deinem Treffen mit dem Geistlichen, Papa«, erinnerte ihn Marina.

Er nickte ein wenig ärgerlich.

»Ich weiß auch nicht, warum ich mir das antue …«,

sagte er. »Dieser Halunke stellt einem mehr Fallen als ein Jäger.«

»Das ist die Uniform«, sagte Marina. »Er glaubt, das gibt ihm das Recht.«

Verwirrt schaute ich die beiden an – ich hatte nicht die geringste Ahnung, wovon sie sprachen.

»Schach«, erklärte Marina. »Seit Jahren tragen Germán und der Geistliche ein Duell aus.«

»Fordern Sie nie einen Jesuiten zum Schach heraus, mein lieber Óscar. Hören Sie auf mich. Wenn Sie mich jetzt entschuldigen wollen …« Er stand auf.

»Aber selbstverständlich. Viel Glück.«

Er nahm Überzieher, Hut und Ebenholzstock und machte sich auf zu seinem Treffen mit dem strategischen Prälaten. Sowie er verschwunden war, ging Marina in den Garten und kam mit meinen Kleidern zurück.

»Es tut mir leid, dir sagen zu müssen, dass Kafka darauf geschlafen hat.«

Die Kleider waren trocken, aber der Katzengeruch würde auch nach dem fünften Waschen nicht verschwunden sein.

»Als ich heute Morgen das Frühstück holte, habe ich vom Café auf dem Platz aus im Präsidium angerufen. Inspektor Florián ist pensioniert und wohnt in Vallvidrera. Er hat kein Telefon, aber man hat mir eine Adresse gegeben.«

»In einer Minute bin ich angezogen.«

Die Station der Standseilbahn nach Vallvidrera lag wenige Straßen von Marinas Haus entfernt. In zehn Minuten waren wir dahin marschiert und kauften zwei Fahrkarten. Vom Bahnsteig aus gesehen, bildete das Viertel Vallvidrera einen Balkon über der Stadt. Die Häuser schienen an unsichtbaren Fäden von den Wolken zu hängen. Wir setzten uns hinten in den Wagen und sahen, wie sich Barcelona zu unseren Füßen entfaltete, während die Bahn hangaufwärts kletterte.

»Das muss eine gute Arbeit sein, Seilbahnführer«, sagte ich. »Der himmlische Liftboy.«

Skeptisch schaute mich Marina an.

»Was hab ich eben Falsches gesagt?«

»Nichts. Aber wenn das alles ist, was du anstrebst …«

»Ich weiß nicht, was ich anstrebe. Nicht alle wissen das so genau wie du. Marina Blau, Literaturnobelpreisträgerin und Konservatorin der Hemdensammlung der Bourbonen.«

Sie wurde so ernst, dass mir diese Bemerkung auf der Stelle leidtat.

»Wer nicht weiß, wohin er geht, kommt nirgends hin«, sagte sie frostig.

Ich zeigte ihr meine Fahrkarte.

»Ich weiß, wohin ich gehe.«

Sie schaute weg. Zwei Minuten fuhren wir schweigend weiter. In der Ferne erhob sich die Silhouette meiner Schule.

»Architekt«, murmelte ich.

»Was?«

»Ich will Architekt werden. Das strebe ich an. Ich habe es noch nie jemandem gesagt.«

Endlich lächelte sie. Rüttelnd wie eine alte Waschmaschine kam die Bahn oben auf dem Berg an.

»Ich wollte schon immer meine eigene Kathedrale haben«, sagte Marina. »Hast du irgendeinen Vorschlag?«

»Gotisch. Lass mir Zeit, und ich werde dir eine bauen.«

Die Sonne beschien voll ihr Gesicht, und ihre auf mich gerichteten Augen glänzten.

»Versprochen?«, fragte sie und hielt mir die offene Hand hin.

Ich drückte sie kräftig.

»Versprochen.«

Die Adresse, die Marina bekommen hatte, gehörte zu einem alten Haus direkt am Abgrund. Das Gestrüpp hatte sich des Gartens bemächtigt. Dazwischen stand ein verrosteter Briefkasten wie eine Ruine aus dem Industriezeitalter. Wir schlängelten uns zur Tür durch. Dahinter konnte man Kartonschachteln mit zusammengebundenen Bergen alter Zeitungen erkennen. Abgenutzt von Wind und Feuchtigkeit, blätterte der Fassadenanstrich ab wie schuppige Haut. Inspektor

Víctor Florián gab nicht eben viel für Repräsentation aus.

»Hier ist tatsächlich ein Architekt vonnöten«, sagte Marina.

»Oder eine Abbruchbrigade.«

Sanft klopfte ich an. Ich fürchtete, das Haus in den Abgrund zu stoßen, wenn ich es kräftiger täte.

»Und wenn du es mit der Klingel versuchst?«

Der Knopf war entzwei, und im Loch sah man elektrische Kabel aus Edisons Zeiten.

»Da steck ich meinen Finger nicht rein.« Ich klopfte ein zweites Mal an.

Auf einmal ging die Tür zehn Zentimeter auf. Vor zwei metallisch blitzenden Augen glänzte eine Sicherheitskette.

»Wer ist da?«

»Víctor Florián?«

»Das bin ich. Ich frage aber, wer da ist.«

Die Stimme klang autoritär und über die Maßen ungeduldig. Eine Strafzettelstimme.

»Wir haben Nachrichten von Michail Kolwenik ...«, sagte Marina zur Vorstellung.

Die Tür ging weit auf. Víctor Florián war ein breiter, kräftiger Mann. Er trug denselben Anzug wie am Tag seiner Pensionierung – so dachte ich wenigstens. Sein Ausdruck war der eines alten Obersts ohne Krieg noch Bataillon zum Befehligen. Von den Lippen hing ihm eine erloschene Zigarre, und jede Braue war dichter behaart als bei den meisten Menschen der ganze Kopf.

»Was wollt denn ihr von Kolwenik wissen? Wer seid ihr? Wer hat euch überhaupt diese Adresse gegeben?«

Florián stellte die Fragen nicht, er feuerte sie auf uns ab. Nachdem er sich umgeschaut hatte, als befürchtete er, es sei uns jemand gefolgt, hieß er uns eintreten. Im Innern war das Haus ein Nest von Unrat, das nach Hinterzimmer roch. Es gab mehr Papier als in der Bibliothek von Alexandria, aber alles war durcheinander, wie von einem Ventilator geordnet.

»Geht nach hinten.«

Wir kamen an einem Zimmer vorbei, an dessen Wänden Dutzende Waffen hingen, Revolver, automatische Pistolen, Mausergewehre, Bajonette. Es waren schon Revolutionen mit weniger Artillerie angezettelt worden.

»Heilige Muttergottes …«, flüsterte ich.

»Ruhe, das ist keine Kapelle«, sagte Florián schneidend und schloss die Tür zu diesem Zeughaus.

Was er hinten genannt hatte, war ein kleines Esszimmer, von dem aus man ganz Barcelona betrachten konnte. Selbst im Ruhestand wachte der Inspektor in der Höhe. Er deutete auf ein durchlöchertes Sofa. Auf dem Tisch standen eine halbgeleerte Dose Bohnen und eine Flasche Estrella-Dorada-Bier ohne Glas. Polizistenrente, Elendsalter, dachte ich. Florián setzte sich uns gegenüber auf einen Stuhl und ergriff einen Trödelwecker, den er, Zifferblatt zu uns, auf den Tisch knallte.

»Fünfzehn Minuten. Wenn ihr mir in einer Viertelstunde nichts gesagt habt, was ich nicht eh schon weiß, werf ich euch hochkant raus.«

Wir brauchten deutlich länger als fünfzehn Minuten, um das Vorgefallene zu erzählen. Je länger sich Víctor Florián unsere Geschichte anhörte, desto mehr Risse bekam seine Fassade. Zwischen den Ritzen erriet ich den verbrauchten, erschreckten Mann, der sich in diesem Loch mit seinen alten Zeitungen und seiner Waffensammlung versteckte. Als wir ans Ende gelangt waren, nahm Florián seine Zigarre, betrachtete sie schweigend fast eine Minute lang und zündete sie schließlich an.

Dann begann er zu sprechen, den Blick in der im Dunst liegenden phantasmagorischen Stadt versunken.

16

Im Jahr 1945 war ich Inspektor bei der Kripo Barcelona«, begann Florián. »Eigentlich wollte ich um meine Versetzung nach Madrid nachsuchen, da wurde mir der Fall Velo-Granell übertragen. Die Kripo war schon fast drei Jahre hinter Michail Kolwenik her, einem Ausländer mit wenig Sympathien beim Regime, aber man hatte ihm nichts nachweisen können. Mein Vorgänger hatte sein Amt niedergelegt. Die Velo-Granell war durch eine Mauer von Anwälten und ein Labyrinth von Finanzgesellschaften abgeschirmt, eine Wolke, in der sich alles auflöste. Meine Vorgesetzten verkauften mir den Fall als einmalige Chance, Karriere zu machen. Solche Fälle versetzen dich in ein Büro im Ministerium mit Fahrer und der Arbeitszeit eines Marquis, wurde mir gesagt. Ehrgeiz ist etwas für Idioten ...«

Florián machte eine Pause, um seine Worte auszukosten, und grinste sarkastisch vor sich hin. Er kaute auf seiner Zigarre herum wie auf einem Süßholzstengel.

»Als ich das Dossier des Falls studierte, stellte ich fest, dass, was als Routineuntersuchung finanzieller

Unregelmäßigkeiten und möglichen Betrugs begonnen hatte, sich zu einem Verfahren ausgewachsen hatte, von dem niemand wusste, welcher Einheit es übergeben werden sollte. Erpressung. Diebstahl. Versuchter Mord. Und da gab es noch mehr. Ihr müsst bedenken, dass sich meine Erfahrung bis dahin auf Fälle von Veruntreuung, Steuerhinterziehung, Betrug und Rechtsbeugung gründete. Nicht immer wurden solche Unregelmäßigkeiten bestraft, es waren andere Zeiten, aber wir wussten alles.«

Unbehaglich hüllte er sich in eine blaue Wolke des eigenen Rauchs.

»Warum haben Sie den Fall dann angenommen?«, fragte Marina.

»Aus Arroganz. Aus Ehrgeiz und Habsucht.« Er sprach über sich in dem Ton, den er sich sonst, wie ich mir vorstellte, für die schlimmsten Kriminellen aufsparte.

»Vielleicht auch, um die Wahrheit herauszufinden«, meinte ich. »Um für Gerechtigkeit zu sorgen.«

Er lächelte mir traurig zu. In seinem Blick waren dreißig Jahre Gewissensbisse zu lesen.

»Ende 1945 war die Velo-Granell technisch gesehen schon bankrott. Die drei wichtigsten Banken Barcelonas hatten ihre Kreditlinien gekündigt, und die Aktien der Firma waren von der Börse zurückgezogen worden. Nachdem die finanzielle Basis verschwunden war, stürzten die juristische Mauer und das Gerüst der Phantomgesellschaften wie ein Kartenhaus ein. Die Tage des Ruhms waren dahin. Das Gran Teatro Real, geschlossen seit der Tragödie, bei der Ewa Irinowa an ihrem Hochzeitstag verunstaltet wurde, war zu einer Ruine geworden. Fabrik und Ateliers wurden geschlossen, der ganze Besitz des Unternehmens beschlagnahmt. Die Gerüchte verbreiteten sich wie ein Lauffeuer. Kolwenik verlor seine Kaltblütigkeit nicht und beschloss, in der Warenbörse von Barcelona eine Cocktailparty großen Stils zu geben, um Ruhe und Normalität vorzugaukeln. Sein Partner Sentís befand sich am Rande der Panik. Mit den vorhandenen Mitteln war nicht einmal ein Zehntel des Essens zu bezahlen, das für die Veranstaltung bestellt worden war. An alle großen Aktionäre, an Barcelonas wichtige Familien wurden Einladungen versandt. Am betreffenden Abend selbst schüttete es wie aus Kübeln. Die Börse war wie ein Traumpalast geschmückt. Nach neun Uhr kamen von den wichtigsten Vermögen der Stadt, von denen viele Kolwenik zu verdanken waren, Bedienstete mit Entschuldigungsnoten. Als ich eintraf, nach Mitternacht, fand ich Kolwenik allein im Saal, in seinem tadellosen Frack und eine der Zigaretten rauchend, die er sich aus Wien schicken ließ. Er begrüßte mich und bot mir ein Glas Champagner an. ›Essen Sie was, Inspektor, es ist jammerschade, das alles wegzuschmeißen‹, sagte er. Noch nie hatten wir uns direkt gegenübergestanden. Wir unterhielten uns eine Stunde. Er erzählte von Büchern, die er als Jugendlicher gelesen, von Reisen, die er nie gemacht hatte … Kolwenik war ein charismatischer Mann, dem die Intelligenz in den Augen brannte. Ganz gegen meinen Willen war er mir sympathisch, ja er tat mir sogar leid, obwohl ich doch offenbar der Jäger und er die Beute war. Ich sah, dass er hinkte und sich auf einen geschnitzten Elfenbeinstock stützte. ›Ich glaube, noch nie hat jemand an einem Tag so viele Freunde verloren‹, sagte ich. Mit einem ruhigen Lächeln wies er diesen Gedanken von sich. ›Da irren Sie sich, Inspektor. Zu solchen Veranstaltungen lädt man nie seine Freunde ein.‹ Ganz höflich erkundigte er sich, ob ich ihn weiterhin verfolgen werde. Ich antwortete, ich würde nicht eher Ruhe geben, als bis ich ihn vor Gericht gebracht hätte. Er fragte: ›Was könnte ich tun, um Sie von diesem Vorhaben abzubringen, mein lieber Florián?‹ – ›Mich umbringen‹, antwortete ich. ›Alles zu seiner Zeit, Inspektor‹, sagte er lächelnd. Mit diesen Worten hinkte er davon. Ich habe ihn nie wiedergesehen, aber ich lebe noch. Seine letzte Drohung hat Kolwenik nicht wahrgemacht.«

Florián hielt inne und trank genießerisch einen Schluck Bier, als wäre es die letzte Flasche der Welt. Nachdem er sich die Lippen geleckt hatte, fuhr er fort:

»Isoliert und von allen verlassen, lebte Kolwenik von diesem Tag an zurückgezogen mit seiner Frau in dieser grotesken Riesenvilla, die er sich hatte bauen lassen. In den folgenden Jahren bekam ihn keiner zu Gesicht. Nur zwei Personen drangen zu ihm vor: sein ehemaliger Fahrer, ein gewisser Luis Claret, und sein persönlicher Arzt, Dr. Shelley, hinter dem wir ebenfalls her waren. Claret war ein armer Teufel, der Kolwenik verehrte und sich weigerte, ihn zu verlassen, selbst dann, als Ersterer ihm den Lohn nicht mehr bezahlen konnte. Außer diesen beiden sah niemand Kolwenik. Und Shelleys Zeugenaussage, in der er versicherte, er befinde sich in seiner Villa am Park Güell, geplagt von einer Krankheit, die er uns nicht zu erklären vermochte, überzeugte uns nicht im Geringsten, vor allem, nachdem wir einen Blick in seine Archive und seine Buchhaltung geworfen hatten. Eine Zeitlang argwöhnten wir sogar, Kolwenik sei gestorben oder ins Ausland geflüchtet und alles sei nur eine Farce. Shelley behauptete weiterhin, Kolwenik habe sich ein seltsames Leiden zugezogen, das ihn in die Villa verbanne. Er dürfe keinen Besuch empfangen und unter keinen Umständen sein Refugium verlassen, so lautete sein ärztliches Urteil. Weder wir noch der Richter glaubten ihm. Am 31. Dezember 1948 bekamen wir einen Durchsuchungsbefehl für Kolweniks Haus und einen Haftbefehl gegen ihn. Ein großer Teil der vertraulichen Dokumentation der Firma war verschwunden. Wir hatten den Verdacht, sie werde irgendwo im Wohnsitz verborgen gehalten. Inzwischen hatten wir genügend Indizien beisammen, um Kolwenik des Betrugs und der Steuerhinterziehung anzuklagen. Es war sinnlos, noch weiter zu warten. Der letzte Tag des Jahres 1948 sollte auch der letzte sein, an dem sich Kolwenik in Freiheit befand. Eine Sondereinheit war bereit, ihn am nächsten Tag abzuholen. Manchmal muss man sich bei großen Kriminellen damit abfinden, sie für ein paar Kleinigkeiten dingfest zu machen ...«

Floriáns Zigarre war wieder ausgegangen. Der Inspektor warf einen letzten Blick darauf und schnippte sie dann in einen leeren Blumentopf, eine Art Massengrab für Stummel, wo schon weitere lagen.

»Am selben Abend zerstörte ein grauenerregender Brand die Villa, der Kolwenik und seine Gattin Ewa das Leben kostete. Im Morgengrauen fand man auf dem Dachboden die beiden verkohlten Leichen in enger Umarmung. Damit waren auch unsere Hoffnungen verbrannt, den Fall unter Dach und Fach zu bringen. Ich habe nie daran gezweifelt, dass es ein absichtlich herbeigeführter Brand war. Eine Zeitlang glaubte ich sogar, Benjamín Sentís und andere Mitglieder der Firmenleitung hätten dahintergesteckt.«

»Sentís?«, unterbrach ich ihn.

»Es war überhaupt kein Geheimnis, dass Sentís Kolwenik hasste, weil dieser von seinem Vater die Kontrolle über die Firma bekommen hatte, doch sowohl er wie die anderen hatten noch triftigere Gründe, zu verhindern, dass der Fall je vor Gericht käme. Da ein toter Hund nicht mehr bellt, Kolwenik nicht mehr am Leben war, ergab das Puzzle keinen Sinn mehr. Man könnte sagen, dass sich in jener Nacht viele blutbesudelte Hände im Feuer gewissermaßen reingewaschen haben. Einmal mehr ließ sich, wie bei allem, was vom ersten Tag an mit diesem Skandal zu tun hatte, nichts beweisen. Alles endete in Schutt und Asche. Noch heute ist die Ermittlung in Sachen Velo-Granell das größte Rätsel der Polizeigeschichte dieser Stadt. Und der größte Misserfolg meines Lebens ...«

»Aber für den Brand konnten Sie ja nichts«, warf ich ein.

»Meine Karriere bei der Kripo war dahin. Ich wurde zur Antisubversiveneinheit abkommandiert. Wisst ihr, was das bedeutet? Die Phantomjäger. So nannte man sie in der Abteilung. Wenn es nicht Zeiten des Hungers gewesen wären und ich mit meinem Lohn nicht meinen Bruder und seine Familie unterhalten hätte, ich hätte den Bettel hingeschmissen. Außerdem, wer wollte schon einen ehemaligen Polizisten einstellen. Man hatte Spione und Petzer satt. Also blieb ich. Die Arbeit bestand darin, um Mitternacht abgerissene Pensionen voller Rentner und Kriegsversehrter zu filzen, um Exemplare des *Kapitals* und im WC-Spülkasten sozialistische Flugblätter zu suchen, die in Plastikbeuteln versteckt waren, solche Sachen ... Anfang 1949 dachte ich, für mich sei alles gelaufen. Alles, was schiefgehen konnte, war noch schiefer gegangen.

Das glaubte ich wenigstens. Am frühen Morgen des 13. Dezember 1949, fast ein Jahr nach dem Brand, bei dem Kolwenik und seine Frau umgekommen waren, wurden die zerstückelten Leichen von zwei Inspektoren meiner ehemaligen Abteilung vor den Toren des alten Lagerhauses der Velo-Granell im Born gefunden. Es stellte sich heraus, dass sie dort gewesen waren, um einem Bericht über den Fall Velo-Granell nachzugehen, der ihnen anonym zugekommen war. Ein Hinterhalt. Den Tod, den sie fanden, wünsche ich auch meinem ärgsten Feind nicht. Nicht einmal die Räder eines Zuges richten einen Körper so zu, wie ich es im gerichtsmedizinischen Institut sehen musste. Sie waren gute Polizisten gewesen. Bewaffnet. Und sie wussten, was sie taten. Im Bericht hieß es, mehrere Anwohner hätten Schüsse gehört. Im Umfeld des Verbrechens wurden vierzehn 9-mm-Patronenhülsen gefunden. Alle stammten aus den Dienstwaffen der Inspektoren. An den Wänden wurde kein einziger Einschuss und nirgends ein Geschoss entdeckt.«

»Und wie ist das zu erklären?«, fragte Marina.

»Es gibt keine Erklärung. Es ist schlicht unmöglich. Aber so war es … Ich selbst habe die Hülsen gesehen und die Gegend abgesucht.«

Marina und ich wechselten einen Blick.

»Könnte es sein, dass die Schüsse auf einen Gegenstand abgegeben wurden, ein Auto oder ein Fuhrwerk beispielsweise, in dem die Kugeln stecken blieben und das dann spurlos verschwand?«, fragte Marina.

»Deine Freundin wäre eine gute Polizistin. Mit dieser Hypothese haben wir eine Zeitlang gearbeitet, aber es gab keine Anhaltspunkte, die sie gestützt hätten. Geschosse dieser Größe neigen dazu, auf metallischen Flächen abzuprallen, und lassen zumindest eine Spur der Abpraller oder jedenfalls Splitter zurück. Es wurde nichts gefunden.«

»Einige Tage später, auf der Beerdigung meiner Kollegen, sah ich mich Sentís gegenüber«, fuhr Florián fort. »Er war unruhig und sah aus, als hätte er seit Tagen nicht mehr geschlafen. Seine Kleider waren schmutzig, und er stank nach Alkohol. Er gestand mir, er getraue sich nicht nach Hause zurück, streiche seit Tagen herum und schlafe in öffentlichen Lokalen. ›Mein Leben ist nichts mehr wert, Florián‹, sagte er. ›Ich bin ein toter Mann.‹ Ich bot ihm Polizeischutz an. Er lachte nur. Ich bot ihm sogar an, bei mir zu Hause Zuflucht zu suchen. Er lehnte ab. ›Ich will nicht Ihren Tod auf dem Gewissen haben, Florián‹, sagte er, ehe er sich in der Menge verlor. In den nächsten Monaten kamen sämtliche ehemaligen Vorstandsmitglieder der Velo-Granell zu Tode, theoretisch auf natürliche Weise. Herzversagen, lautete die ärztliche Diagnose in allen Fällen. Die Umstände waren ähnlich. Allein in ihrem Bett, immer um Mitternacht, sich immer über den Boden schleppend – vor einem Tod flüchtend, der keine Spuren hinterließ. Alle außer Benjamín Sentís. Mit ihm habe ich seit dreißig Jahren nie wieder gesprochen, bis vor einigen Wochen.«

»Vor seinem Tod …«, ergänzte ich.

Er nickte.

»Er rief auf dem Präsidium an und fragte nach mir. Er habe Informationen zu den Verbrechen in der Fabrik und zum Fall Velo-Granell. Ich rief ihn an und sprach mit ihm. Ich hatte den Eindruck, er deliriere, willigte aber ein, ihn aufzusuchen. Aus Mitleid. Wir verabredeten uns für den nächsten Tag in einer Weinstube in der Calle Princesa. Er erschien nicht. Zwei Tage später rief mich ein alter Freund aus dem Präsidium an und sagte mir, man habe seine Leiche in einem stillgelegten Tunnel der Kanalisation von Ciutat Vella gefunden. Die künstlichen Hände, die Kolwenik für ihn geschaffen hatte, waren amputiert worden. Doch das stand in der Zeitung. Was die Zeitungen nicht brachten, war, dass die Polizei ein mit Blut geschriebenes Wort an der Tunnelwand fand: *Teufel*.«

»*Teufel*?«

»Ein deutsches Wort«, sagte Marina.

»Und auch der Name von Kolweniks Symbol«, enthüllte Florián.

»Dem schwarzen Schmetterling?«

Er nickte.

»Warum heißt er so?«, fragte Marina.

»Ich bin kein Entomologe. Ich weiß bloß, dass Kolwenik sie gesammelt hat.«

Es wurde Mittag, und Florián lud uns ein, in einem Lokal bei der Station etwas zu essen. Wir hatten alle Lust, dieses Haus zu verlassen.

Der Wirt schien ein Freund von Florián zu sein und führte uns zu einem allein stehenden Tisch am Fenster.

»Besuch der Enkel, Chef?«, fragte er lächelnd.

Florián nickte ohne weitere Erklärungen. Ein Kellner brachte uns Tortilla und Tomatenbrot sowie eine Schachtel Ducados-Zigaretten für Florián. Beim Essen, das hervorragend war, setzte er seine Schilderung fort.

»Als ich mit den Ermittlungen zu Velo-Granell begann, fand ich heraus, dass Michail Kolwenik keine sehr durchsichtige Vergangenheit hatte. In Prag gab es keinen Eintrag, weder zu seiner Geburt noch zu seiner Staatsangehörigkeit. Wahrscheinlich war Michail nicht sein eigentlicher Vorname.«

»Wer war er also?«, fragte ich.

»Diese Frage stelle ich mir seit über dreißig Jahren. Als ich mich mit der Prager Polizei in Verbindung setzte, entdeckte ich tatsächlich einen gewissen Michail Kolwenik, aber er erschien in den Registern von Wolfter-Haus.«

»Was ist denn das?«

»Die städtische Irrenanstalt. Aber ich glaube nicht, dass Kolwenik je dort war. Er nahm einfach den Namen eines der Insassen an. Kolwenik war kein Irrer.«

»Aus welchem Grund sollte Kolwenik den Namen eines Irrenhausinsassen angenommen haben?«, fragte Marina.

»Das war damals nicht so ungewöhnlich. Wenn man in Kriegszeiten seine Identität ändert, kann das wie eine Wiedergeburt sein. Die Gelegenheit, eine unerwünschte Vergangenheit hinter sich zurückzulassen. Ihr seid noch sehr jung und habt keinen Krieg erlebt. Man lernt die Leute erst kennen, wenn man einen Krieg erlebt.«

»Hatte Kolwenik denn etwas zu verbergen?«, fragte ich. »Wenn die Prager Polizei über ihn informiert war, musste das ja seine Gründe haben.«

»Eine reine Koinzidenz von Nachnamen. Bürokratie. Glaubt mir, ich weiß, wovon ich spreche. Angenommen, der Kolwenik ihrer Archive wäre unser Kolwenik, so hat er wenig Spuren hinterlassen. Der Name wurde im Zusammenhang mit der Ermittlung zum Tod eines Prager Chirurgen erwähnt, eines gewissen Antonin Kolwenik. Der Fall wurde abgeschlossen und der Tod natürlichen Ursachen zugeschrieben.«

»Warum sollte dann also dieser Michail Kolwenik in ein Irrenhaus gesteckt werden?«, fragte Marina.

Florián zögerte einige Augenblicke, als traute er sich nicht zu antworten.

»Man vermutete, er habe mit der Leiche des Dahingegangenen etwas angestellt ...«

»Etwas?«

»Die Prager Polizei präzisierte nicht, was«, antwortete Florián knapp und zündete sich eine weitere Zigarette an.

Wir verfielen in ein langes Schweigen.

»Was ist denn mit der Geschichte, die uns Dr. Shelley erzählt hat? Von Kolweniks Zwillingsbruder, der Erbkrankheit und ...«

»Das ist das, was Kolwenik ihm auftischte. Dieser Mann log ebenso leicht, wie er atmete. Und Shelley hatte gute Gründe, ihm zu glauben, ohne weitere Fragen zu stellen. Kolwenik finanzierte bis zur letzten Pesete sein medizinisches Institut und seine Forschungsarbeit. Shelley war praktisch ein weiterer Velo-Granell-Angestellter. Ein Scherge.«

»Dann war also dieser Bruder von Kolwenik auch nur eine Erfindung?« Ich war verwirrt. »Seine Existenz würde Kolweniks Besessenheit für die Opfer von Missbildungen erklären und ...«

»Ich glaube nicht, dass der Bruder eine Erfindung war«, unterbrach mich Florián. »Meiner Meinung nach wenigstens.«

»Nun?«

»Ich glaube, der Junge, von dem er sprach, war in Wirklichkeit er selber.«

»Noch eine Frage, Inspektor …«

»Ich bin nicht mehr Inspektor, mein Kind.«

»Víctor also. Víctor sind Sie doch noch, oder?«

Zum ersten Mal sah ich Florián entspannt und offen lächeln.

»Was wäre das für eine Frage?«

»Sie haben gesagt, bei der Ermittlung wegen Betrugs der Velo-Granell hätten Sie entdeckt, dass es da noch etwas gab …«

»Ja. Anfänglich dachten wir, es wäre nur ein Vorwand, das Übliche: Rechnungen über nicht existierende Ausgaben und Zahlungen, um die Steuern zu umgehen, Zahlungen an Krankenhäuser, Auffangzentren für Bettler und so fort. Bis es einem meiner Leute merkwürdig erschien, dass einige Ausgabenposten mit Dr. Shelleys Unterschrift und Billigung von der Nekroskopie mehrerer Barceloneser Krankenhäuser fakturiert wurden. Also von Leichenschauhäusern.«

»Kolwenik verkaufte Leichen?«, fragte Marina.

»Nein. Er kaufte sie. Dutzendweise. Vagabunden. Leute, die ohne Angehörige oder Bekannte starben. Selbstmörder, Ertrunkene, verlassene Alte. Die Vergessenen der Stadt.«

Im Hintergrund murmelte verloren ein Radioapparat, gleichsam ein Echo unseres Gesprächs.

»Und was stellte Kolwenik mit diesen Leichen an?«

»Das weiß niemand. Wir haben sie nie gefunden.«

»Aber Sie haben doch eine Theorie dazu, nicht wahr, Víctor?«, fuhr Marina fort.

Florián schaute uns schweigend an.

»Nein.«

Für einen Polizisten, selbst einen pensionierten, log er schlecht. Marina beharrte nicht weiter auf dem Thema. Der Inspektor wirkte müde, aufgezehrt von Schatten, die in seiner Erinnerung wohnten. Seine ganze Wildheit war verschwunden. Die Zigarette zitterte in seinen Händen, und man konnte nur noch schwer sagen, wer da wen rauchte.

»Was dieses Gewächshaus betrifft, von dem ihr mir erzählt habt – geht da nicht wieder hin. Vergesst überhaupt diese ganze Geschichte. Vergesst dieses Fotoalbum, dieses namenlose Grab und die Dame, die es aufsucht. Vergesst Sentís, Shelley und mich – ich bin ja nichts weiter als ein armer alter Kerl, der von Tuten und Blasen keine Ahnung hat. Diese Geschichte hat schon genug Leben vernichtet. Lasst die Finger davon.«

Er gab dem Kellner ein Zeichen, die Zeche auf seine Rechnung zu setzen, und schloss:

»Versprecht mir, dass ihr auf mich hört.«

Ich fragte mich, wie wir von den Dingen lassen sollten, wo die Dinge doch nicht von uns lassen wollten. Nach allem, was in der Nacht zuvor geschehen war, muteten mich seine Ratschläge wie ein Kindermärchen an.

»Wir werden es versuchen«, antwortete Marina für uns beide.

»Der Weg zur Hölle ist mit guten Vorsätzen gepflastert«, erwiderte Florián.

Er begleitete uns zur Standseilbahn und gab uns die Telefonnummer des Lokals.

»Da kennt man mich. Wenn ihr was braucht, ruft mich an, und man wird es mir ausrichten. Zu jeder Tages- oder Nachtzeit. Manu, der Wirt, leidet an chronischer Schlaflosigkeit und hört die ganze Nacht BBC, um die Sprache zu lernen. Ihr stört also nicht.«

»Ich weiß nicht, wie wir Ihnen danken sollen.«

»Ihr könnt mir danken, indem ihr auf mich hört und das Ganze auf sich beruhen lasst.«

Wir nickten. Die Bahn öffnete ihre Türen.

»Und Sie, Víctor?«, fragte Marina. »Was werden Sie tun?«

»Was alle alten Leute tun: mich hinsetzen und mich erinnern und mich fragen, was geschehen wäre, wenn ich alles anders gemacht hätte. Los, geht schon.«

Wir setzten uns in den Wagen ans Fenster. Es wurde langsam dunkel. Ein Pfiff war zu hören, und die Türen gingen zu. Mit einem Rütteln begann die Bahn die

Abfahrt. Langsam blieben die Lichter von Vallvidrera zurück wie auch die reglos auf dem Bahnsteig stehende Gestalt Floriáns.

Germán hatte ein köstliches italienisches Gericht zubereitet, dessen Name nach Opernrepertoire klang. Wir aßen in der Küche und hörten ihm zu, als er von seinem Schachturnier mit dem Geistlichen erzählte, der ihn wie immer geschlagen hatte. Marina blieb ungewöhnlich still und überließ das Gespräch Germán und mir. Ich fragte mich, ob ich irgendetwas gesagt oder getan hatte, was ihr auf die Nerven gegangen war. Nach dem Essen forderte mich Germán zu einer Schachpartie heraus.

»Liebend gern, aber ich glaube, ich bin dran mit Spülen.«

»Ich werde spülen«, sagte Marina schwach hinter mir.

»Nein, im Ernst«, warf ich ein.

Germán befand sich schon im anderen Zimmer und stellte trällernd die Bauern aufs Spielbrett. Ich wandte mich Marina zu, die wegschaute und zu spülen begann.

»Lass mich dir helfen.«

»Nein … Geh zu Germán. Tu ihm den Gefallen.«

»Kommen Sie, Óscar?«, hörte ich Germán im Wohnzimmer fragen.

Ich betrachtete Marina im Licht der auf der Konsole brennenden Kerzen. Sie wirkte blass, müde.

»Geht's dir gut?«

Sie wandte sich um und lächelte mir zu. Bei ihrer Art zu lächeln fühlte ich mich immer klein und bedeutungslos.

»Los, geh schon. Und lass ihn gewinnen.«

»Das ist nicht schwer.«

Ich gehorchte ihr, ließ sie in der Küche allein und gesellte mich im Wohnzimmer zu ihrem Vater. Dort setzte ich mich unter dem Quarzkandelaber vors Schachbrett, damit er eine angenehme Weile verbringe, wie es seine Tochter wünschte.

»Sie ziehen, Óscar.«

Ich zog. Er räusperte sich.

»Ich darf Sie daran erinnern, dass Bauern nicht so springen, Óscar.«

»Entschuldigen Sie.«

»Nicht der Rede wert. Das ist das Feuer der Jugend. Glauben Sie, ich beneide Sie darum. Die Jugend ist wie eine launische Freundin. Wir wissen sie erst zu verstehen und zu schätzen, wenn sie mit einem anderen geht und nie mehr wiederkommt. Ach! Na, ich weiß auch nicht, was das sollte. Also …, Bauer …«

Um Mitternacht riss mich ein Geräusch aus dem Schlaf. Das Haus lag im Halbdunkeln. Ich setzte mich auf den Bettrand und hörte es wieder. Ein gedämpfter ferner Husten. Unruhig stand ich auf und trat auf den Gang hinaus. Das Geräusch kam aus dem unteren Stock. Ich ging an Marinas Zimmer vorbei. Die Tür stand offen, das Bett war leer. Ich spürte einen ängstlichen Stich.

»Marina?«

Keine Antwort. Auf Zehenspitzen stieg ich die kalten Stufen hinunter. Am Fuß der Treppe leuchteten Kafkas Augen. Er miaute schwach und führte mich durch einen dunklen Gang. An dessen Ende sickerte unter einer geschlossenen Tür Licht heraus. Dahinter war der Husten zu hören. Schmerzhaft, japsend. Kafka ging zur Tür und blieb miauend stehen. Sacht klopfte ich an.

»Marina?«

Langes Schweigen.

»Geh, Óscar.«

Ihre Stimme war ein Wimmern. Ich ließ einige Sekunden vergehen und öffnete die Tür. Das weißgeflieste Bad wurde von einer Kerze auf dem Boden knapp erleuchtet. Da kniete Marina und lehnte die Stirn an den Waschbeckenrand. Sie zitterte, und der Schweiß hatte ihr das Nachthemd wie ein Totenhemd an den Leib geklebt. Sie verbarg ihr Gesicht, aber ich konnte trotzdem sehen, dass sie aus der Nase blutete und mehrere scharlachrote Flecken ihre Brust bedeckten. Ich war wie gelähmt, unfähig zu reagieren.

»Was ist denn …?«, flüsterte ich.

»Mach die Tür zu«, sagte sie bestimmt. »Mach zu.«

Ich tat wie geheißen und trat zu ihr. Sie glühte vor Fieber. Das Haar klebte ihr im Gesicht, dieses war von kaltem Schweiß überströmt. Erschrocken wollte ich Germán holen, aber ihre Hand hielt mich mit einer Kraft fest, die ich ihr nie zugetraut hätte.

»Nein!«

»Aber …«

»Es geht mir gut.«

»Es geht dir nicht gut!«

»Óscar, ich flehe dich an, ruf nicht Germán. Er kann nichts tun. Es ist schon vorbei. Es geht mir besser.«

Die Gelassenheit in ihrer Stimme war erschreckend. Ihre Augen suchten meine. Etwas in ihnen brachte mich zum Gehorchen. Da streichelte sie mein Gesicht.

»Keine Angst. Es geht mir besser.«

»Du bist totenblass …«, stotterte ich.

Sie nahm meine Hand und hielt sie sich an die Brust. Ich spürte ihren Herzschlag über den Rippen. Ich zog die Hand zurück und wusste nicht, was ich tun sollte.

»Es geht mir bestens, siehst du? Versprichst du mir, Germán nichts von alledem zu sagen?«

»Warum denn?«, protestierte ich. »Was ist los mit dir?«

Unendlich müde senkte sie die Augen. Ich schwieg.

»Versprich es mir.«

»Du musst einen Arzt aufsuchen.«

»Versprich es mir, Óscar.«

»Wenn du mir versprichst, einen Arzt aufzusuchen.«

»Abgemacht, ich verspreche es dir.«

Sie machte ein Tuch nass und wischte sich das Blut aus dem Gesicht. Ich fühlte mich unnütz.

»Jetzt, da du mich so gesehen hast, werde ich dir nicht mehr gefallen.«

»Finde ich nicht sehr witzig.«

Sie reinigte sich schweigend weiter, ohne die Augen von mir abzuwenden. Ihr in der feuchten, fast durchsichtigen Baumwolle gefangener Körper wirkte zerbrechlich. Es erstaunte mich, dass ich mich überhaupt nicht verlegen fühlte, sie so zu betrachten. Auch ihr war keinerlei Scham wegen meiner Anwesenheit anzumerken. Ihre Hände zitterten, als sie sich säuberte. Ich fand einen Morgenmantel an der Tür und hielt ihn ihr geöffnet hin. Sie schlüpfte hinein und seufzte erschöpft.

»Was kann ich tun?«, murmelte ich.

»Bleib hier bei mir.«

Sie setzte sich vor einen Spiegel. Vergeblich versuchte sie, mit einer Bürste etwas Ordnung in den

Wirrwarr der Haare zu bringen, die ihr auf die Schulter fielen. Sie hatte keine Kraft.

»Lass mich es tun.« Ich nahm ihr die Bürste aus der Hand.

Schweigend kämmte ich sie, während sich unsere Blicke im Spiegel trafen. Dabei ergriff Marina kräftig meine Hand und drückte sie gegen ihre Wange. Ich spürte ihre Tränen auf meiner Haut und hatte nicht den Mut, sie nach dem Grund für diese Tränen zu fragen.

Ich begleitete sie in ihr Zimmer und half ihr ins Bett. Sie zitterte nicht mehr, und in ihre Wangen war die Wärme zurückgekehrt.

»Danke«, flüsterte sie.

Ich dachte, am besten lasse ich sie ruhen, und kehrte in mein Zimmer zurück. Dort legte ich mich wieder ins Bett und versuchte vergeblich einzuschlafen. Unruhig lag ich im Dunkeln und hörte das alte Haus knacken und den Wind in den Bäumen knarren. Blinde Beklemmung nagte an mir. Allzu viele Dinge ereigneten sich allzu schnell. Mein Gehirn war außerstande, sie alle gleichzeitig zu verarbeiten. In der Dunkelheit des frühen Morgens schien alles zu verschwimmen. Doch nichts erschreckte mich mehr als meine Unfähigkeit, meine Gefühle für Marina zu verstehen oder sie mir zu erklären. Es wurde schon hell, als ich endlich einschlief.

Im Traum ging ich durch die Säle eines verlassenen, im Dunkeln liegenden weißen Marmorpalasts. Hunderte von Statuen waren aufgestellt. Wenn ich vorbeiging, öffneten die Gestalten ihre Steinaugen und flüsterten unverständliche Worte. Da glaubte ich in der Ferne Marina zu erblicken und lief auf sie zu. Eine weiße Engelsgestalt führte sie an der Hand durch einen Gang mit blutenden Wänden. Ich versuchte sie einzuholen, als eine der Türen im Gang aufging und María Shelleys Gestalt erschien, über dem Boden schwebend und ein abgetragenes Totenhemd mitschleppend. Sie weinte, aber ihre Tränen gelangten nie auf den Boden. Sie streckte mir ihre Arme entgegen, und als sie mich berührte, zerfiel ihr Körper zu Asche. Ich rief Marinas Namen, bat sie zurückzukommen, doch sie schien mich nicht zu hören. Ich lief und lief, aber der Gang wurde immer länger. Da wandte sich der Lichtengel zu mir um und offenbarte mir sein wahres Gesicht. Seine Augen waren leere Höhlen und seine Haare weiße Schlangen. Der Höllenengel lachte grausam, legte seine weißen Flügel um Marina und entfernte sich. Im Schlaf roch ich einen stinkenden Atem im Nacken. Es war der unverwechselbare Todesgestank, der meinen Namen flüsterte. Ich wandte mich um und sah, wie sich mir ein schwarzer Schmetterling auf die Schulter setzte.

17

Ich erwachte atemlos und müder als beim Zubettgehen. Meine Schläfen pochten, als hätte ich zwei Kannen schwarzen Kaffee getrunken. Ich wusste nicht, wie spät es war, aber nach dem Sonnenstand zu urteilen, musste es etwa Mittag sein. Die Zeiger des Weckers bestätigten meine Vermutung – halb eins. Eilig ging ich hinunter, doch das Haus war menschenleer. Auf dem Küchentisch erwartete mich das Frühstück, schon erkaltet, zusammen mit einer Notiz.

Óscar,
*   wir mussten zum Arzt und werden den ganzen Tag weg sein. Vergiss das Futter für Kafka nicht. Wir sehen uns beim Abendessen.*
*   Marina*

Ich las die Notiz noch einmal und studierte die Handschrift, während ich herzhaft dem Frühstück zusprach. Einige Minuten später machte Kafka seine Aufwartung, und ich servierte ihm seine große Tasse Milch. Ich wusste nicht, was ich mit diesem Tag anfangen sollte, und beschloss, ins Internat zu gehen, um einige Kleider zu holen und Doña Paula zu sagen, sie solle sich nicht bemühen, in meinem Zimmer sauberzumachen, ich würde die Ferien bei meiner Familie verbringen. Der Spaziergang zum Internat tat mir gut. Ich betrat es durch den Haupteingang und stieg in den dritten Stock zu Doña Paulas Wohnung hinauf.

Doña Paula war eine herzensgute Person, die immer ein Lächeln für die Internatsschüler übrighatte. Sie war seit dreißig Jahren Witwe und seit weiß Gott wie viel länger auf Diät. »Ich neige halt zum Dickwerden, wissen Sie«, sagte sie immer. Sie hatte keine Kinder und verschlang mit einem bloßen Blick auch mit ihren fast fünfundsechzig Jahren noch sämtliche Babys, denen sie auf dem Gang zum Markt in ihren Kinderwagen begegnete. Sie lebte in Gesellschaft ihrer beiden Kanarienvögel und eines riesigen Zenit-Fernsehers, den sie erst ausschaltete, wenn die Nationalhymne und die Bilder der Königsfamilie sie ins Bett schickten. Ihre Hände waren von der Lauge verschrumpelt. Wenn man die Adern ihrer aufgequollenen Knöchel anschaute, schmerzte es einen selbst. Der einzige Luxus, den sie sich zugestand, waren alle zwei Wochen ein Besuch beim Friseur und die Zeitschrift ¡Hola!. Mit Vergnügen las sie über das Leben von Prinzessinnen und bewunderte die Kleider der Stars aus dem Showbusiness. Als ich bei ihr anklopfte, schaute sie sich gerade eine Neuinszenierung von

Die Pyrenäennachtigall in einem Musicalzyklus mit Joselito in der »Abendvorstellung« an. Das Spektakel begleitete sie mit einer Portion Toastscheiben, dick bestrichen mit Kondensmilch und Zimt.

»Tag, Doña Paula. Entschuldigen Sie die Störung.«

»Oh, Óscar, mein Junge, du störst mich doch nicht. Komm nur rein!«

Auf dem Bildschirm sang Joselito unter dem wohlwollend-entzückten Blick von zwei Zivilgardisten einem Zicklein ein Liedchen vor. Neben dem Fernseher teilte eine Sammlung von Muttergottesfigürchen die Ehrenvitrine mit den alten Fotos ihres Gatten Rodolfo, ganz Brillantine und funkelnagelneue Falangeuniform. Trotz der Verehrung ihres verstorbenen Gatten freute sich Doña Paula sehr über die Demokratie, da jetzt, wie sie sagte, das Fernsehen in Farbe sei und man auf dem Laufenden zu sein habe.

»Ach, was für ein Lärm neulich nachts, nicht? In der Tagesschau haben sie das mit dem Erdbeben in Kolumbien gebracht, und Herr du meine Güte, ich weiß auch nicht, da hab ich plötzlich so ne Angst gekriegt …«

»Machen Sie sich keine Sorgen, Doña Paula, Kolumbien ist weit weg.«

»Das stimmt schon, aber dort reden sie ja auch Spanisch, ich weiß nicht, ich meine …«

»Keine Bange, es ist ganz ungefährlich. Ich wollte Ihnen nur sagen, Sie brauchen sich nicht um mein

Zimmer zu kümmern. Ich werde Weihnachten bei meiner Familie verbringen.«

»Ach, wie schön, Óscar!«

Doña Paula hatte mich mehr oder weniger groß werden sehen und war überzeugt, alles, was ich tue, sei goldrichtig. »Du hast echtes Talent«, sagte sie immer, obwohl sie nie genau erklären konnte, wozu. Ich musste unbedingt ein Glas Milch trinken und von ihren selbstgebackenen Plätzchen essen, obwohl ich überhaupt keinen Appetit hatte. Eine Weile blieb ich noch bei ihr, schaute mir den Fernsehfilm an und nickte zu all ihren Kommentaren. Die gute Frau redete wie ein Wasserfall, sobald sie Gesellschaft hatte, was fast nie vorkam.

»Der war doch wirklich süß als Junge, nicht wahr?« Sie deutete auf den arglosen Joselito.

»Ja, stimmt, Doña Paula. Jetzt muss ich aber gehen …«

Ich küsste sie zum Abschied auf die Wange und machte mich davon. Für eine Minute lief ich in mein Zimmer hinauf und raffte eilig einige Hemden, eine Hose und frische Unterwäsche zusammen. Das alles packte ich in eine Tüte, ohne eine Sekunde länger als nötig zu verweilen. Danach ging ich beim Sekretariat vorbei und wiederholte mit unerschütterlichem Gesicht meine Geschichte von Weihnachten im Familienkreis. Beim Gehen dachte ich, wenn doch alles so einfach wäre wie Lügen.

Schweigend aßen wir im Salon mit den Bildern zu Abend. Germán war zurückhaltend, in sich selbst versunken. Manchmal trafen sich unsere Blicke, und er lächelte mir aus reiner Höflichkeit zu. Marina rührte mit dem Löffel in einem Teller Suppe herum, führte ihn aber nie zum Mund. Die ganze Unterhaltung beschränkte sich auf das Schaben des Bestecks auf den Tellern und das Knistern der Kerzen. Unschwer konnte ich mir ausmalen, dass der Arzt nichts Gutes über Germáns Gesundheit gesagt hatte. Ich beschloss, keine Fragen zu etwas Offensichtlichem zu stellen. Nach dem Essen empfahl sich Germán und zog sich auf sein Zimmer zurück. Er wirkte gealtert und müder denn je. Das war das erste Mal, seit ich ihn kannte, dass er die Bilder seiner Frau Kirsten nicht zur Kenntnis nahm. Sowie er verschwunden war, schob Marina ihren noch vollen Teller von sich und seufzte.

»Du hast keinen Bissen gegessen.«

»Ich habe keinen Hunger.«

»Schlechte Nachrichten?«

»Lass uns von was anderem sprechen, ja?«, unterbrach sie mich knapp, fast feindselig.

Die Schärfe ihrer Worte gab mir das Gefühl, ein Fremder in einem fremden Haus zu sein, als habe sie mich daran erinnern wollen, dass das nicht meine Familie, nicht mein Haus und nicht meine Probleme waren, sosehr ich mich auch bemühte, diese Illusion aufrechtzuerhalten.

»Tut mir leid«, murmelte sie nach einer Weile und streckte mir die Hand entgegen.

»Es hat keine Bedeutung«, log ich.

Ich stand auf, um die Teller in die Küche zu tragen. Sie blieb schweigend sitzen und streichelte Kafka, der in ihrem Schoß miaute. Ich nahm mir mehr Zeit als nötig und spülte die Teller so lange unter dem kalten Wasser, bis ich die Hände nicht mehr spürte. Als ich wieder ins Wohnzimmer kam, hatte sich Marina bereits zurückgezogen. Sie hatte zwei Kerzen für mich brennen lassen. Der Rest des Hauses lag in stiller Dunkelheit. Ich blies die Kerzen aus und ging in den Garten. Langsam zogen schwarze Wolken über den Himmel. Ein eisiger Wind schüttelte die Bäume. Ich schaute zurück und sah Licht in Marinas Fenster. Ich stellte mir vor, wie sie auf dem Bett lag. Einen Augenblick später ging das Licht aus. Das alte Haus erhob sich dunkel wie die Ruine, als die es mir am ersten Tag erschienen war. Ich überlegte, ob ich mich ebenfalls schlafen legen sollte, doch ich verspürte einen Anflug von Angst, die eine lange schlaflose Nacht verhieß. Also beschloss ich, spazieren zu gehen, um meine Gedanken zu ordnen oder doch wenigstens den Körper müde zu machen. Kaum hatte ich zwei Schritte getan, begann es zu tröpfeln. Es war eine unfreundliche Nacht, und die Straßen waren menschenleer. Ich steckte die Hände tief in die Taschen und begann loszumarschieren. Fast zwei Stunden lang irrte ich durch die Gegend. Weder die Kälte noch der Regen hatten die Gnade, mir die ersehnte Schläfrigkeit zuzugestehen. Irgendetwas ging mir im Kopf herum, und je mehr ich es zu ignorieren versuchte, desto stärker drängte sich seine Anwesenheit auf.

Meine Schritte führten mich zum Friedhof von Sarriá. Der Regen spuckte auf schwarz gewordene Steingesichter und schiefe Kreuze. Hinter dem Gittertor konnte ich eine Galerie geisterhafter Silhouetten ausmachen. Die feuchte Erde stank nach verwelkten Blumen. Ich lehnte den Kopf an die Gitterstäbe. Das Metall war kalt. Eine Rostspur zog sich über meine Haut. Ich spähte in die Dunkelheit hinein, als könnte ich dort die Erklärung für all diese Vorgänge finden. Ich vermochte nichts Weiteres als Tod und Stille zu sehen. Was hatte ich hier verloren? Wenn ich noch einen Funken gesunden Menschenverstand besaß, musste ich schleunigst den Heimweg antreten und hundert Stunden durchschlafen. Das war wahrscheinlich meine beste Idee seit drei Monaten.

Ich machte kehrt, um durch den schmalen Zypressenkorridor zurückzugehen. In der Ferne glänzte eine Straßenlaterne. Plötzlich verschwand der Lichthof. Eine dunkle Erscheinung breitete sich über allem aus. Ich hörte Pferdehufe auf dem Straßenpflaster und sah ein schwarzes Fuhrwerk durch den Wasservorhang heranpreschen. Die Nüstern der tiefschwarzen Pferde stießen gespenstischen Dunst aus. Auf dem Bock zeichnete sich die anachronistische Gestalt eines Kutschers ab. Ich wollte mich seitlich des Weges verbergen, fand aber nur nackte Mauern. Unter meinen Füßen erzitterte der Boden. Ich hatte nur eine Möglichkeit: umzudrehen. Pudelnass und beinahe atemlos erklomm ich das Gittertor und sprang in den Friedhof hinein.

18

Ich landete mitten im Morast, der im Wolkenbruch
zerfloss. Schmutzwasserbäche führten verwelkte
Blumen mit sich und verzweigten sich zwischen
den Grabsteinen. Ich versank mit Füßen und Händen
im Schlamm. Dann rappelte ich mich auf und versteckte mich eiligst hinter einem Marmortorso mit
zum Himmel emporgereckten Armen. Das Fuhrwerk
hatte jenseits des Gittertors angehalten, der Kutscher
stieg ab. Er trug eine Laterne; das Cape bedeckte seinen ganzen Körper. Ein breitkrempiger Hut und ein
Schal schützten ihn vor Regen und Kälte und verdeckten sein Gesicht. Ich erkannte das Fuhrwerk
wieder – es war dasselbe, das an jenem Vormittag am
Francia-Bahnhof die Dame in Schwarz mitgenommen hatte. Auf einem der Türchen erspähte ich das
Symbol des schwarzen Schmetterlings. Dunkle Samtvorhänge verhüllten die Fenster. Ich fragte mich, ob
sie wohl drin sitze.

Der Kutscher ging aufs Gittertor zu und starrte in
den Friedhof herein. Reglos presste ich mich an die
Statue. Dann hörte ich das Rasseln eines Schlüssel-
bundes und das metallische Klicken eines Vorhänge-

schlosses. Ich fluchte leise. Die Eisenstäbe schepperten. Schritte im Morast. Der Kutscher kam auf mein Versteck zu. Ich musste hier weg. Ich wandte mich um und erforschte den Friedhof hinter mir. Der schwarze Wolkenschleier riss auf. Für einen Augenblick zeichnete der Mond einen Pfad gespenstischen Lichts, und die Gräbergalerie glänzte im Dunkeln. Ich watete zwischen Grabsteinen ins Innere des Friedhofs, bis ich zu einem von Türchen aus Schmiedeeisen und Glas verschlossenen Mausoleum gelangte. Unaufhaltsam näherte sich der Kutscher. Ich hielt den Atem an und versank in den Schatten. Mit erhobener Laterne ging er in einem Abstand von weniger als zwei Metern an mir vorbei, ohne mich zu bemerken. Ich seufzte und sah ihn auf das Zentrum des Friedhofs zugehen – sogleich wusste ich, wohin es ihn zog.

Es war Wahnsinn, doch ich folgte ihm. Mich zwischen Grabsteinen versteckend, ging ich bis zum Nordteil des Gevierts. Dort stieg ich auf eine Plattform, von wo aus alles zu überblicken war, soweit es die Dunkelheit erlaubte. Zwei Meter unter mir leuchtete die Laterne des Kutschers, die er an das namenlose Grab gelehnt hatte. Das Regenwasser rann über den in den Stein gemeißelten Schmetterling wie Blut. Der Kutscher beugte sich übers Grab, zog einen länglichen Gegenstand unter seinem Cape hervor, eine Metallstange, und begann mit ihr zu hantieren. Mir stockte der Atem, als mir klarwurde, was er vorhatte.

Er wollte das Grab öffnen. Am liebsten wäre ich weggelaufen, aber ich durfte mich nicht bewegen. Mit der Stange als Hebel gelang es ihm, die Grabplatte einige Zentimeter zu verrücken. Langsam tat sich der schwarze Schacht des Grabes auf, bis die Platte durch ihr eigenes Gewicht zur Seite fiel und entzweibrach. Unter meinem Körper spürte ich die Vibration des Aufpralls. Der Kutscher nahm die Laterne vom Boden auf und hob sie über den zwei Meter tiefen Schacht. Ein Aufzug zur Hölle. Zuunterst leuchtete der Deckel eines schwarzen Sarges. Der Kutscher schaute zum Himmel hinauf und sprang unversehens ins Grab hinunter. In einem einzigen Augenblick war er wie vom Erdboden verschluckt. Ich hörte Schläge und das Zersplittern morschen Holzes. Ich sprang von meinem Posten, robbte Millimeter um Millimeter im Schlamm an den Grabesrand heran und schaute hinunter.

Der Regen prasselte ins Grab, dessen Boden unter Wasser stand. In diesem Moment zerrte der Kutscher am Sargdeckel, der krachend zur Seite fiel. Das faulige Holz und das abgewetzte Tuch lagen im Licht. Der Sarg war leer. Reglos starrte der Mann hinein. Ich hörte ihn etwas murmeln und wusste, dass ich schleunigst abhauen musste. Dabei brachte ich jedoch einen Stein ins Kullern, er fiel ins Grab und prallte auf den Sarg. In einer Zehntelsekunde wandte sich der Kutscher mir zu. In der Rechten hielt er einen Revolver.

Gräbern und Statuen ausweichend, rannte ich verzweifelt dem Ausgang zu. Hinter mir hörte ich den Kutscher rufen, während er aus dem Grab kletterte. Schon sah ich das Gittertor und dahinter das Fuhrwerk. Atemlos rannte ich darauf zu. Die Schritte des Kutschers kamen näher. Mir wurde klar, dass er mich auf offenem Gelände in Sekundenschnelle eingeholt haben würde. Ich erinnerte mich an die Waffe in seiner Hand und schaute mich panisch nach einem Versteck um. Das Einzige, was in Frage kam, war der Kofferkasten hinten am Fuhrwerk, und ich betete, dem Kutscher möchte es nicht einfallen, dort nachzuschauen. Ich sprang hinauf und warf mich kopfüber hinein. Wenige Sekunden später hörte ich des Kutschers hastige Schritte den Zypressenkorridor erreichen.

Ich stellte mir vor, was seine Augen sahen – den leeren Weg im Regen. Die Schritte hielten inne. Gingen ums Fuhrwerk herum. Ich fürchtete, verräterische Spuren hinterlassen zu haben. Ich spürte, wie der Kutscher auf den Bock kletterte, und blieb liegen, ohne mich zu rühren. Die Pferde wieherten. Das Warten wurde unerträglich. Dann hörte ich die Peitsche knallen, und ein Ruck warf mich in den hinteren Teil des Kastens. Wir setzten uns in Bewegung.

Das Holpern wurde bald zu einem harten, heftigen Vibrieren, das auf meine von der Kälte versteinerten Muskeln einhämmerte. Ich versuchte, aus dem Kofferkasten hinauszuschauen, aber bei dem Schaukeln war es nahezu unmöglich, mich festzuhalten.

Wir ließen Sarriá hinter uns. Ich rechnete mir die Chancen eines Genickbruchs aus, wenn ich in voller Fahrt abspränge, und verwarf den Gedanken wieder. Ich fühlte mich nicht kräftig genug, weiter den Helden zu spielen, und im Grunde wollte ich ja wissen, wohin wir fuhren, so dass ich mich in die Umstände schickte. Ich streckte mich auf dem Boden des Kastens aus, so gut ich konnte, um etwas auszuruhen – für später musste ich wohl Kräfte sammeln.

Die Fahrt kam mir endlos vor. Meine Kofferperspektive war wenig hilfreich, und ich hatte das Gefühl, schon viele Kilometer im Regen zurückgelegt zu haben. In den nassen Kleidern wurden meine Muskeln klamm. Wir hatten die Boulevards mit dem stärksten Verkehr verlassen und fuhren nun durch menschenleere Straßen. Ich richtete mich auf und warf einen Blick durch die Öffnung. Ich sah dunkle, wie Breschen in einen Felsen geschlagene enge Straßen. Laternen und gotische Fassaden im Dunst. Verwirrt ließ ich mich wieder zurückfallen. Wir befanden uns in der Altstadt, irgendwo im Raval-Viertel. Der Gestank überlaufender Kloaken drang herein wie Sumpfgas. Ewig fuhren wir durch das finstere Zentrum Barcelonas, dann hielten wir an. Ich hörte den Kutscher vom Bock steigen. Einige Sekunden später das Geräusch eines Türchens. Langsam rückte das Fuhrwerk vor, bis wir, wie ich dem Geruch entnahm, in einen Pferdestall gelangten. Das Türchen schloss sich wieder.

Ich bewegte mich nicht. Der Kutscher spannte die Pferde aus und raunte ihnen einige mir unverständliche Worte zu. Ein Lichtstreifen drang in meinen Kasten. Ich hörte fließendes Wasser und Schritte auf dem Stroh. Schließlich ging das Licht aus, und der Kutscher entfernte sich. Ich wartete zwei Minuten, bis ich nur noch die Pferde atmen hörte. Dann glitt ich aus dem Kofferkasten. Bläuliches Halbdunkel lag über dem alten Stall. Behutsam tappte ich zu einer Seitentür und gelangte in eine finstere, hohe Garage mit Deckenbalken. Zuhinterst zeichnete sich eine Tür ab, die ein Notausgang sein musste. Ich stellte fest, dass sie nur von innen zu öffnen war, zog sie vorsichtig auf und gelangte endlich ins Freie.

Ich befand mich in einer dunklen Gasse des Raval. Sie war so eng, dass ich mit ausgestreckten Armen beide Wände berühren konnte. In der Mitte rann ein stinkender Bach übers Pflaster. Die nächste Straßenecke befand sich in nur zehn Meter Entfernung. Dort glänzte eine breitere Straße im diesigen Licht der bestimmt über hundertjährigen Straßenlaternen. Auf der einen Seite des grauen, elenden Gebäudes sah ich den Eingang zum Pferdestall. Über dem Türsturz war das Jahr seiner Erbauung zu lesen: 1888. Aus meiner Perspektive sah ich, dass es sich nur um den Anbau eines größeren Hauses handelte, das den ganzen Block einnahm. Dieser zweite Bau hatte die Ausmaße eines Palasts. Er war vollkommen mit Gerüsten und schmutzigen Planen verkleidet. In seinem Inneren hätte eine Kathedrale Platz gefunden. Erfolglos versuchte ich herauszufinden, was das war. Kein derartiger Bau in dieser Gegend des Raval war mir bekannt.

Ich trat näher und warf einen Blick zwischen den Brettern des Gerüsts hindurch. Ein Jugendstilvordach lag in dichter Dunkelheit. Ich konnte Säulen und eine Reihe kleiner Fenster erkennen, die mit verworrenen schmiedeeisernen Mustern geschmückt waren. Kartenschalter. Die Bögen des Eingangs, die man dahinter sehen konnte, erinnerten mich an die Säulengänge eines legendären Schlosses. All das war von Schutt bedeckt, von Feuchtigkeit und Vernachlässigung gezeichnet. Auf einmal wurde mir klar, wo ich mich befand – das war das Gran Teatro Real, das Prachtmonument, das Michail Kolwenik für seine Frau Ewa hatte rekonstruieren lassen und dessen Bühne sie nie hatte einweihen können. Jetzt wirkte das Theater wie eine riesige, in Ruinen liegende Katakombe. Ein Bastard der Pariser Oper und der Sagrada-Familia-Kirche, der auf seinen Abbruch wartete.

Ich ging zum angebauten Haus mit den Ställen zurück. Das Portal war ein schwarzes Loch. Darin war eine kleinere Tür eingelassen, die an einen Klostereingang oder den eines Gefängnisses erinnerte. Diese kleine Tür stand offen, und ich schlich mich in den Hausflur. Ein geisterhaftes Oberlicht mündete in eine Galerie zerbrochener Scheiben. Ein Netz von mit Lumpen bedeckten Wäscheleinen wiegte sich im Wind. Das alles roch nach Elend, Kloake und Krankheit. Die Wände schwitzten das Wasser geplatzter Rohrleitungen aus. Der Boden war verpfützt. Ich erkannte eine Reihe verrosteter Briefkästen, trat näher und betrachtete sie. Die meisten waren leer, beschädigt und namenlos. Nur ein einziger schien in Gebrauch zu sein. Ich entzifferte den Namen unter dem Schmutz:

Luis Claret i Milá, 3°

Der Name war mir vertraut, obwohl ich zunächst nicht wusste, woher. Ich fragte mich, ob der Kutscher so heiße. Ein ums andere Mal wiederholte ich den Namen und versuchte mich zu entsinnen, wo ich ihn gehört hatte. Auf einmal klarte meine Erinnerung auf. Inspektor Florián hatte uns gesagt, in Kolweniks letzten Jahren hätten in der Villa am Park Güell nur zwei Personen zu ihm und zu seiner Frau Ewa Zugang gehabt: Shelley, sein persönlicher Arzt, und ein Fahrer, der seinen Chef um keinen Preis verlassen mochte, Luis Claret. Ich nestelte in meiner Hosentasche nach der Telefonnummer, die uns Inspektor Florián für den Notfall gegeben hatte. Schon glaubte ich sie gefunden zu haben, als ich oben im Treppenhaus Schritte hörte. Ich flüchtete.

Wieder auf der Straße, lief ich zur nächsten Ecke, um mich dahinter zu verstecken. Kurz darauf trat eine Gestalt aus der Tür und ging im Nieselregen davon. Wieder der Kutscher. Ich wartete, bis er verschwunden war, und folgte dann dem Echo seiner Schritte.

19

Auf Clarets Spur wurde ich zum Schatten unter Schatten. Die Armut und das Elend dieses Viertels waren in der Luft zu riechen. Mit weit ausholenden Schritten marschierte Claret durch Straßen, in denen ich noch nie gewesen war. Erst als er um eine Ecke bog und ich die Calle Conde del Asalto erkannte, fand ich mich wieder zurecht. Als wir die Ramblas erreichten, bog er links ein Richtung Plaza de Cataluña.

Auf dem Boulevard bummelten ein paar Nachtvögel. Die erleuchteten Kioske sahen aus wie gestrandete Schiffe. Beim Liceo wechselte Claret auf die andere Straßenseite und blieb dann vor dem Haus stehen, in dem Dr. Shelley und seine Tochter María wohnten. Bevor er eintrat, sah ich ihn einen blitzenden Gegenstand unter dem Cape hervorziehen – den Revolver.

Die Hausfassade war eine Maske aus Reliefs und Wasserspeiern, die ganze Bäche von Schmutzwasser ausspuckten. An der Ecke drang aus einem Fenster eine Handbreit goldenen Lichts. Shelleys Arbeitszimmer. Ich stellte mir den alten Doktor in seinem Invalidensessel vor, unfähig, Schlaf zu finden. Ich lief zum Portal. Claret hatte es von innen verriegelt. Ich suchte eine andere Möglichkeit hineinzugelangen und ging um das Haus herum. Auf der Rückseite führte eine schmale Feuerleiter zu einem Gesims hinauf, das wie ein steinerner Laufsteg ums ganze Haus herumlief bis zu den Balkonen der Hauptfassade. Von dort bis zu Shelleys Studio waren es nur noch wenige Meter. Über die Leiter stieg ich zum Gesims empor. Dort stellte ich fest, dass es höchstens zwei Spannen breit war. Die Straße unter meinen Füßen lag da wie ein Abgrund. Ich atmete tief ein und tat einen ersten Schritt auf den schmalen Vorsprung.

Dicht an der Hausmauer rückte ich Zentimeter um Zentimeter vor. Die Oberfläche war glitschig. Ab und zu bewegte sich unter meinen Füßen ein Stein. Ich hatte das Gefühl, mit jedem Schritt werde der Sims schmaler. Die Wand in meinem Rücken schien sich vornüberzuneigen. Sie war mit in den Stein gehauenen Faunen übersät. Ich streckte die Finger in die dämonische Grimasse einer dieser Figuren und fürchtete, der Schlund klappe zu und kappe sie mir. Sie wie Griffe benutzend, erreichte ich schließlich das Schmiedeeisengeländer um den Balkon von Shelleys Arbeitszimmer.

Dann stand ich auf der Gitterplattform vor den hohen Fenstern. Die Scheiben waren beschlagen. Ich presste das Gesicht daran und konnte schwach hineinsehen. Das Fenster war nicht von innen abgeschlossen, so dass ich es ein wenig aufdrücken konnte. Ein Schwall warme, nach dem verbrannten Holz im Kamin riechende Luft schlug mir ins Gesicht. Vor dem Feuer saß der Arzt in seinem Sessel, als hätte er sich nie von da weggerührt. Hinter ihm gingen die Türflügel des Arbeitszimmers auf. Claret. Ich war zu spät gekommen.

»Du hast deinen Schwur gebrochen«, hörte ich Claret sagen.

Zum ersten Mal vernahm ich seine Stimme deutlich. Schwer, heiser. So wie die eines Internatsgärtners, Daniel, dem im Krieg eine Kugel den Kehlkopf durchbohrt hatte. Zwar hatten die Ärzte seinen Hals rekonstruiert, aber es hatte zehn Jahre gedauert, bis der arme Mann wieder sprechen konnte. Seine Stimme klang wie jetzt die Clarets.

»Du hast gesagt, du hättest das letzte Fläschchen vernichtet«, sagte Claret und trat auf Shelley zu.

Der andere wandte sich nicht einmal um. Ich sah, wie sich Clarets Revolver hob und auf den Arzt zielte.

»Du täuschst dich in mir«, sagte Shelley.

Claret ging um den Alten herum und blieb vor ihm stehen. Shelley schaute auf. Wenn er Angst hatte, zeigte er es nicht. Claret zielte auf seinen Kopf.

»Du lügst. Ich sollte dich auf der Stelle umlegen.« Jede Silbe Clarets war schleppend, als schmerzte sie ihn.

Er setzte den Revolverlauf zwischen Shelleys Augen.

»Nur zu. Du tust mir einen Gefallen damit«, sagte Shelley gelassen.

Ich schluckte. Claret entsicherte die Waffe.

»Wo ist es?«

»Nicht hier.«

»Also wo?«

»Du weißt, wo«, antwortete Shelley.

Ich hörte Claret seufzen. Niedergeschlagen ließ er den Arm mit dem Revolver sinken.

»Wir sind alle verdammt«, sagte Shelley. »Es ist nur eine Frage der Zeit … Du hast ihn nie verstanden, und jetzt verstehst du ihn weniger denn je.«

»Du bist es, den ich nicht verstehe«, sagte Claret. »Ich gehe mit reinem Gewissen in den Tod.«

Shelley lachte bitter.

»Den Tod kümmern die Gewissen nicht groß, Claret.«

»Mich aber schon.«

Auf einmal erschien María Shelley in der Tür.

»Vater – geht es Ihnen gut?«

»Ja, María. Geh wieder ins Bett. Es ist nur der liebe Claret, und er geht gleich wieder.«

María zögerte. Claret starrte sie an, und einen Augenblick hatte ich das Gefühl, es liege etwas Unausgesprochenes im Spiel ihrer Blicke.

»Tu, was ich dir sage. Geh.«

»Ja, Vater.«

Sie zog sich zurück. Shelley schaute wieder ins Feuer.

»Pass du auf dein Gewissen auf. Ich habe eine Tochter, auf die ich aufpassen muss. Geh nach Hause. Du kannst nichts tun. Niemand kann etwas tun. Du hast ja gesehen, welches Ende Sentís genommen hat.«

»Sentís hat das Ende gefunden, das er verdiente.«

»Du willst ihn doch nicht etwa aufsuchen?«

»Ich lasse meine Freunde nicht im Stich.«

»Aber sie haben dich im Stich gelassen«, sagte Shelley.

Claret ging auf die Tür zu, blieb jedoch stehen, als Shelley bat:

»Warte …«

Er ging zu einem Schrank neben dem Schreibtisch. Er nestelte an einer Kette um seinen Hals, an der ein kleiner Schlüssel hing. Damit öffnete er den Schrank. Er nahm etwas heraus und reichte es Claret.

»Nimm sie«, befahl er. »Ich habe nicht den Mut, sie zu benutzen. Und auch nicht den Glauben.«

Die Augen verengend, versuchte ich herauszufinden, worum es sich handelte. Es war ein Etui, in dem einige silberne Kapseln zu liegen schienen. Kugeln.

Claret nahm sie entgegen und prüfte sie sorgfältig. Sein Blick traf sich mit dem Shelleys.

»Danke«, murmelte er.

Shelley schüttelte wortlos den Kopf, als wollte er keinen Dank. Ich sah, wie Claret das Patronenlager seiner Waffe ausräumte und dann mit Shelleys Kugeln wieder füllte. Dabei beobachtete ihn Shelley nervös und rang die Hände.

»Geh nicht …«, flehte Shelley.

Der andere schloss das Patronenlager und ließ die Trommel rotieren.

»Ich habe keine andere Wahl«, erwiderte er auf dem Weg zur Tür.

Sowie ich ihn verschwinden sah, glitt ich wieder zum Gesims. Der Regen hatte nachgelassen. Ich beeilte mich, um Clarets Spur nicht zu verlieren, und kehrte zur Feuerleiter zurück, kletterte hinunter und lief ums Haus herum, gerade rechtzeitig, so dass ich Claret die Ramblas abwärts gehen sah. Ich beschleunigte meine Schritte, und der Abstand zwischen uns verringerte sich. Er bog in die Calle Fernando Richtung Plaza de San Jaime ein. Unter den Säulengängen der Plaza Real erblickte ich einen öffentlichen Fernsprecher. Es war mir bewusst, dass ich so schnell wie möglich Inspektor Florián anrufen und von den Ereignissen in Kenntnis setzen musste, aber mich jetzt damit aufzuhalten hätte geheißen, Claret aus den Augen zu verlieren.

Ich folgte ihm ins Barrio Gótico hinein. Bald verlor sich seine Gestalt unter den Brücken, die sich von Palast zu Palast spannten. Unmögliche Bögen warfen

tanzende Schatten auf die Mauern. Wir waren im ver-
zauberten Barcelona angelangt, dem Labyrinth der
Geister, wo die Straßen legendenhafte Namen trugen
und die Kobolde der Zeit sich hinter uns tummelten.

20

Ich folgte Clarets Spur bis zu einer hinter der Kathedrale verborgenen dunklen Gasse. Die Straßenecke wurde von einem Maskenladen eingenommen. Ich trat zum Schaufenster, beugte mich vor, um einen Blick hineinzuwerfen, und empfing den leeren Blick der Kartongesichter. Claret war zwanzig Meter weiter vorn neben einem Gully stehen geblieben und kämpfte mit dem schweren Metalldeckel. Als dieser endlich nachgab, glitt er hinein. Erst jetzt näherte ich mich. Ich hörte, wie Schritte auf den Metallsprossen hinunterstiegen, und sah den Widerschein eines Lichtstrahls. Ich schlich bis zum Gully und schaute hinab. Ein Schwall verbrauchte Luft stieg aus dem Schacht herauf. Ich blieb so lange dort, bis Clarets Schritte verhallt waren und die Dunkelheit das von ihm mitgebrachte Licht verschluckt hatte.

Das war der Augenblick, Inspektor Florián anzurufen. Ich sah die Lichter einer Bodega, die entweder sehr spät schloss oder sehr früh aufmachte. Es war eine nach Wein stinkende Zelle, die das Halbsouterrain eines mindestens dreihundertjährigen Hauses einnahm. Der Wirt war ein Mensch mit essigfarbener Haut und winzigen Äuglein und trug eine Art Militärmütze. Er hob die Brauen und sah mich missmutig an. Die Wand hinter ihm war mit Feldzeichen der Blauen Division, Postkarten aus dem Tal der Gefallenen und einem Mussolini-Bild geschmückt.

»Raus«, sagte er. »Wir machen erst um fünf auf.«

»Ich möchte bloß telefonieren. Es ist ein Notfall.«

»Komm um fünf wieder.«

»Wenn ich um fünf wiederkommen könnte, wäre es kein Notfall. Bitte. Ich muss die Polizei anrufen.«

Der Wirt musterte mich aufmerksam und deutete schließlich auf ein Wandtelefon.

»Warte, ich stell dir die Verbindung her. Du kannst doch bezahlen, oder?«

»Natürlich«, log ich.

Der Hörer war schmuddelig. Neben dem Telefon lag ein kleiner Teller voller Streichholzschachteln mit dem Namen des Lokals und einem Kaiseradler. Bodega Valor, stand da. Als der Wirt mit dem Rücken zu mir den Zähler einschaltete, nutzte ich die Gelegenheit, um mir die Taschen mit Streichholzschachteln vollzustopfen. Als er sich mir wieder zuwandte, lächelte ich ihn in naiver Unschuld an. Ich wählte die uns von Florián genannte Nummer und hörte es klingeln, immer und immer wieder, ohne Antwort. Schon befürchtete ich, der schlaflose Kollege des Inspektors sei über den BBC-Nachrichten doch noch eingeschlummert, als sich am anderen Ende endlich jemand meldete.

»Guten Abend, entschuldigen Sie die späte Stunde«, sagte ich. »Ich muss dringend mit Inspektor Florián sprechen. Es handelt sich um einen Notfall. Er hat mir diese Nummer gegeben, für den Fall, dass …«

»Wer sind Sie?«

»Óscar Drai.«

»Óscar wie viel?«

Geduldig musste ich ihm meinen Namen buchstabieren.

»Einen Augenblick. Ich weiß nicht, ob Florián zu Hause ist. Ich sehe kein Licht. Können Sie warten?«

Ich schaute zum Wirt hinüber, der unter dem würdevollen Blick des Duce in martialischem Rhythmus Gläser trocknete.

»Ja«, sagte ich kühn.

Das Warten wurde unerträglich. Der Wirt starrte mich unablässig an wie einen entflohenen Sträfling. Versuchsweise lächelte ich ihm zu. Er reagierte nicht.

»Könnten Sie mir einen Milchkaffee machen?«, fragte ich. »Ich bin durchgefroren.«

»Nicht vor fünf.«

»Können Sie mir bitte sagen, wie spät es ist?«

»Bis fünf dauert es noch. Bist du sicher, dass du die Polizei angerufen hast?«

»Die Guardia Civil, um genau zu sein«, improvisierte ich.

Endlich hörte ich Floriáns Stimme. Sie klang wach und aufmerksam.

»Óscar? Wo bist du?«

So schnell ich konnte, schilderte ich ihm das Wesentliche. Als ich das mit dem Abwassertunnel erzählte, spürte ich, wie seine Anspannung wuchs.

»Hör mir gut zu, Óscar. Ich will, dass du dort, wo du bist, auf mich wartest und dich nicht wegrührst, bis ich komme. In einer Sekunde nehm ich ein Taxi. Wenn etwas passiert, läufst du weg und läufst und läufst, bis du zum Präsidium in der Vía Layetana kommst. Dort fragst du nach Mendoza. Er kennt mich und ist eine Vertrauensperson. Aber was auch geschieht, hörst du?, was auch geschieht, du gehst auf keinen Fall in die Kanalisation runter. Ist das klar?«

»Glasklar.«

»In einer Minute bin ich da.«

Die Verbindung wurde unterbrochen.

»Macht sechzig Peseten«, sagte der Wirt hinter mir unverzüglich. »Nachttarif.«

»Ich zahle um fünf, General«, antwortete ich träge.

Die Säcke unter seinen Augen verfärbten sich weinrot.

»Pass auf, du eingebildeter Pinkel, ich polier dir gleich die Fresse, ja?«, drohte er zornig.

Ich sauste davon, bevor er mit seinem Bereitschaftsknüppel hinter der Theke hervorkommen konnte. Beim Maskenladen würde ich auf Inspektor

Florián warten. Das konnte nicht lange dauern, dachte ich.

Von der Kathedrale schlug es vier. Die Anzeichen der Müdigkeit begannen mich zu umzingeln wie hungrige Wölfe. Ich machte kleine Kreise, um Kälte und Erschöpfung zu bekämpfen. Kurze Zeit später vernahm ich Schritte auf dem Straßenpflaster. Ich drehte mich um und wollte Florián begrüßen, doch die Gestalt, die ich erblickte, hatte nichts mit dem alten Polizisten gemein. Es war eine Frau. Instinktiv versteckte ich mich, voller Angst, die Dame in Schwarz sei mich holen gekommen. Auf der Straße zeichnete sich ihr Schatten ab, und die Frau ging an mir vorüber, ohne mich zu bemerken. Es war María, Dr. Shelleys Tochter.

Sie ging auf die Schachtmündung zu, beugte sich vor und schaute hinunter. In der Hand hielt sie ein Fläschchen. Ihr Gesicht leuchtete verklärt im Mondlicht. Sie lächelte. Sogleich wurde mir klar, dass sich da etwas Ungutes abspielte, dass etwas nicht stimmte. Einen Augenblick dachte ich sogar, sie befinde sich in irgendeiner Trance und sei hierher schlafgewandelt. Diese absurde Hypothese war mir angenehmer, als andere Möglichkeiten in Betracht zu ziehen. Ich wollte auf sie zugehen, sie bei ihrem Namen rufen, irgendetwas. Ich nahm all meinen Mut zusammen. Kaum hatte ich einen ersten Schritt getan, wandte sie sich mit katzenhafter Behändigkeit um, als hätte sie meine Anwesenheit in der Luft gewittert. Ihre Augen glänzten in der Gasse, und ihr zur Grimasse verzerrtes Gesicht ließ mir das Blut in den Adern gerinnen.

»Geh«, flüsterte sie mit nicht wiederzuerkennender Stimme.

»María?«, stammelte ich verwirrt.

Eine Sekunde später sprang sie in den Tunnel hinunter. Ich lief zum Rand, in der Erwartung, ihren zerschellten Körper zu erblicken. Ein Mondstrahl zog flüchtig über den Schacht. Unten leuchtete Marías Gesicht.

»María, warten Sie!«, rief ich.

So rasch ich konnte, kletterte ich die Sprossen hinab. Nach zwei Metern umfing mich penetranter Gestank. Die helle Öffnung über mir verkleinerte sich allmählich. Ich suchte nach einer der Streichholzschachteln und steckte eines an. Was ich dann erblickte, war gespenstisch.

Ein runder Tunnel verlor sich in der Schwärze. Feuchtigkeit und Fäulnis. Rattengekreisch. Und das endlose Echo des Tunnellabyrinths unter der Stadt. Eine schmutzige Inschrift an der Wand lautete:

SGAB / 1881
SAMMELKANAL SEKTOR IV / NIVEAU 2 –
ABSCHNITT 66

Auf der anderen Seite des Tunnels war die Mauer eingebrochen. Der Untergrund hatte einen Teil des Sammelkanals zugeschüttet. Eine über die andere geschichtet, konnte man die ehemaligen Ebenen der Stadt erkennen.

Ich betrachtete die Leichen alter Barcelonas, auf denen sich die neue Stadt erhob. Der Schauplatz, an dem Sentís der Tod ereilt hatte. Ich steckte ein weiteres Streichholz an. Den Ekel, der mir im Hals hochstieg, unterdrückend, folgte ich den Schritten einige Meter weiter.

»María?«

Meine Stimme wurde zu einem geisterhaften Echo, das mich schaudern ließ, so dass ich lieber schwieg. Ich sah Dutzende winziger roter Punkte sich wie Insekten auf einem Teich bewegen. Ratten. Die Streichholzflamme, die ich immer wieder erneuerte, hielt sie auf vorsichtige Distanz.

Ich zögerte, ob ich weitergehen sollte oder nicht, als ich in der Ferne eine Stimme hörte. Zum letzten Mal schaute ich zur Öffnung in der Straße hinauf. Keine Spur von Florián. Wieder hörte ich die Stimme. Ich seufzte und machte mich auf in die Dunkelheit.

Der Tunnel, durch den ich ging, ließ mich an den Darmtrakt eines Tiers denken. Der Boden stand ganz unter Fäkalwasser. Das einzige Licht, das mir zur

Verfügung stand, war das meiner Streichhölzer. Ich steckte eines am anderen an, so dass ich nie in völlige Dunkelheit gehüllt war. Je tiefer ich ins Labyrinth eindrang, desto mehr gewöhnte sich meine Nase an den Kloakengeruch. Auch stellte ich einen Temperaturanstieg fest. Bald klebte mir die Feuchtigkeit auf Haut, Kleidern und Haar.

Einige Meter weiter erkannte ich ein plumpes, auf der Mauer rot leuchtendes Kreuz. Es folgten weitere Kreuze an den Wänden. Am Boden glaubte ich etwas glitzern zu sehen. Als ich mich bückte, um es mir anzuschauen, erwies es sich als ein Foto. Ich erkannte das Bild sogleich – eines der Porträts aus dem Album des Gewächshauses. Weitere Fotos trieben herum, alle desselben Ursprungs. Einige waren zerrissen. Zwanzig Schritte weiter fand ich das Album, völlig zerfleddert. Ich ergriff es und blätterte mich durch die leeren Seiten. Es machte den Eindruck, als hätte jemand etwas gesucht und dann aus Wut, es nicht gefunden zu haben, das Album zerfetzt.

Ich befand mich auf einer Kreuzung, in einer Art Verteilerkammer oder einem Kanalzusammenfluss. Ich schaute hinauf und sah, dass sich genau da, wo ich stand, ein weiterer Schacht auftat. Ich glaubte, ein Gitter zu erkennen. Als ich ihm ein Streichholz näherte, blies ein morastiger Luftzug aus einem der Sammelkanäle die Flamme aus. In diesem Moment hörte ich, wie sich, die Wände streifend, langsam und gallertartig etwas bewegte. Ich spürte einen Schauer im Nacken. In der Dunkelheit suchte ich ein weiteres Streichholz und versuchte es anzuzünden, aber die Flamme wollte nicht brennen. Jetzt war ich sicher – etwas bewegte sich in den Tunneln, etwas Lebendiges, und zwar keine Ratten. Ich hatte das Gefühl zu ersticken. Der Gestank schoss mir brutal in die Nase. Endlich brannte ein Streichholz. Zuerst blendete mich die Flamme. Dann sah ich, wie mir etwas entgegenrobbte. Aus sämtlichen Tunneln. Undefinierbare Wesen krochen wie Spinnen durch die Kanäle. Das Streichholz fiel mir aus den zitternden Händen. Ich wollte loslaufen, aber meine Muskeln waren wie gelähmt.

Auf einmal durchschnitt ein Lichtstrahl die Schatten, so dass ich flüchtig etwas wie einen mir entgegengestreckten Arm sehen konnte.

»Óscar!«

Inspektor Florián rannte auf mich zu. In der einen Hand hielt er eine Taschenlampe, in der anderen einen Revolver. Als er bei mir war, leuchtete er in alle Winkel. Wir hörten beide das schaudererregende Geräusch dieser Gestalten, die jetzt vor dem Licht der Lampe zurückwichen. Florián hielt den Revolver in die Höhe.

»Was war das?«

Ich wollte antworten, aber die Stimme versagte mir.

»Und was zum Teufel hast du hier unten zu suchen?«

»María …«, stammelte ich.

»Was?«

»Als ich auf Sie wartete, sah ich, wie sich María Shelley in die Kloaken warf und …«

»Shelleys Tochter?«, fragte Florián verwirrt. »Hier?«

»Ja.«

»Und Claret?«

»Weiß ich nicht. Ich habe die Fußspuren bis hierher verfolgt.«

Florián untersuchte die Mauern um uns herum. An einem Ende des Gangs befand sich eine rostige Eisentür. Mit gerunzelter Stirn ging er hin, ich dicht hinterher.

»Sind das die Tunnel, wo Sentís gefunden wurde?«

Florián nickte wortlos und deutete auf das andere Ende des Tunnels.

»Dieses Netz von Sammelkanälen zieht sich bis zum ehemaligen Born-Markt hin. Dort wurde Sentís gefunden, aber es gab Anzeichen dafür, dass der Körper dorthin geschleift worden war.«

»Da befindet sich die alte Velo-Granell-Fabrik, nicht wahr?«

Wieder nickte Florián.

»Glauben Sie, jemand benutzt diese unterirdischen Gänge, um sich von der Fabrik aus unter der Stadt fortzubewegen …?«

»Da, halt mal die Lampe«, unterbrach mich Florián. »Und das auch.«

»Das« war sein Revolver. Ich hielt die beiden Gegenstände, während er die Metalltür aufbrach. Die Waffe war schwerer, als ich gedacht hatte. Ich legte den Finger um den Abzug und betrachtete sie im Licht. Florián warf mir einen mörderischen Blick zu.

»Das ist kein Spielzeug, Vorsicht. Spiel bloß nicht den Blödmann, sonst zersprengt dir eine Kugel den Kopf wie eine Wassermelone.«

Die Tür gab nach. Ein unbeschreiblicher Gestank drang heraus. Wir wichen einige Schritte zurück und kämpften gegen den Brechreiz an.

»Was zum Teufel ist denn da drin?«, rief Florián.

Er zog ein Taschentuch hervor und bedeckte sich damit Mund und Nase. Ich reichte ihm die Waffe und behielt die Taschenlampe. Mit einem Fußtritt stieß er die Tür auf. Ich leuchtete hinein. Es war so finster, dass kaum etwas zu erkennen war. Florián spannte den Hahn und ging auf die Schwelle zu.

»Bleib da«, befahl er.

Ich ignorierte seine Worte und folgte ihm zum Eingang der Kammer.

»Heiliger Gott!«, hörte ich ihn rufen.

Ich spürte, wie mir die Luft ausging, und traute meinen Augen nicht. Im Dunkeln gefangen, hingen Dutzende von leblosen, unvollständigen Körpern an rostigen Haken. Auf zwei großen Tischen lagen in vollständigem Chaos seltsame Werkzeuge herum: Metallteile, Getriebe und Mechanismen aus Holz und

Stahl. In einer Vitrine befand sich eine Sammlung Fläschchen, daneben eine Reihe Spritzen und eine Wand voll schmutziger, schwarz gewordener chirurgischer Instrumente.

»Was ist das?«, murmelte Florián angespannt.

Auf einem der Tische lag eine Gestalt aus Holz und Haut, Metall und Knochen wie ein unvollendetes makabres Spielzeug. Es war ein Kind mit runden Reptilienaugen; eine gespaltene Zunge hing zwischen den schwarzen Lippen heraus. Auf der Stirn war deutlich das Brandmal des Schmetterlingssymbols zu erkennen.

»Das ist seine Werkstatt ... Hier also erschafft er sie ...«, entfuhr es mir laut.

Da bewegte diese Höllenpuppe die Augen. Sie drehte den Kopf. Ihre Eingeweide knirschten wie ein altes Uhrwerk, und ihre Schlangenpupillen bohrten sich in die meinen. Die gespaltene Zunge leckte sich die Lippen. Sie lächelte uns an.

»Los, weg hier«, sagte Florián. »Und zwar dalli!«

Wir eilten in den Gang zurück und ließen die Tür hinter uns zufallen. Florián atmete stockend. Ich brachte kein Wort mehr heraus. Er nahm mir die Lampe aus den zitternden Händen und untersuchte den Tunnel. Dabei sah ich einen Tropfen den Lichtschein durchdringen. Und noch einen. Und einen weiteren. Glitzernde, scharlachrote Tropfen. Blut. Wir schauten uns wortlos an. Etwas blutete von der Decke herab. Mit einer Handbewegung hieß mich Florián einige Schritte zurücktreten und leuchtete hinauf. Ich sah, wie er erbleichte und seine starke Hand zu zittern begann.

»Lauf«, brachte er nur heraus, »mach, dass du weg-kommst!«

Nachdem er mir einen letzten Blick zugeworfen hatte, hob er den Revolver. In seinen Augen las ich zu-erst Schrecken und dann eine seltsame Todesgewiss-heit. Er öffnete die Lippen, um noch etwas zu sagen, aber nie wieder drang ein Laut aus seiner Kehle. Eine dunkle Gestalt stürzte sich auf ihn herab und schlug auf ihn ein, ehe er einen Muskel bewegen konnte. Ein Schuss ging los, ein ohrenbetäubender Knall wurde von der Wand zurückgeworfen. Die Taschenlampe landete in einem Wasserstrom. Floriáns Körper wurde so heftig an die Mauer geschleudert, dass er eine kreuz-förmige Bresche in die schwarzen Kacheln schlug. Ich war sicher, dass er tot war, noch ehe er sich von der Wand ablöste und leblos zu Boden sank.

Verzweifelt den Ausweg suchend, rannte ich los. Ein tierisches Geheul erfüllte die Tunnel. Ich wandte mich um. Aus sämtlichen Winkeln krochen Dutzende Gestalten. Ich lief wie noch nie in meinem Leben, hörte hinter mir die unsichtbare Meute heulen, stol-perte. In meinen Geist eingebrannt das Bild von Flo-riáns Körper an der Wand.

Ich befand mich schon nahe dem Ausgang, als eine Gestalt vor mich hin sprang, so dass ich die Sprossen in die Außenwelt nicht mehr erreichen konnte. Abrupt blieb ich stehen. Das schwache Licht zeigte mir ein Harlekingesicht. Zwei schwarze Rhomben bedeckten seinen Glasblick, und polierte Holzlippen entblößten stählerne Eckzähne. Ich tat einen Schritt zurück. Zwei Hände legten sich mir auf die Schultern. Fingernägel zerfetzten meine Kleider. Etwas spannte sich um meinen Hals, schleimig und kalt. Vor meinen Augen begann es zu flimmern. Etwas packte mich an den Knöcheln. Vor mir kniete der Harlekin nieder, die Hände meinem Gesicht entgegenstreckend. Ich glaubte die Besinnung zu verlieren und betete, es möchte so sein. Eine Sekunde später zerbarst dieser Kopf aus Holz, Haut und Metall in tausend Stücke.

Der Schuss kam von meiner Rechten. Der Knall bohrte sich mir in die Trommelfelle, Schießpulvergeruch erfüllte die Luft. Zu meinen Füßen brach der Harlekin ein. Ein zweiter Schuss dröhnte. Der Druck um meinen Hals verschwand, und ich fiel der Länge nach hin. Ich nahm nur den intensiven Schießpulvergeruch wahr und merkte, dass jemand an mir zerrte. Ich öffnete die Augen und konnte erkennen, wie sich ein Mann über mich beugte und mich hinaufzog.

Auf einmal sah ich das helle Tageslicht, und meine Lungen füllten sich mit reiner Luft. Dann verlor ich das Bewusstsein. Ich erinnere mich, dass ich von klappernden Pferdehufen träumte, während unablässig Glocken läuteten.

21

Das Zimmer, in dem ich aufwachte, war mir vertraut. Durch die Läden der geschlossenen Fenster sickerte eine durchscheinende Helligkeit. Neben mir stand eine Gestalt und betrachtete mich schweigend. Marina.

»Willkommen in der Welt der Lebenden.«

Ich schnellte auf. Auf der Stelle trübte sich mein Blick, und ich spürte, wie mir Eissplitter das Hirn durchbohrten. Marina stützte mich, während der Schmerz langsam verebbte.

»Ganz ruhig«, flüsterte sie mir zu.

»Wie bin ich hierhergekommen?«

»Am frühen Morgen hat dich jemand gebracht. In einem Fuhrwerk. Er sagte nicht, wer er ist.«

»Claret …«, flüsterte ich, und das Puzzle begann sich in meinem Kopf zusammenzufügen.

Es war Claret, der mich aus den Stollen gerettet und ins Haus in Sarriá zurückgebracht hatte. Mir wurde klar, dass er mir das Leben gerettet hatte.

»Du hast mich zu Tode erschreckt. Wo warst du? Ich habe die ganze Nacht auf dich gewartet. So was tust du mir nicht noch einmal an, hörst du?«

Mein ganzer Körper schmerzte, selbst beim bloßen Nicken. Ich legte mich wieder hin. Marina hielt mir ein Glas kaltes Wasser an die Lippen, das ich austrank, so schnell es ging.

»Noch eins, nicht wahr?«

Ich schloss die Augen und hörte sie das Glas nachfüllen.

»Und Germán?«, fragte ich.

»Ist in seinem Atelier. Er hat sich Sorgen gemacht um dich. Ich habe ihm gesagt, dir sei etwas schlecht bekommen.«

»Und das hat er geglaubt?«

»Mein Vater glaubt alles, was ich ihm sage«, antwortete Marina ohne Arglist.

Sie reichte mir das Glas.

»Was macht er denn stundenlang in seinem Atelier, wo er doch gar nicht mehr malt?«

Marina umfasste mein Handgelenk und prüfte den Puls.

»Mein Vater ist ein Künstler«, sagte sie dann. »Künstler leben in der Zukunft oder in der Vergangenheit, niemals in der Gegenwart. Germán lebt von Erinnerungen. Das ist alles, was er hat.«

»Er hat dich.«

»Ich bin die größte seiner Erinnerungen.« Sie schaute mir in die Augen. »Ich hab dir was zu essen gebracht. Du musst wieder zu Kräften kommen.«

Ich winkte ab. Allein die Vorstellung zu essen verursachte mir Brechreiz. Marina legte mir eine Hand auf den Nacken und stützte mich, während ich wieder trank. Das kalte, reine Wasser war wie eine Segnung.

»Wie spät ist es?«

»Fast vier. Du hast acht Stunden geschlafen.«

Ihre Hand lag jetzt auf meiner Stirn und verharrte einige Sekunden.

»Wenigstens hast du kein Fieber mehr.«

Ich öffnete die Augen und lächelte. Marina betrachtete mich ernst, blass.

»Du warst völlig außer dir und hast im Traum gesprochen ...«

»Was hab ich denn gesagt?«

»Dummes Zeug.«

Ich hielt mir die Finger an den schmerzenden Hals.

»Nicht anfassen«, sagte Marina und schob meine Hand weg. »Du hast eine tiefe Wunde am Hals. Und Schnitte an Schultern und Rücken. Wer hat dir das zugefügt?«

»Ich weiß es nicht ...«

Sie seufzte ungeduldig.

»Ich war halb tot vor Angst. Ich wusste nicht, was ich tun sollte. Ich bin zu einer Telefonzelle gegangen, um Florián anzurufen, aber in der Kneipe sagte man mir, du hättest schon angerufen und der Inspektor sei gegangen, ohne zu sagen, wohin. Kurz vor dem Morgengrauen rief ich wieder an, und er war noch nicht zurück.«

»Florián ist tot.« Ich merkte, wie mir die Stimme brach, als ich den Namen des armen Inspektors aussprach. »Gestern Nacht bin ich wieder zum Friedhof gegangen«, begann ich.

»Du bist verrückt«, unterbrach mich Marina.

Vermutlich hatte sie recht. Wortlos gab sie mir ein drittes Glas Wasser. Ich trank es bis auf den letzten Tropfen aus. Dann schilderte ich ihr langsam, was in der Nacht vorgefallen war. Als ich zum Ende gekommen war, schaute sie mich nur schweigend an. Ich hatte den Eindruck, es beschäftige sie sonst noch etwas, etwas, was nichts mit alledem zu tun hatte, das ich ihr eben erzählt hatte. Sie beschwor mich, zu essen, was sie mir gebracht hatte, ob hungrig oder nicht, und reichte mir Brot mit Schokolade. Sie wandte kein Auge von mir, bis ich fast die halbe Tafel und ein Brötchen von der Größe eines Taxis verschlungen hatte. Der Peitschenhieb des Zuckers im Blut ließ nicht auf sich warten, und bald fühlte ich neues Leben in mir.

»Während du geschlafen hast, habe ich ebenfalls Detektiv gespielt«, sagte Marina und wies auf einen dicken ledergebundenen Band auf dem Nachttisch.

Ich las den Titel auf dem Rücken.

»Interessierst du dich für Entomologie?«

»Für Ungeziefer. Ich habe unseren Freund gefunden, den schwarzen Schmetterling.«

»Teufel …«

»Ein anbetungswürdiges Geschöpf. Lebt in Tunneln und Kellern, fern vom Licht. Hat einen Lebenszyklus von vierzehn Tagen. Vor dem Tod gräbt er seinen Körper in den Untergrund ein, und nach drei Tagen ersteht eine neue Larve aus ihm.«

»Eine Auferstehung?«

»So könnte man es nennen.«

»Und wovon ernährt er sich?«, fragte ich. »In Tunneln gibt es weder Blüten noch Pollen.«

»Er frisst seinen Nachwuchs«, erklärte Marina. »Da ist schon alles da. Das exemplarische Leben unserer Cousins, der Insekten.«

Sie trat zum Fenster und schob die Vorhänge zurück. Die Sonne durchflutete das Zimmer. Nachdenklich blieb sie dort stehen. Beinahe hörte ich den Mechanismus ihres Hirns arbeiten.

»Was könnte es für einen Sinn haben, dich anzugreifen, um wieder an das Fotoalbum zu kommen, und die Fotos dann liegen zu lassen?«

»Wahrscheinlich hat der Angreifer etwas gesucht, was in diesem Album war.«

»Aber was es auch war, es befand sich nicht mehr drin«, ergänzte sie.

»Dr. Shelley«, erinnerte ich mich plötzlich.

Marina schaute mich verständnislos an.

»Als wir ihn aufsuchten, haben wir ihm das Bild gezeigt, auf dem er in seiner Praxis zu sehen ist«, sagte ich.

»Und er hat es behalten!«

»Nicht nur das. Beim Gehen habe ich gesehen, wie er es ins Feuer geschmissen hat.«

»Warum mag er dieses Bild vernichtet haben?«

»Vielleicht war etwas darauf zu erkennen, von dem er nicht wollte, dass es jemand anders sieht.« Ich sprang aus dem Bett.

»Wohin willst du?«

»Zu Luis Claret. Er kennt die Lösung dieser ganzen Geschichte.«

»Du gehst in den nächsten vierundzwanzig Stunden nicht aus diesem Haus.« Marina stemmte sich gegen die Tür. »Inspektor Florián hat sein Leben gelassen, damit du entwischen konntest.«

»In vierundzwanzig Stunden wird zu uns gekommen sein, was sich in diesen Tunneln verbirgt, wenn wir nichts unternehmen, um es zu verhindern. Das mindeste, was Florián verdient, ist, dass wir ihm zu seinem Recht verhelfen.«

»Shelley hat gesagt, den Tod interessiert das Recht keinen Deut«, rief mir Marina in Erinnerung. »Vielleicht lag er damit richtig.«

»Vielleicht«, gab ich zu. »Uns aber interessiert es.«

Als wir an die Grenze zum Raval-Viertel kamen, lag Nebel in den Gassen, getüncht von den Lichtern heruntergekommener Kaschemmen. Wir hatten das freundliche Treiben der Ramblas hinter uns gelassen und drangen in den elendesten Schlund der Stadt vor, wo es keine Spur von Touristen oder Neugierigen gab. Aus übelriechenden Portalen und Fenstern in bröckelnden Fassaden folgten uns verstohlene Blicke. Das Echo von Fernsehern und Radios stieg aus diesen Schluchten der Armut auf, ohne je über die Dächer hinauszudringen. Die Stimme des Raval erreicht nie den Himmel.

Bald erriet man zwischen den Spalten der von jahrzehntealtem Schmutz überzogenen Häuser die düster-monumentalen Ruinen des Gran Teatro Real. Auf dem Giebel zeichnete sich wie eine Wetterfahne ein Schmetterling mit schwarzen Flügeln ab. Wir blieben stehen, um diese gespenstische Vision zu betrachten. Der berauschendste Bau ganz Barcelonas zerfiel wie eine Leiche in einem Sumpf.

Marina deutete auf das Licht in den Fenstern im dritten Stock des Theateranbaus. Ich erkannte den Eingang zu den Pferdeställen. Hier wohnte Claret. Wir gingen zur Tür. Das Treppenhaus war noch voller Pfützen vom Regen der vergangenen Nacht. Wir begannen die ausgetretenen, dunklen Stufen hinanzusteigen.

»Und wenn er uns nicht empfangen will?«, fragte Marina beunruhigt.

»Vermutlich erwartet er uns«, fiel mir ein.

Im zweiten Stock angelangt, bemerkte ich, dass Marina schwer und mühsam atmete. Ich blieb stehen und sah, dass ihr Gesicht blass geworden war.

»Geht's dir gut?«

»Ein bisschen müde«, antwortete sie mit einem wenig überzeugenden Lächeln. »Du gehst zu schnell für mich.«

Ich nahm sie bei der Hand und führte sie Stufe um Stufe zum dritten Stock. Vor Clarets Tür blieben wir stehen. Marina atmete tief durch. Dabei zitterte ihre Brust.

»Es geht mir gut, wirklich«, sagte sie, als ahnte sie meine Befürchtungen. »Los, klopf schon. Du hast mich hoffentlich nicht hergebracht, um die Nachbarn zu besuchen.«

Ich klopfte an. Die Tür bestand aus altem, solidem Holz, dick wie eine Mauer. Wieder klopfte ich. Langsam näherten sich Schritte der Schwelle. Die Tür ging auf, und Luis Claret, der Mann, der mir das Leben gerettet hatte, empfing uns.

»Kommt rein«, sagte er nur und wandte sich wieder ins Wohnungsinnere.

Wir schlossen die Tür hinter uns. Die Wohnung war dunkel und kalt. Von der Decke hing der Anstrich herunter wie Schlangenhaut. Lampen ohne Glühbirnen züchteten Spinnennester. Das Fliesenmosaik zu unseren Füßen war zerbrochen.

»Hier lang«, hörte man Clarets Stimme aus dem Inneren.

Wir folgten seiner Spur in ein nur von einem Kohlenbecken erleuchtetes Wohnzimmer. Claret saß vor den glühenden Kohlen und starrte sie schweigend an. Die Wände waren von alten Porträts bedeckt, Leuten und Gesichtern aus anderen Zeiten. Claret schaute zu uns auf. Seine Augen waren hell und durchdringend, das Haar silbern und die Haut pergamenten. Dutzende von Fältchen in seinem Gesicht zeugten vom Verstreichen der Zeit, aber trotz seines fortgeschrittenen Alters strahlte er eine solche Kraft aus, dass ihn mancher um dreißig Jahre jüngerer Mann beneidet hätte. Ein stil- und würdevoll an der Sonne gealterter Bühnengalan.

»Ich hatte keine Möglichkeit, Ihnen zu danken, dass Sie mir das Leben gerettet haben.«

»Nicht mir musst du danken. Wie habt ihr mich gefunden?«

»Inspektor Florián hat uns von Ihnen erzählt«, kam mir Marina zuvor. »Er sagte, Sie und Dr. Shelley seien die einzigen Menschen gewesen, die bis zuletzt bei Michail Kolwenik und Ewa Irinowa ausgeharrt hätten, sie hätten sie nie verlassen. Wie haben Sie Michail Kolwenik kennengelernt?«

Ein schwaches Lächeln trat auf Clarets Lippen.

»Señor Kolwenik kam während eines der schlimmsten Fröste des Jahrhunderts in diese Stadt. Einsam, hungrig und von der Kälte getrieben, suchte er im Eingang eines alten Hauses Zuflucht, um dort die Nacht zu verbringen. Er besaß nur ein paar Münzen für etwas Brot und heißen Kaffee und sonst nichts. Während er überlegte, was er tun sollte, entdeckte er, dass sich in diesem Hauseingang noch jemand befand. Ein höchstens fünf Jahre alter, in Lumpen gehüllter Junge, ein Bettler, der hier ebenso Unterschlupf gesucht hatte wie Kolwenik. Da dieser und der Junge nicht dieselbe Sprache sprachen, konnten sie sich kaum verständigen. Aber Kolwenik gab ihm lächelnd sein Geld und bedeutete ihm mit Handzeichen, er solle etwas zu essen kaufen. Der Kleine, der kaum glauben konnte, wie ihm geschah, ging eilig einen Laib Brot kaufen in einer Bäckerei auf der Plaza Real, die die ganze Nacht geöffnet war. Als er zum Hauseingang zurückkam, um das Brot mit dem Unbekannten zu teilen, sah er, wie dieser von der Polizei abgeführt wurde. Im Gefängnis wurde Kolwenik von seinen Zellengenossen brutal zusammengeschlagen. Die ganzen Tage, die er in der Gefängniskrankenstation verbrachte, wartete der Junge vor der Tür wie ein herrenloser Hund. Als Kolwenik zwei Wochen später wieder auf freien Fuß gesetzt wurde, hinkte er. Der Kleine war zur Stelle, um ihn zu unterstützen. Er wurde sein Führer und schwor sich, nie diesen Mann zu verlassen, der ihm in der schlimmsten Nacht seines Lebens seine ganze Habschaft überlassen hatte. Dieser Junge war ich.«

Claret erhob sich und forderte uns auf, ihm durch einen engen Gang zu folgen, der zu einer Tür führte. Er zog einen Schlüssel hervor und schloss auf. Auf der anderen Seite befand sich eine identische Tür und zwischen den beiden eine kleine Kammer.

Es war dunkel, und Claret zündete eine Kerze an. Mit einem anderen Schlüssel öffnete er die zweite Tür. Ein Luftzug erfüllte den Gang und ließ die Flamme sirren. Marina ergriff meine Hand, während wir auf die andere Seite traten. Dort blieben wir stehen. Was sich vor unseren Augen auftat, war wie ein Märchen. Das Innere des Gran Teatro Real.

Rang um Rang zog sich bis zu der großen Kuppel hinauf. Von den Logen hingen die Samtvorhänge und bauschten sich im Leeren. Über dem endlosen, menschenleeren Parkett warteten große Kristalllüster auf elektrischen Anschluss, der nie kam. Wir befanden uns in einem Bühnenseiteneingang. Über uns erhob sich die Bühnenmaschinerie ins Endlose, ein Universum aus Vorhängen, Gerüsten, Rollen und Brücken, das sich in den Höhen verlor.

»Hier durch«, sagte Claret und führte uns.

Wir überquerten die Bühne. Im Orchestergraben schliefen einige Instrumente. Auf dem Dirigentenpult war eine von Spinnweben überzogene Partitur auf der ersten Seite aufgeschlagen. Im Parkett zog der große Teppich des Mittelgangs eine Straße nach nirgendwo. Claret ging voran bis zu einer erleuchteten Tür und hieß uns beim Eingang stehen bleiben. Marina und ich wechselten einen Blick.

Die Tür führte zu einer Künstlergarderobe. An

metallenen Ständern hingen Hunderte strahlende Kleider. Eine Wand war voller Rauchglasspiegel mit Kerzenhaltern. Die andere wurde von Dutzenden alten Porträts eingenommen, die eine unbeschreiblich schöne Frau zeigten. Ewa Irinowa, die Magierin der Bühnen. Die Frau, für die Michail Kolwenik dieses Heiligtum hatte errichten lassen. Und da erblickte ich sie. Die Dame in Schwarz betrachtete sich mit verschleiertem Gesicht im Spiegel. Als sie unsere Schritte vernahm, wandte sie sich langsam um und nickte. Erst jetzt erlaubte uns Claret einzutreten. Wir gingen auf sie zu wie auf einen Geist, ebenso ängstlich wie fasziniert. Zwei Meter vor ihr blieben wir stehen. Wachsam verharrte Claret auf der Schwelle. Wieder wandte sich die Frau dem Spiegel zu und studierte ihre Erscheinung.

Auf einmal hob sie mit unbeschreiblicher Zartheit den Schleier. Die wenigen funktionierenden Glühbirnen enthüllten uns ihr Gesicht im Spiegel beziehungsweise das, was die Säure davon übriggelassen hatte. Nackter Knochen und welke Haut. Formlose Lippen, ein bloßer Schnitt in entstellten Gesichtszügen. Augen, die nie wieder würden weinen können. Einen unendlichen Moment lang ließ sie uns den Horror betrachten, den sonst der Schleier verbarg. Dann verhüllte sie ihr Gesicht und ihre Identität wieder mit derselben Zartheit, mit der sie sie offenbart hatte, und bat uns, Platz zu nehmen. Es verstrich ein langes Schweigen.

Ewa Irinowa streckte eine Hand zu Marinas Gesicht aus und liebkoste es, fuhr ihr über Wangen, Lippen, Hals. Mit zittrigen, sehnsuchtsvollen Fingern las sie ihre Schönheit und Vollkommenheit. Marina schluckte. Die Dame zog die Hand zurück, und ich konnte ihre lidlosen Augen hinter dem Schleier leuchten sehen. Erst jetzt begann sie zu sprechen und uns die Geschichte zu erzählen, die sie über dreißig Jahre lang für sich behalten hatte.

22

Außer auf Fotos habe ich mein Land nie kennengelernt. Alles, was ich über Russland weiß, stammt aus Erzählungen, Klatsch und Erinnerungen anderer. Ich wurde auf einem Schiff auf dem Rhein geboren, in einem von Krieg und Schrecken zerstörten Europa. Jahre später habe ich erfahren, dass mich meine Mutter schon unter dem Herzen trug, als sie allein und krank auf der Flucht vor der Revolution die russisch-polnische Grenze überschritt. Sie starb bei der Geburt. Nie habe ich ihren Namen oder den meines Vaters erfahren. Für immer vergessen, wurde sie in einem anonymen Grab am Rheinufer beerdigt. Ein Komödiantenpaar aus St. Petersburg, das sich ebenfalls auf dem Schiff befand, Sergei Glasunow und seine Zwillingsschwester Tatjana, nahm sich meiner aus Mitleid an und weil ich, wie mir Sergei viele Jahre später sagte, mit zwei verschiedenfarbigen Augen geboren wurde, was ein Glückszeichen ist.

In Warschau schlossen wir uns mit Hilfe von Sergeis Listen und Machenschaften einer Zirkustruppe an, die unterwegs nach Wien war. Meine ersten Erinnerungen sind die an diese Leute und ihre Tiere. Ein

Zirkuszelt, die Jongleure und ein taubstummer Fakir namens Wladimir, der Scherben aß, Feuer spie und mir immer wie von Zauberhand gefertigte Papiervögel schenkte. Schließlich wurde Sergei Verwalter der Truppe, und wir ließen uns in Wien nieder. Der Zirkus war mir Schule und Zuhause, in dem ich aufwuchs. Aber schon damals wussten wir, dass er zum Untergang verdammt war. Die wirkliche Welt wurde allmählich grotesker als die Pantomimen der Clowns und die Tanzbären. Bald würde uns niemand mehr brauchen. Das zwanzigste Jahrhundert war zum großen Zirkus der Geschichte geworden.

Als ich eben sieben oder acht war, sagte Sergei, es sei höchste Zeit, dass ich nun für meinen Lebensunterhalt aufkomme. So wurde ich ein Teil des Spektakels, zuerst als Maskottchen für Wladimirs Tricks, später mit einer eigenen Nummer, in der ich einem soeben eingeschlafenen Bären ein Wiegenlied sang. Dieser Auftritt, eigentlich nur als Zwischennummer gedacht, um den Trapezkünstlern Zeit für die Vorbereitung zu geben, war ein Erfolg. Das überraschte niemanden mehr als mich. Sergei beschloss, meinen Auftritt auszubauen. So sang ich schließlich auf einer lämpchengesäumten Plattform Verse für ausgehungerte, kranke Löwen. Die Tiere und das Publikum hörten mir hypnotisiert zu. In Wien wurde von dem Mädchen gesprochen, dessen Stimme die Tiere bändigte. Und die Leute bezahlten, um die Kleine zu sehen. Ich war neun.

Sergei wurde bald klar, dass ich den Zirkus nicht mehr brauchte. Das Mädchen mit den zweifarbigen Augen hatte seine Glücksverheißung erfüllt. Er formalisierte seine Funktion als mein Vormund und verkündete dem Rest der Truppe, wir würden uns nun selbständig machen, ein Zirkus sei kein geeigneter Ort für ein heranwachsendes kleines Mädchen. Als aufflog, dass jemand jahrelang einen Teil der Zirkuseinnahmen abgezweigt hatte, beschuldigten Sergei und Tatjana Wladimir, dem sie außerdem vorwarfen, er nehme sich widerrechtliche Freiheiten mit mir heraus. Wladimir wurde festgenommen und ins Gefängnis geworfen, obwohl das Geld nie gefunden wurde.

Um den Schritt in die Selbständigkeit zu feiern, kaufte sich Sergei ein Luxusauto, Dandykleidung und Schmuck für Tatjana. Wir zogen in eine Villa, die er im Wienerwald gemietet hatte. Nie wurde ganz klar, woher die Mittel für so viel Luxus stammten. Jeden Nachmittag und Abend sang ich in einem Theater neben der Oper in einem Schauspiel mit dem Titel *Der Engel aus Moskau*. Ich wurde auf den Namen Ewa Irinowa getauft, eine Idee von Tatjana, die ihn aus einem ziemlich erfolgreichen Fortsetzungsroman in der Zeitung hatte. Das war die erste einer ganzen Reihe weiterer solcher Inszenierungen. Auf Tatjanas Anregung wurden mir ein Gesangs-, ein Schauspiel- und ein Tanzlehrer zugeteilt. Wenn ich nicht auf einer Bühne stand, probte ich. Sergei gestand mir keine

Freunde zu, ich durfte nicht spazieren gehen, allein sein oder Bücher lesen. Das ist zu deinem Besten, sagte er immer. Als sich mein Körper zu entwickeln begann, beharrte Tatjana darauf, dass ich ein Zimmer für mich allein bekäme. Sergei willigte wohl oder übel ein, wollte aber den Schlüssel behalten. Oft kam er um Mitternacht betrunken nach Hause und versuchte, in mein Zimmer einzudringen. Meistens war er so voll, dass er nicht einmal den Schlüssel ins Schloss brachte. Andere Male jedoch nicht. Der Applaus eines anonymen Publikums war in jenen Jahren meine einzige Befriedigung. Mit der Zeit brauchte ich ihn dringender als die Luft zum Atmen.

Häufig waren wir auf Reisen. Mein Erfolg in Wien war den Impresarios in Paris, Mailand und Madrid zu Ohren gekommen. Sergei und Tatjana begleiteten mich immer. Natürlich sah ich nie einen Heller von den Einnahmen all dieser Konzerte, und ich weiß auch nicht, wer das Geld an sich nahm. Sergei hatte immer Schulden und Gläubiger. Die Schuld daran, warf er mir bitter vor, trüge ich. Alles gehe für meine Betreuung und meinen Unterhalt drauf. Ich dagegen sei unfähig, ihm und Tatjana dankbar zu sein für all das, was sie für mich getan hätten. Sergei lehrte mich, in mir ein schmutziges Mädchen zu sehen, faul, unwissend und dumm. Ein armes unglückliches Ding, das nie etwas Wertvolles zustande bringen und von niemandem geliebt oder geachtet werden würde. Aber all das war unwichtig, denn, so raunte er mir mit seinem Schnapsatem ins Ohr, Tatjana und er wären immer da, um für mich zu sorgen und mich vor der Welt zu beschützen.

An meinem sechzehnten Geburtstag stellte ich fest, dass ich mich selbst hasste und kaum mein Spiegelbild ertrug. Ich hörte auf zu essen. Mein Körper stieß mich ab, so dass ich ihn nach Möglichkeit unter schmutzigen, zerlumpten Kleidern verbarg. Eines Tages fand ich im Müll eine alte Rasierklinge von Sergei. Ich nahm die Gewohnheit an, mir damit in meinem Zimmer an Händen und Armen Schnitte beizubringen, um mich zu kasteien. Jeden Abend behandelte Tatjana mich wortlos.

Zwei Jahre später trug mir in Venedig ein Graf, der mich auf der Bühne gesehen hatte, die Ehe an. Als Sergei das am nämlichen Abend erfuhr, verpasste er mir eine brutale Tracht Prügel. Er schlug mir die Lippen blutig und brach mir zwei Rippen. Tatjana und die Polizei bändigten ihn. Ich verließ Venedig in einem Krankenwagen. Wir kehrten nach Wien zurück, aber Sergei bedrängten seine Geldprobleme. Wir erhielten Drohungen. Eines Nachts legten Unbekannte Feuer an unser Haus, während wir schliefen. Wochen zuvor hatte Sergei von einem Madrider Impresario, für den ich früher mit Erfolg aufgetreten war, ein Angebot bekommen. Daniel Mestres, das war sein Name, hatte eine Mehrheitsbeteiligung am alten Barceloneser Teatro Real erworben und wollte mit mir die Saison eröffnen. So packten wir frühmorgens die Koffer und flohen praktisch mit dem, was wir auf dem Leib trugen, nach Barcelona. Ich wurde kurz darauf neunzehn und flehte den Himmel an, mich niemals zwanzig werden zu lassen. Schon lange wollte ich mir das Leben nehmen. Nichts hielt mich in dieser Welt zurück. Längst war ich tot, aber erst jetzt wurde es mir bewusst. Und da lernte ich Michail Kolwenik kennen.

Wir waren schon einige Wochen im Teatro Real. In der Truppe wurde gemunkelt, allabendlich komme ein bestimmter Herr in dieselbe Loge, um mich singen zu hören. Damals waren in Barcelona die verschiedensten Gerüchte über Michail Kolwenik in Umlauf. Darüber, wie er zu seinem Vermögen gekommen war, über sein Privatleben und seine Identität voller Geheimnisse und Rätsel … Seine Legende ging ihm voran. Da mich diese seltsame Persönlichkeit neugierig machte, beschloss ich eines Abends, ihm eine Einladung zukommen zu lassen, damit er mich nach der Vorstellung in der Garderobe besuche. Es war beinahe Mitternacht, als er anklopfte. So viele Gerüchte hatten mich einen bedrohlichen, arroganten Typen erwarten lassen. Doch mein erster Eindruck war der eines schüchternen, zurückhaltenden Mannes. Er war dunkel gekleidet, einfach und ohne weiteren Schmuck als eine kleine Brosche am Revers – ein Schmetterling mit ausgebreiteten Flügeln. Er bedankte sich für die Einladung und bekundete mir seine Bewunderung mit den Worten, es sei ihm eine große Ehre, mich kennenzulernen. Ich erwiderte, nach allem, was ich gehört habe, sei die Ehre auf meiner Seite. Er lächelte und legte mir nahe, die Gerüchte zu vergessen. Michail hatte das schönste Lächeln, das ich je gesehen habe. Wenn er es zeigte, glaubte man alles, was ihm über die Lippen kam. Jemand sagte einmal, wenn man es ihm vorschlage, sei er imstande, Christoph Kolumbus davon zu überzeugen, dass die Erde flach wie eine Landkarte sei, und er hatte recht. An diesem Abend überredete er mich, mit ihm in den Straßen Barcelonas spazieren zu gehen. Er sagte, oft durchwandere er nach Mitternacht die schlafende Stadt. Da ich seit unserer Ankunft in Barcelona kaum aus diesem Theater herausgekommen war, willigte ich ein. Ich wusste, dass Sergei und Tatjana in Zorn gerieten, wenn sie davon erführen, doch das kümmerte mich wenig. Unbemerkt verließen wir das Theater durch die Proszeniumstür. Michail bot mir seinen Arm, und wir spazierten bis zum frühen Morgen. Er zeigte mir die bezaubernde Stadt mit seinen Augen und erzählte von ihren Geheimnissen, verwunschenen Winkeln und dem Geist, der in diesen Straßen lebte. Er erzählte mir tausendundeine Legende. Wir gingen durch die geheimen Wege des Gotischen Viertels und der Altstadt. Michail schien alles zu wissen. Er wusste bei jedem

Haus, wer darin gewohnt hatte, welche Verbrechen hinter jeder Mauer und jedem Fenster begangen worden waren oder welche Romanzen sich dort abgespielt hatten. Er kannte die Namen aller Architekten, Handwerker und der tausend unsichtbaren Menschen, die dieses Szenario errichtet hatten. Während er sprach, hatte ich das Gefühl, Michail habe diese Geschichten noch nie mit jemandem geteilt. Mich bedrückte die Einsamkeit, die von ihm ausging, und zugleich glaubte ich in seinem Inneren einen unendlichen Abgrund zu erkennen, in den ich unweigerlich hinunterschauen musste. Die Morgendämmerung überraschte uns auf einer Bank am Hafen. Ich betrachtete diesen Unbekannten, mit dem ich stundenlang durch die Straßen gewandert war, und hatte das Gefühl, ihn seit eh und je zu kennen. Das sagte ich ihm auch. Er lachte, und in diesem Augenblick war mir mit der seltenen Gewissheit, die man höchstens zweimal im Leben verspürt, klar, dass ich den Rest meiner Tage an seiner Seite verbringen würde.

In dieser Nacht erzählte mir Michail, er glaube, das Leben gestehe jedem von uns wenige Momente reinen Glücks zu. Manchmal sind es nur Tage oder Wochen. Manchmal Jahre. Alles hängt von unserem Schicksal ab. Die Erinnerung an diese Momente begleitet uns für immer und wird zu einem Land des Gedächtnisses, in das wir im ganzen weiteren Leben umsonst zurückzukehren versuchen. Für mich werden diese

Augenblicke immer in dieser ersten Nacht begraben sein, als wir durch die Stadt spazierten.

Die Reaktion von Sergei und Tatjana ließ nicht auf sich warten, vor allem die Sergeis. Er verbot mir, Michail noch einmal zu sehen oder mit ihm zu sprechen, und sagte, wenn ich ohne seine Erlaubnis dieses Theater verlasse, würde er mich umbringen. Zum ersten Mal in meinem Leben entdeckte ich, dass er mir nicht mehr Angst, sondern nur noch Verachtung einflößte. Um ihn noch mehr aufzubringen, sagte ich, Michail habe mir die Ehe angetragen und ich habe eingewilligt. Er rief mir in Erinnerung, dass er mein rechtmäßiger Vormund sei, und er werde nicht nur nicht in meine Ehe einwilligen, sondern wir brächen umgehend nach Lissabon auf. Durch eine Tänzerin der Truppe ließ ich Michail eine verzweifelte Nachricht zukommen. An diesem Abend kam er noch vor der Vorstellung mit zwei Anwälten ins Theater, um sich mit Sergei zu unterhalten. Er verkündete diesem, am selben Nachmittag habe er mit dem Impresario des Teatro Real einen Vertrag unterzeichnet, der ihn zu dessen neuem Besitzer mache. Von diesem Augenblick an seien Sergei und Tatjana entlassen.

Er hielt Sergei ein Dossier mit Dokumenten und Beweisen für seine illegalen Aktivitäten in Wien, Warschau und Barcelona unter die Nase. Mehr als genug Material, um ihn für fünfzehn oder zwanzig Jahre hinter Gitter zu bringen. Alldem fügte er einen Scheck bei über eine Summe, die bei weitem überstieg, was Sergei mit seinen krummen Geschäften in seinem ganzen restlichen Leben erwirtschaften konnte. Das Angebot war folgendes: Verließen Sergei und Tatjana in einer Frist von höchstens achtundvierzig Stunden Barcelona für immer und verpflichteten sie sich, auf keinerlei Weise mehr mit mir Verbindung aufzunehmen, so durften sie das Dossier und den Scheck mitnehmen, andernfalls würde das Dossier der Polizei übergeben werden, begleitet von dem Scheck, um die Justizmaschinerie zu ölen. Sergei wurde halb wahnsinnig vor Wut. Er schrie wie ein Besessener, niemals werde er sich von mir trennen, Kolwenik müsse über seine Leiche gehen, wenn er seinen Willen durchsetzen wolle.

Michail lächelte und verabschiedete sich. An diesem Abend unterhielten sich Tatjana und Sergei mit einem seltsamen Menschen, der sich als gedungener Mörder anpries. Als sie vom Treffpunkt weggingen, setzten anonyme Schüsse aus einem Fuhrwerk ihrem Leben beinahe ein Ende. Die Zeitungen veröffentlichten die Meldung mit unterschiedlichen Hypothesen über die Ursache des Anschlags. Am nächsten Tag akzeptierte Sergei Michails Scheck und verschwand mit Tatjana aus der Stadt, ohne sich zu verabschieden.

Als ich von dem Vorfall erfuhr, begehrte ich von Michail zu wissen, ob er für den Anschlag verantwortlich sei oder nicht. Verzweifelt erhoffte ich mir ein Nein. Er schaute mich fest an und fragte, warum ich an ihm zweifle. Ich glaubte zu sterben. Dieses ganze Kartenhaus von Glück und Hoffnung schien gleich einstürzen zu wollen. Ich wiederholte meine Frage. Michail verneinte. Er sei nicht für den Anschlag verantwortlich.

›Wäre ich es, würde keiner der beiden mehr leben‹, antwortete er ungerührt.

Nun verpflichtete er einen der besten Architekten der Stadt, um nach seinen Anweisungen die Villa neben dem Park Güell zu bauen. Über den Preis wurde keinen Augenblick lang diskutiert. Während der Bauzeit mietete Michail eine ganze Etage des alten Hotels Colón an der Plaza de Cataluña. Da richteten wir uns vorübergehend ein. Zum ersten Mal im Leben erfuhr ich, dass man so viele Bedienstete haben konnte, dass es unmöglich war, sich sämtliche Namen zu merken. Michail hatte nur einen einzigen Helfer, Luis, seinen Fahrer.

Die Juweliere Bagués suchten mich in meinen Gemächern auf. Die besten Couturiers nahmen mir Maß, um mir eine kaiserliche Garderobe zu schneidern. In den vornehmsten Geschäften Barcelonas eröffnete Michail für mich Konten ohne Limit. Leute, die ich noch nie gesehen hatte, grüßten mich ehrerbietig auf der Straße oder in der Hotellounge. Ich bekam Einladungen zu Galabällen in den Palästen von Familien, deren Namen ich höchstens in der Klatschpresse gelesen hatte. Ich war knapp zwanzig. Noch nie hatte ich genügend Geld in der Hand gehabt, um mir auch nur eine Straßenbahnfahrkarte zu kaufen. Ich träumte mit offenen Augen. Langsam fühlte ich mich überladen von so viel Luxus und der Verschwendung um mich herum. Als ich Michail das sagte, antwortete er, Geld sei bedeutungslos, außer man habe keines.

Wir verbrachten die Tage gemeinsam, spazierten durch die Stadt oder besuchten das Kasino des Tibidabo, obwohl ich Michail nie auch nur eine einzige Münze einsetzen sah, oder das Liceo-Theater. In der Dämmerung gingen wir wieder ins Hotel Colón, und Michail zog sich in seine Zimmer zurück. Bald bemerkte ich, dass er oft mitten in der Nacht ausging und erst im Morgengrauen wieder da war. Wie er sagte, hatte er berufliche Verpflichtungen.

Doch das Gemunkel nahm zu. Ich merkte, dass ich einen Mann heiraten würde, den alle besser zu kennen schienen als ich. Hinter meinem Rücken hörte ich die Dienstmädchen tuscheln. Auf der Straße musterten mich die Leute hinter ihrem scheinheiligen Lächeln mit der Lupe. Allmählich wurde ich zu einer Gefangenen meiner eigenen Verdächtigungen. Und ein Gedanke begann mich zu quälen: All dieser Luxus, diese ganze materielle Verschwendung gab mir das Gefühl, bloß ein Einrichtungsgegenstand zu sein, eine weitere Laune von Michail. Er konnte sich alles kaufen: das Teatro Real, Sergei, Autos, Juwelen, Paläste. Und mich. Ich glühte vor Beklommenheit, wenn ich ihn Nacht für Nacht frühmorgens weggehen sah, überzeugt, er suche die Arme einer anderen Frau. Eines Nachts beschloss ich, ihm zu folgen und dieser Geheimniskrämerei ein Ende zu setzen.

Seine Schritte führten mich zu den alten Werkstätten der Velo-Granell neben dem Born-Markt. Michail war allein. Ich musste mich durch ein winziges Fensterchen in einer Gasse zwängen. Das Innere der Fabrik erschien mir wie der Schauplatz eines Albtraums. Hunderte Füße, Hände, Arme, Beine, Glasaugen schwebten in den Hallen … Ersatzteile für eine gebrochene, klägliche Menschheit. Ich durchschritt diese Räume, bis ich zu einem großen, im Dunkeln liegenden Saal mit riesigen Glastanks kam, in denen undefinierbare Formen schwammen. In der Mitte des Saals schaute mich Michail von einem Stuhl im Halbdunkeln an, eine Zigarette rauchend.

›Du hättest mir nicht nachspüren sollen‹, sagte er ohne Zorn in der Stimme.

Ich entgegnete, ich könne keinen Mann heiraten, von dem ich nur die eine Hälfte gesehen habe, von dem ich nur die Tage, nicht aber die Nächte kenne.

›Vielleicht gefällt dir nicht, was du herausfindest‹, deutete er an.

Ich sagte, das Was oder Wie kümmere mich nicht. Es sei mir egal, was er tue oder ob die Gerüchte über ihn stimmten. Ich wolle nur vollständig zu seinem Leben gehören. Ohne Schatten. Ohne Geheimnisse. Er nickte, und mir war klar, dass das hieß, eine Schwelle zu überschreiten, hinter der es kein Zurück mehr gab. Als Michail das Licht im Saal anknipste, erwachte ich aus meinem Traum dieser Wochen. Ich befand mich in der Hölle.

Die Formoltanks enthielten Leichen, die ein makabres Ballett tanzten. Auf einem Metalltisch lag eine vom Bauch bis zum Hals aufgeschnittene nackte Frau. Die Arme waren zum Kreuz ausgebreitet, und ich sah, dass die Ellbogen- und Handgelenke aus Holz und Metall bestanden. Durch den Hals führten Kanülen hinunter, und in den Extremitäten und Hüften steckten Bronzekabel. Die Haut war durchscheinend bläulich wie bei einem Fisch. Ich sah Michail wortlos zu der Leiche treten und sie traurig betrachten.

›Das ist es, was die Natur mit ihren Kindern anstellt. Es gibt keine Tücke im Herzen der Menschen, sondern nur den Kampf, um das Unvermeidliche zu überleben. Es gibt keinen schlimmeren Teufel als Mutter Natur … Meine Arbeit, mein ganzes Bemühen ist nichts weiter als der Versuch, das große Sakrileg der Schöpfung zu umgehen.‹

Er ergriff eine Spritze und füllte sie mit einer smaragdfarbenen Flüssigkeit aus einem Fläschchen. Unsere Augen begegneten sich kurz, und dann versenkte Michail die Nadel im Schädel der Leiche und leerte die Spritze. Er zog sie wieder heraus und beobachtete einen Augenblick ruhig den leblosen Körper. Sekunden später spürte ich, wie mir das Blut in den Adern gefror. Die Wimpern des einen Auges zitterten. Ich hörte den Mechanismus der Holz- und Metallgelenke. Die Finger flatterten. Plötzlich richtete sich der Körper der Frau in einem heftigen Ruck auf. Ein tierisches, ohrenbetäubendes Geheul erfüllte den Raum. Von den geschwollenen schwarzen Lippen rannen weiße Schaumfäden. Sie löste sich von den ihre Haut durchbohrenden Kabeln und fiel zu Boden, eine kaputte Marionette. Sie heulte wie ein verwundeter Wolf. Dann hob sie das Gesicht und heftete die Augen auf mich. Ich war außerstande, den Blick von dem Schrecken abzuwenden, den ich darin erkannte. Von ihren Pupillen ging eine schauerliche animalische Kraft aus. Sie wollte leben.

Ich war wie gelähmt. Nach wenigen Sekunden war der Körper wieder leblos. Michail, der allem unerschütterlich zugeschaut hatte, deckte die Frau mit einem Tuch zu.

Er trat zu mir und ergriff meine zitternden Hände. Er schaute mich an, als wolle er in meinen Augen lesen, ob ich nach allem, was ich eben gesehen hatte, noch bei ihm bleiben konnte. Ich suchte nach Worten, um meine Angst auszudrücken, um ihm zu sagen, wie sehr ich mich geirrt hatte … Aber ich brachte nur ein Stammeln zustande, er möge mich von hier wegbringen. Das tat er. Wir gingen ins Hotel Colón zurück, wo er mich auf mein Zimmer begleitete, eine Tasse heiße Brühe für mich bestellte und mich zudeckte, während ich sie schlürfte.

›Die Frau, die du diese Nacht gesehen hast, ist vor sechs Wochen unter den Rädern einer Straßenbahn ums Leben gekommen. Sie ist auf die Straße gesprungen, um einen Jungen zu retten, der auf den Schienen spielte, und konnte den Aufprall nicht mehr vermeiden. Die Räder haben ihr die Arme auf Ellbogenhöhe abgetrennt. Noch auf der Straße ist sie gestorben. Niemand kennt ihren Namen. Kein Hahn krähte nach ihr. Es gibt dutzendweise Menschen wie sie. Jeden Tag ...‹

›Michail, du verstehst es nicht – du kannst nicht Gottes Arbeit verrichten ...‹

Er streichelte mir die Stirn und nickte mit traurigem Lächeln.

›Gute Nacht‹, sagte er.

Er wandte sich zur Tür und blieb stehen, bevor er hinausging.

›Wenn du morgen nicht mehr da bist, kann ich es verstehen.‹

Zwei Wochen später heirateten wir in der Kathedrale von Barcelona.«

23

Michail wollte, dass das ein ganz besonderer Tag für mich würde, und schaffte es, die ganze Stadt zur Märchenkulisse werden zu lassen. Meine Zeit als Kaiserin in dieser Traumwelt endete jäh auf den Stufen der Avenida de la Catedral. Ich hörte nicht einmal mehr das Geschrei der Schaulustigen. Wie ein wildes Tier, das aus dem Gestrüpp springt, löste sich Sergei aus der Menge und goss mir ein Fläschchen Säure ins Gesicht. Sie zerfraß mir die Haut, die Augenlider und die Hände. Sie zerriss meinen Hals und zerstörte meine Stimme. Erst zwei Jahre später konnte ich wieder sprechen, nachdem Michail mich wie eine zerbrochene Puppe wiederhergestellt hatte. Das war erst der Anfang des Horrors.

Der Bau unseres Palasts wurde gestoppt, und wir richteten uns in diesem unfertigen Haus ein. Wir machten daraus ein Gefängnis auf der Spitze eines Hügels. Es war ein kalter, düsterer Ort. Ein Durcheinander von Türmen und Bögen, Gewölben und Wendeltreppen, die nirgends hinführten. Ich lebte zurückgezogen in einem Zimmer zuoberst im Hauptturm. Niemand hatte hier Zutritt außer Michail und manchmal

Dr. Shelley. Das erste Jahr verbrachte ich im Morphiumdämmer, gefangen in einem langen Albtraum. Darin glaubte ich Michail mit mir experimentieren zu sehen, so, wie er es mit diesen in Krankenhäusern und Leichenhallen verlassenen Toten getan hatte. Indem er mich rekonstruierte und der Natur ein Schnippchen schlug. Als ich wieder zu Bewusstsein kam, stellte ich fest, dass meine Träume real gewesen waren. Er hatte mir die Stimme zurückgegeben, hatte mir Hals und Mund wiederhergestellt, so dass ich essen und sprechen konnte. Er hatte meine Nervenendigungen verändert, damit ich den Schmerz der Wunden nicht mehr spürte, die die Säure an meinem Körper zurückgelassen hatte. Ja, ich habe den Tod überlistet, aber dadurch bin ich zu einer von Michails verdammten Kreaturen geworden.

Michail wiederum hatte in der Stadt seinen Einfluss verloren. Niemand war auf seiner Seite. Seine ehemaligen Verbündeten wurden abtrünnig und zeigten ihm die kalte Schulter. Die Polizei und die Justizbehörden nahmen die Verfolgung auf. Sentís, sein Teilhaber, war ein schäbiger, neidischer Halsabschneider. Er setzte falsche Informationen in Umlauf, die Michail in tausend trübe Geschäfte verwickelten, von denen er nie eine Ahnung gehabt hatte. Teil der Hetzmeute, wollte ihm Sentís die Kontrolle über die Firma entziehen. Das Heer der Heuchler und Schleimer, jetzt eine Horde hungriger Hyänen, wollte ihn von seinem Podest stürzen sehen, um seine Reste zu verschlingen. Nichts von alledem überraschte Michail. Von Anfang an hatte er nur seinem Freund Dr. Shelley und Luis Claret vertraut. ›Die Schäbigkeit der Menschen‹, sagte er immer, ›ist wie ein Docht, der die Flamme sucht.‹ Doch dieser Verrat zerriss schließlich sein fragiles Band zur Außenwelt. Er flüchtete sich in sein Einsamkeitslabyrinth. Sein Benehmen wurde immer exzentrischer. Er entwickelte die Gewohnheit, in den Kellern Hunderte von schwarzen Schmetterlingen zu züchten, eine unter dem Namen Teufel bekannte Spezies, von der er besessen war. Bald bevölkerten diese schwarzen Insekten den Turm, setzten sich auf Spiegel, Bilder und Möbel wie stumme Wachen. Den Bediensteten verbot Michail, sie zu töten, zu verscheuchen oder sich ihnen auch nur zu nähern. Durch Gänge und Räume flatterte ein Schwarm schwarzgeflügelter Insekten. Manchmal setzten sie sich auf Michail und deckten ihn zu, doch er rührte sich nicht. Wenn ich ihn so sah, fürchtete ich, ihn auf immer zu verlieren.

In diesen Tagen begann meine Freundschaft mit Luis Claret, die bis heute anhält. Er war es, der mich darüber informierte, was sich außerhalb dieser Festungsmauern abspielte. Michail hatte mir falsche Geschichten über das Teatro Real und mein Comeback auf der Bühne aufgetischt. Er sprach davon, den durch die Säure verursachten Schaden wiedergutzumachen, so dass ich mit einer Stimme singen würde, die nicht mehr die meine war … Hirngespinste. Luis erzählte mir, die Bauarbeiten am Teatro Real seien eingestellt worden, die Mittel seien schon vor Monaten aufgebraucht gewesen, das Haus sei eine riesige nutzlose Höhle. Die Gelassenheit, mit der mir Michail begegnete, war reine Fassade. Wochen- und monatelang verließ er das Haus nicht. Ganze Tage blieb er in seinem Studio eingeschlossen, ohne richtig zu essen oder zu schlafen. Joan Shelley erzählte mir später, er habe um seine Gesundheit und seinen Verstand gebangt. Er kannte ihn besser als sonst jemand und hatte ihm von Anfang an in seinen Experimenten beigestanden. Er war es, der mir im Klartext von Michails Besessenheit von degenerativen Krankheiten erzählte, von seinen verzweifelten Versuchen, die Mechanismen zu entdecken, mit denen die Natur die Körper deformierte und verkümmern ließ. Immer hatte er darin eine Kraft, eine Ordnung und einen Willen jenseits aller Vernunft gesehen. In seinen Augen war die Natur eine Bestie, die ihren eigenen Nachwuchs auffraß, ohne sich um das Los der Wesen zu kümmern, die sie beherbergte. Er sammelte Fotos seltener Fälle von Verkümmerungen und medizinischen Monstrositäten. Bei diesen Menschenwesen hoffte er seine Antwort zu bekommen: wie er ihre Dämonen an der Nase herumführen könnte.

Zu dieser Zeit wurden die ersten Symptome seiner Krankheit sichtbar. Michail wusste, dass er sie in sich trug, und wartete geduldig wie ein Uhrwerk. Er hatte es schon immer gewusst, seit er in Prag seinen Bruder hatte sterben sehen. Sein Körper begann sich selbst zu zerstören. Seine Knochen zerfielen. Er steckte die Hände in Handschuhe, verbarg seinen Körper und sein Gesicht. Er floh meine Gesellschaft. Ich tat so, als bemerkte ich es nicht, doch es war Tatsache: Seine Erscheinung veränderte sich. An einem Wintertag weckten mich im Morgengrauen seine Schreie. Lauthals entließ er die Bediensteten. Niemand wehrte sich, alle hatten in den vergangenen Monaten Angst vor ihm bekommen. Nur Luis weigerte sich, uns zu verlassen. Weinend vor Wut, zerschmetterte Michail sämtliche Spiegel und verbarrikadierte sich dann in seinem Studio.

Eines Abends bat ich Luis, Dr. Shelley zu holen. Zwei Wochen lang war Michail nicht mehr herausgekommen und hatte auch nicht mehr auf mein Klopfen geantwortet. Ich hörte ihn hinter der Tür schluchzen und mit sich selbst sprechen. Ich war ratlos, er war dabei, mir zu entgleiten. Zu dritt schlugen wir die Tür ein und holten ihn heraus. Entsetzt stellten wir fest, dass sich Michail am eigenen Körper operiert und seine linke Hand wiederherzustellen versucht hatte, die immer mehr zur grotesken, unbrauchbaren Klaue geworden war. Shelley verabreichte ihm ein Beruhigungsmittel, und wir wachten bis zum Morgengrauen über seinen Schlaf. Verzweifelt angesichts der Agonie seines alten Freundes, machte sich Shelley in dieser langen Nacht Luft und brach sein Versprechen, niemals die Geschichte zu erzählen, die ihm Michail Jahre zuvor anvertraut hatte. Als ich seine Worte hörte, begriff ich, dass weder die Polizei noch Inspektor Florián je geahnt hatten, dass sie ein Gespenst verfolgten. Michail war nie ein Verbrecher oder ein Betrüger gewesen. Er war bloß ein Mensch, der dachte, sein Los sei es, den Tod zu übertölpeln, bevor der Tod ihn übertölpelte.«

»Michail Kolwenik erblickte das Licht der Welt am letzten Tag des 19. Jahrhunderts in den Abwasserkanälen von Prag.

Seine Mutter war knapp siebzehn und arbeitete als Dienstmädchen in einem Palast des Hochadels. Wegen ihrer Schönheit und Naivität war sie der Liebling ihres Herrn geworden. Als man ihre Schwangerschaft entdeckte, wurde sie wie ein räudiger Hund auf die schmutzige, schneebedeckte Straße hinausgejagt, fürs restliche Leben gezeichnet. In jenen Jahren überzog der Winter die Straßen mit einer tödlichen Decke. Es hieß, die Mittellosen verbärgen sich in den alten Abwasserkanälen. Die örtliche Legende sprach von einer regelrechten Stadt der Dunkelheit unter den Straßen Prags, wo Tausende Parias ihr Leben verbrachten, ohne je wieder das Sonnenlicht zu sehen – Bettler, Kranke,

Waisen und Flüchtlinge. Sie huldigten dem Kult einer rätselhaften Persönlichkeit namens Prinz der Bettler. Es hieß, er sei alterslos, habe das Gesicht eines Engels und sein Blick sei aus Feuer. Er lebe in eine Decke von schwarzen Schmetterlingen gehüllt, die seinen ganzen Körper überzögen, und empfange in seinem Reich alle, denen es die Grausamkeit der Welt verwehrt habe, an der Oberfläche zu überleben. Diese Schattenwelt suchte die junge Frau auf, um in den unterirdischen Tunneln zu überleben. Bald entdeckte sie, dass die Legende stimmte. Die Leute in den Tunneln hausten im Dunkeln und bildeten ihre eigene Welt. Sie hatten ihre eigenen Gesetze und ihren eigenen Gott – den Prinzen der Bettler. Niemand hatte ihn je gesehen, doch alle glaubten an ihn und spendeten ihm Opfergaben. Alle brannten sich das Emblem des schwarzen Schmetterlings ein. Die Prophezeiung lautete, eines Tages werde ein vom Prinzen der Bettler gesandter Messias in die Tunnel kommen und sein Leben hergeben, um ihre Bewohner vom Leiden zu erlösen. Die Verdammnis dieses Messias werde von seinen eigenen Händen kommen.

Dort gebar die junge Mutter Zwillinge: Andrej und Michail. Andrej kam von einer grauenhaften Krankheit gezeichnet zur Welt. Seine Knochen festigten sich nicht, und sein Körper wuchs ohne Form und Struktur heran. Einer der Tunnelbewohner, ein von der Justiz verfolgter Arzt, sagte, die Krankheit sei unheilbar.

Das Ende sei nur eine Frage der Zeit. Sein Bruder Michail jedoch war ein Junge von wacher Intelligenz und scheuem Charakter, der davon träumte, eines Tages den Tunneln zu entkommen und die obere Welt zu erblicken. Oft spielte er mit dem Gedanken, vielleicht sei er der erwartete Messias. Nie erfuhr er, wer sein Vater gewesen war, so dass er im Geist diese Rolle dem Prinzen der Bettler zuschrieb, den er im Schlaf zu hören glaubte. An ihm waren keine Anzeichen der schrecklichen Krankheit auszumachen, die dem Leben seines Bruders ein Ende setzen sollte. Tatsächlich starb Andrej mit sieben Jahren, ohne je die Abwasserkanäle verlassen zu haben. Nach seinem Tod wurde seine Leiche gemäß dem Ritual der Tunnelleute den unterirdischen Strömen übergeben.

›Das ist der Wille Gottes, Michail‹, sagte seine Mutter.

Nie sollte Michail diese Worte vergessen. Der Tod des kleinen Andrej war ein Schlag, den seine Mutter nicht verwinden konnte. Im nächsten Winter erkrankte sie an einer Lungenentzündung. Michail verharrte bis zum letzten Moment an ihrer Seite und hielt ihre zitternde Hand. Sie war sechsundzwanzig und hatte das Gesicht einer Greisin.

›Ist das auch der Wille Gottes, Mutter?‹, fragte Michail einen leblosen Körper.

Er bekam nie eine Antwort. Tage später gelangte er an die Oberfläche. Nichts band ihn mehr an die unterirdische Welt. Halb tot vor Hunger und Kälte, suchte er in einem Hauseingang Zuflucht. Der Zufall wollte es, dass ihn dort ein Arzt fand, der von einem Krankenbesuch kam, Antonin Kolwenik. Er las ihn auf und ging mit ihm in eine Taverne, wo er ihm etwas Warmes vorsetzen ließ.

›Wie heißt du, mein Junge?‹

›Michail.‹

Antonin Kolwenik erbleichte.

›Ich hatte einen Sohn, der so hieß wie du. Er ist gestorben. Wo ist deine Familie?‹

›Ich habe keine Familie.‹

›Wo ist deine Mutter?‹

›Gott hat sie zu sich geholt.‹

Der Arzt nickte ernst. Er zog einen Gegenstand aus seinem Köfferchen, der Michail sprachlos machte. Im Inneren des Koffers erblickte er noch mehr Instrumente. Glänzend. Wie ein Wunder.

Der Arzt setzte das seltsame Ding auf seine Brust und steckte sich die beiden Enden in die Ohren.

›Was ist das?‹

›Damit kann man hören, was deine Lungen sagen … Atme tief ein.‹

›Sind Sie ein Zauberer?‹, fragte Michail verdutzt.

Der Arzt lächelte.

›Nein, ich bin kein Zauberer. Ich bin bloß Arzt.‹

›Was ist der Unterschied?‹

Antonin Kolwenik hatte Jahre zuvor seine Frau und

seinen Sohn in einer Choleraepidemie verloren. Jetzt lebte er allein, unterhielt eine bescheidene Chirurgenpraxis und frönte seiner Leidenschaft für die Werke Richard Wagners. Neugierig und voller Mitleid betrachtete er den zerlumpten Jungen. Michail zeigte sein Lächeln, das das Beste war, was er anzubieten hatte.

Dr. Kolwenik beschloss, ihn unter seine Fittiche und bei sich aufzunehmen. Dort verbrachte er die nächsten zehn Jahre. Von dem guten Arzt erhielt er eine Ausbildung, ein Heim und einen Namen. Schon als Heranwachsender begann Michail, seinem Adoptivvater bei den Operationen zu assistieren und die Geheimnisse des menschlichen Körpers kennenzulernen. Gottes geheimnisvoller Wille zeigte sich in komplexen Gebilden aus Fleisch und Knochen, belebt von einem Funken unbegreiflicher Magie. Gierig saugte Michail diese Lektionen auf, mit der Gewissheit, dass es in dieser Wissenschaft eine noch zu entdeckende Botschaft gab.

Er war noch keine zwanzig, als ihm der Tod erneut begegnete. Schon seit einiger Zeit hatte es um die Gesundheit des alten Arztes nicht gut gestanden. An einem Heiligabend, als sie eben eine Reise planten, auf der Michail den Süden Europas kennenlernen sollte, zerstörte ein Herzanfall die Hälfte seines Herzens. Antonin Kolwenik lag im Sterben. Michail schwor sich, dass der Tod ihm den Gefährten diesmal nicht entrisse.

›Mein Herz ist müde, Michail‹, sagte der alte Arzt. ›Es ist Zeit, meine Frida und meinen anderen Michail wiederzusehen …‹

›Ich werde Ihnen ein anderes Herz geben, Vater.‹

Der Arzt lächelte. Dieser merkwürdige Junge und seine ausgefallenen Ideen … Der einzige Grund, warum er diese Welt zu verlassen fürchtete, war, ihn allein und schutzlos zurückzulassen. Michail hatte keine weiteren Freunde als die Bücher. Was sollte aus ihm werden?

›Du hast mir schon zehn Jahre Gesellschaft geschenkt, Michail. Jetzt musst du an dich denken. An deine Zukunft.‹

›Ich werde Sie nicht sterben lassen, Vater.‹

›Michail, erinnerst du dich noch an den Tag, an dem du mich fragtest, welches der Unterschied sei zwischen einem Arzt und einem Zauberer? Nun, es gibt keine Zauberei, Michail. Unser Körper beginnt von Geburt an zu zerfallen. Wir sind zerbrechliche Wesen, Kreaturen auf Zeit. Was von uns zurückbleibt, sind unsere Taten, das Gute oder Böse, das wir unseresgleichen antun. Verstehst du, was ich meine, Michail?‹

Zehn Tage später fand die Polizei den weinenden Michail blutbesudelt neben der Leiche des Mannes, den er Vater zu nennen gelernt hatte. Die Nachbarn hatten die Behörden benachrichtigt, als sie einen seltsamen Geruch wahrnahmen und das Geheul des jungen Mannes hörten. Das Polizeiprotokoll kam zu dem Schluss, verwirrt durch den Tod des Arztes, habe Michail diesen seziert und versucht, mit einem Mechanismus aus Ventilen und Getrieben sein Herz zu reparieren. Michail landete in einem Prager Irrenhaus, dem er zwei Jahre später entkam, indem er sich tot stellte. Als die Behörden im Leichenhaus eintrafen, um seine Überreste zu holen, fanden sie nur ein weißes Laken und umherflatternde schwarze Schmetterlinge.

Michail kam mit dem Keim des Wahnsinns und der Krankheit, die Jahre später zutage treten sollte, nach Barcelona. Er zeigte wenig Interesse an materiellen Dingen und der Gesellschaft der Menschen. Nie bildete er sich etwas ein auf das Vermögen, das er angehäuft hatte, und er sagte immer, niemand verdiene auch nur einen Céntimo mehr zu haben, als er denen zu geben bereit sei, die ihn dringender brauchten als er. An dem Abend, als ich ihn kennenlernte, sagte er, aus irgendeinem Grund schenke uns das Leben das, was wir gar nicht suchten. Ihm hatte es Geld, Ruhm und Macht gebracht. Seine Seele sehnte sich nur nach geistigem Frieden, danach, die in seinem Herzen hausenden Schatten zum Verstummen zu bringen.«

»In den Monaten nach dem Zwischenfall in seinem Studio verbündeten Shelley, Luis und ich uns, um Michail von seinen Obsessionen fernzuhalten und abzulenken. Das war nicht einfach, er wusste immer, wann wir ihn belogen, auch wenn er es sich nicht anmerken ließ. Er tanzte nach unserer Pfeife, spielte den Gefügigen und schien sich in seine Krankheit zu schicken, aber wenn ich ihm in die Augen schaute, sah ich darin die Schwärze, in der seine Seele schwamm. Er hatte kein Vertrauen mehr zu uns. Die elende Situation, in der wir lebten, verschlimmerte sich. Die Banken hatten unsere Konten gesperrt, und das Kapital der Velo-Granell war von der Regierung beschlagnahmt worden. Sentís, der sich aufgrund seiner Ränke schon als Alleininhaber der Firma gesehen hatte, war ruiniert. Das Einzige, was er bekam, war Michails ehemalige Wohnung in der Calle Princesa. Wir konnten nur denjenigen Besitz behalten, den Michail auf meinen Namen überschrieben hatte, das Gran Teatro Real, dieses nutzlose Grab, in das ich mich schließlich geflüchtet habe, sowie ein Gewächshaus an der Eisenbahnlinie nach Sarriá, das Michail früher als Werkstatt für seine persönlichen Experimente benutzt hatte.

Damit wir zu essen hatten, verkaufte Luis meinen Schmuck und meine Kleider an den Meistbietenden. Meine Brautgeschenke, die ich nie benutzt hatte, wurden zu unserem Unterhalt. Michail und ich sprachen kaum noch miteinander. Immer missgebildeter, streifte er in unserer Villa umher wie ein Geist. Seine Hände konnten kein Buch mehr halten. Seine Augen hatten Mühe mit dem Lesen. Ich hörte ihn nicht mehr weinen. Jetzt lachte er bloß noch. Sein bitteres Lachen um Mitternacht ließ mir das Blut in den Adern gerinnen. Mit seinen verkümmerten Händen schrieb er in einem Heft Seite um Seite in unlesbaren Lettern voll, ohne dass wir wussten, was er schrieb. Wenn ihn Dr. Shelley besuchen kam, schloss er sich in seinem Studio ein und weigerte sich herauszukommen, bis sein Freund wieder gegangen war. Ich gestand Shelley meine Angst, dass Michail sich das Leben nähme. Shelley sagte, er befürchte etwas noch Schlimmeres. Ich wusste nicht – oder wollte nicht verstehen –, was er meinte.

Seit einiger Zeit ging mir ein anderer unsinniger Gedanke im Kopf umher. Eine Idee, mit der ich Michail und unsere Ehe retten wollte. Ich beschloss, ein Kind zu bekommen, in der Überzeugung, Michail hätte, wenn ich ihm ein Kind schenkte, einen Grund, weiterzuleben und zu mir zurückzukommen. Von dieser Illusion ließ ich mich mitreißen. Mein ganzer Körper brannte danach, dieses rettende, hoffnungspendende Wesen zu empfangen. Ich träumte von der Idee, einen kleinen Michail großzuziehen, rein und unschuldig. Mein Herz sehnte sich danach, wieder die andere Seite seines Vaters zu sehen, frei von allem Kranken. Michail durfte keinesfalls ahnen, was ich ausheckte, sonst hätte er sich rundweg geweigert. Es würde schwer genug sein, einen Augenblick der Zweisamkeit mit ihm zu finden. Wie gesagt, seit einiger Zeit schon ging er mir aus dem Weg. Mit seinen Deformationen fühlte er sich unbehaglich in meiner Gegenwart. Jetzt begann die Krankheit auch auf seine Sprache überzugreifen. Er stammelte, wütend und beschämt. Er konnte nur noch Flüssiges zu sich nehmen. Meine Bemühungen, ihm zu zeigen, dass sein Zustand mich nicht abstieß, dass niemand besser als ich sein Leiden verstand und teilte, schienen alles nur noch zu verschlimmern. Aber ich hatte Geduld, und ein einziges Mal im Leben glaubte ich Michail täuschen zu können. Doch ich täuschte nur mich selbst. Das war der schlimmste meiner Fehler.

Als ich Michail verkündete, wir würden ein Kind bekommen, jagte mir seine Reaktion einen Schrecken ein. Er verschwand fast einen Monat lang. Schließlich fand ihn Luis in dem alten Gewächshaus in Sarriá, bewusstlos. Michail hatte rastlos gearbeitet, hatte sich seinen Hals und seinen Mund rekonstruiert. Seine Erscheinung war ungeheuerlich. Er hatte sich mit einer tiefen, metallischen, bösen Stimme ausgestattet. Seine Kiefer waren gezeichnet von Eckzähnen aus Stahl. Sein Gesicht war, außer an den Augen, nicht wiederzuerkennen. Unter diesem Horror verbrannte die Seele des Michail, den ich liebte, weiter in ihrer eigenen Hölle. Neben seinem Körper fand Luis eine Reihe von Vorrichtungen und Hunderte Pläne. Ich zeigte sie Shelley, während sich Michail in einem langen, dreitägigen Schlaf erholte. Die Schlussfolgerungen des Arztes waren schaudererregend. Michail hatte vollkommen den Verstand verloren. Er hatte vorgehabt, seinen Körper von Grund auf zu rekonstruieren, ehe ihn die Krankheit ganz aufzehrte. Wir schlossen ihn oben im Turm ein, in einer ausbruchssicheren Zelle. Ich brachte unsere Tochter zur Welt, während ich das wilde Geheul meines wie ein Raubtier eingesperrten Mannes hörte. Ich teilte keinen einzigen Tag mit ihr. Dr. Shelley nahm sich ihrer an und gelobte, sie wie seine eigene Tochter aufzuziehen. Sie sollte María heißen und lernte, genau wie ich, ihre wirkliche Mutter nie kennen. Das bisschen Leben, das ich noch im Herzen hatte, ging mit ihr dahin, aber mir war bewusst, dass ich keine andere Wahl hatte. Die bevorstehende Tragödie war mit Händen zu greifen. Ich konnte sie spüren wie Gift. Es galt nur noch auszuharren. Und wie immer kam der endgültige Schlag aus einer Richtung, aus der wir ihn am wenigsten erwarteten.«

»Benjamín Sentís, den Neid und Habsucht in den Ruin getrieben hatten, hatte sich einen Racheplan zurechtgelegt. Schon seinerzeit war er verdächtigt worden, Sergei bei seiner Flucht behilflich gewesen zu sein, nachdem der mich vor der Kathedrale angegriffen hatte. Wie in der düsteren Prophezeiung der Tunnelleute hatten die ihm Jahre zuvor von Michail geschenkten Hände nur dazu gedient, Unheil und Verrat zu stiften. In der letzten Nacht des Jahres 1948 kam Sentís zurück, um Michail, den er aus tiefstem Herzen hasste, den definitiven Dolchstoß zu versetzen.

In diesen ganzen Jahren hatten meine ehemaligen Vormunde, Sergei und Tatjana, im Untergrund gelebt. Auch sie dürsteten nach Rache, und jetzt war die Stunde gekommen. Sentís wusste, dass Floriáns Einheit am nächsten Tag eine Durchsuchung unseres Hauses beim Park Güell plante, um die mutmaßlichen belastenden Beweise gegen Michail zu finden. Wenn diese Durchsuchung stattfände, würden Sentís' Lügen und Betrügereien auffliegen. Kurz vor zwölf Uhr gossen Sergei und Tatjana um unser Haus herum mehrere Kanister Benzin aus. Sentís, immer der Feigling im Schatten, sah vom Auto aus die ersten Flammen züngeln und machte sich dann dünn.

Als ich erwachte, stieg der blaue Rauch die Außentreppen hinauf. Das Feuer breitete sich in Minutenschnelle aus. Luis erlöste mich und rettete uns das Leben, indem er vom Balkon auf den Garagenschuppen und von dort in den Garten sprang. Als wir uns umwandten, hüllten die Flammen die ersten beiden Etagen vollkommen ein und leckten nach dem Turm, wo wir Michail eingeschlossen hatten. Ich wollte ins Feuer zurücklaufen, um ihn zu retten, doch Luis beachtete mein Geschrei und meine Schläge nicht und hielt mich in seinen Armen fest. In diesem Augenblick entdeckten wir Sergei und Tatjana. Sergei lachte wie ein Irrer. Tatjana zitterte wortlos. Was danach geschah, daran erinnere ich mich wie an eine Szene aus einem Albtraum. Die Flammen hatten die Turmspitze erreicht, die Fenster barsten in einem Scherbenregen. Unversehens erschien eine Gestalt im Feuer. Ich glaubte zu sehen, wie ein schwarzer Engel sich auf die Mauern stürzte – Michail. Wie eine Spinne krabbelte er über die Wände, an die er sich mit eigens konstruierten Metallklauen klammerte. Er bewegte sich in haarsträubendem Tempo. Sergei und Tatjana beobachteten ihn sprachlos und verstanden nicht, wie ihnen geschah. Der Schatten stürzte sich auf sie und schleifte sie mit übermenschlicher Kraft ins Innere. Als ich sie in dieser Hölle verschwinden sah, verlor ich die Besinnung.

Luis brachte mich an die einzige Zufluchtsstätte, die uns noch geblieben war, die Ruinen des Teatro Real. Es ist bis heute unser Zuhause. Am nächsten Tag verkündeten die Zeitungen die Tragödie. Auf dem Diwan waren zwei verkohlte Leichen in enger Umarmung gefunden worden. Die Polizei nahm an, es handle sich um Michail und mich. Nur wir wussten, dass es in Wirklichkeit Sergei und Tatjana waren. Eine dritte Leiche wurde nie gefunden. Am selben Tag gingen Shelley und Luis zum Gewächshaus, um Michail zu suchen. Sie fanden keine Spur von ihm. Die Verwandlung war beinahe abgeschlossen. Shelley nahm seine sämtlichen Papiere, Pläne und Schriftstücke an sich, um keine Beweise zurückzulassen. Er studierte sie wochenlang in der Hoffnung, in ihnen den Schlüssel zu finden, um zu Michail zu gelangen. Wir wussten, dass er sich irgendwo in der Stadt verbarg, abwartend und seine Verwandlung vervollständigend. Dank seinen Schriften kam Shelley hinter Michails Plan. Die Tagebücher beschrieben ein Serum aus der Essenz der Schmetterlinge, die er jahrelang gezüchtet hatte, das Serum, mit dem ich ihn in der Fabrik der Velo-Granell eine Frau hatte zum Leben erwecken sehen. Schließlich wurde mir klar, was er vorhatte. Michail hatte sich zum Sterben zurückgezogen; er musste sich von seinem letzten Hauch Menschlichkeit befreien, um auf die andere Seite gelangen zu können. Wie der schwarze Schmetterling sollte sich auch sein Körper eingraben, um aus der Finsternis zu auferstehen. Und wenn er zurückkäme, würde er es nicht mehr als Michail Kolwenik tun, sondern als Bestie.«

Ihre Worte hallten im Gran Teatro Real wider.

»Monatelang hörten wir nichts von Michail, und auch sein Versteck fanden wir nicht«, fuhr Ewa Irinowa fort. »Im Grunde hegten wir die Hoffnung, sein Plan möchte scheitern. Wir sollten uns irren. Ein Jahr nach dem Brand suchten zwei Inspektoren, alarmiert durch einen anonymen Anruf, die Velo-Granell auf. Natürlich wieder einmal Sentís. Da er nichts mehr von Sergei und Tatjana gehört hatte, vermutete er, Michail sei noch am Leben. Die Fabrikgebäude waren von Amtes wegen geschlossen, niemand hatte Zutritt zu ihnen. Die beiden Inspektoren ertappten einen Eindringling. Sie schossen ihre Magazine auf ihn leer, aber ...«

»Aus diesem Grund wurden die Kugeln nie gefunden.« Ich erinnerte mich an Floriáns Worte. »Kolweniks Körper nahm die ganzen Schüsse in sich auf ...«

Die alte Dame nickte.

»Man fand die Leichen der beiden Polizisten vollkommen zerfetzt«, sagte sie. »Niemand hatte eine Erklärung für den Vorfall. Außer Shelley, Luis und mir. Michail war zurückgekehrt. In den darauffolgenden Tagen kamen sämtliche Mitglieder des Direktoriums der Velo-Granell, die ihn verraten hatten, unter wenig geklärten Umständen zu Tode. Wir vermuteten, Michail verberge sich in den Abwasserkanälen und benutze die Tunnel, um sich in der Stadt fortzubewegen. Das war ja keine unbekannte Welt für ihn. Es blieb nur noch eine Ungewissheit: Warum war er in die Fabrik zurückgegangen? Einmal mehr lieferten uns seine Arbeitshefte die Antwort: das Serum. Er musste sich das Serum spritzen, um am Leben zu bleiben. Die Reserven im Turm waren vernichtet worden und die Reserven im Gewächshaus sicherlich aufgebraucht.

Dr. Shelley bestach einen Polizeioffizier, um die Fabrik betreten zu können. Dort fanden wir einen Schrank mit den beiden letzten Fläschchen Serum. Unbemerkt nahm Shelley eines an sich. Nachdem er ein Leben lang gegen Krankheit, Tod und Schmerz angekämpft hatte, war er unfähig, dieses Serum zu vernichten. Er musste es studieren, sein Geheimnis ergründen. Nachdem er es analysiert hatte, gelang es ihm, auf Quecksilberbasis eine Verbindung herzustellen, die seine Kraft neutralisieren sollte. Er tränkte zwölf silberne Kugeln mit dieser Verbindung und verwahrte sie in der Hoffnung, nie auf sie zurückgreifen zu müssen.«

Mir war klar, dass ich dank diesen Kugeln, die Shelley Luis Claret gegeben hatte, noch am Leben war.

»Und Michail?«, fragte Marina. »Ohne das Serum ...«

»Wir haben seine Leiche in einem Kanal unter dem Barrio Gótico gefunden«, sagte Ewa Irinowa. »Das heißt, was von ihm übrig war, denn er war zu einer Ausgeburt der Hölle geworden, die nach dem Aas stank, aus dem er sich konstruiert hatte ...«

Die alte Frau schaute zu ihrem alten Freund Luis auf. Der Fahrer vervollständigte die Geschichte.

»Wir haben die Leiche auf dem Friedhof Sarriá beerdigt, in einem namenlosen Grab«, erzählte er. »Offiziell war Señor Kolwenik schon ein Jahr früher gestorben. Die Wahrheit durften wir aber nicht preisgeben. Wenn Sentís erfahren hätte, dass die Señora noch am Leben war, hätte er keine Ruhe gegeben, bis sie ebenfalls aus dem Weg geräumt wäre. Wir haben uns selbst zu einem Geheimleben an diesem Ort verdammt ...«

»Jahrelang glaubte ich, Michail ruhe in Frieden. Jeden letzten Sonntag im Monat ging ich dorthin, um ihn zu besuchen und ihm in Erinnerung zu rufen, dass wir uns schon bald, sehr bald wieder vereinigen würden. Wir lebten in einer Welt der Erinnerungen, und dennoch hatten wir etwas Wesentliches vergessen ...«

»Was?«, fragte ich.

»María, unsere Tochter.«

Marina und ich tauschten einen Blick. Ich erinnerte mich, dass Shelley das Foto, das wir ihm gezeigt hatten, in die Flammen geworfen hatte. Das Mädchen, das darauf zu sehen war, war María Shelley.

Als wir das Album aus dem Gewächshaus mitgenommen hatten, hatten wir Michail Kolwenik die einzige Erinnerung an seine Tochter gestohlen, die er niemals kennenlernen durfte.

»Shelley zog María wie seine eigene Tochter groß, aber sie ahnte immer, dass die Geschichte nicht stimmte, die ihr der Arzt erzählte, nämlich dass ihre Mutter bei der Geburt gestorben sei. Shelley war kein guter Lügner. Mit der Zeit fand María im Arbeitszimmer des Arztes

Michails alte Hefte und setzte sich die Geschichte zusammen, die ich euch erzählt habe. María wurde mit dem Irrsinn ihres Vaters geboren. Ich erinnere mich, dass Michail, als ich ihm von meiner Schwangerschaft berichtete, gelächelt hat. Dieses Lächeln erfüllte mich mit Unruhe, aber damals wusste ich nicht, warum. Erst Jahre später entdeckte ich in seinen Schriften, dass sich der schwarze Schmetterling der Abwasserkanäle von seiner eigenen Brut ernährt und dass er, wenn er sich zum Sterben eingräbt, dies zusammen mit dem Körper einer seiner Larven tut, die er dann beim Auferstehen verschlingt. Als ihr das Gewächshaus entdeckt habt, nachdem ihr mir vom Friedhof gefolgt wart, fand auch María endlich, was sie jahrelang gesucht hatte – das Fläschchen mit dem Serum, das Shelley verbarg. Nach dreißig Jahren kehrte Michail aus dem Tod zurück. Seither hat er sich am Leben erhalten, indem er sich aus den Stücken anderer Körper immer wieder neu gemacht und Kraft erlangt und weitere seinesgleichen erschaffen hat ...«

Ich schluckte und erinnerte mich daran, was ich in der Vornacht in den Tunneln gesehen hatte.

»Als mir klarwurde, was da vor sich ging«, fuhr die Dame fort, »wollte ich Sentís warnen, dass er als Erster fallen würde. Um meine Identität nicht preiszugeben, habe ich dich benutzt, Óscar, mit dieser Karte. Ich dachte, wenn er sie sähe und das wenige hörte, was ihr wusstet, würde ihn die Angst reagieren lassen und er würde sich vorsehen. Ein weiteres Mal hatte ich diesen schäbigen Alten überschätzt. Er wollte Michail aufsuchen und ihn zerstören. Er riss Florián mit sich … Luis ging auf den Friedhof von Sarriá und stellte fest, dass das Grab leer war. Anfänglich vermuteten wir, Shelley habe uns verraten. Wir dachten, er sei es gewesen, der das Gewächshaus aufgesucht habe, um neue Geschöpfe zu erschaffen. Vielleicht mochte er nicht sterben, ohne die Geheimnisse zu verstehen, die Michail ohne Erklärung hinterlassen hatte. Nie waren wir sicher in Bezug auf ihn. Als wir begriffen, dass er nur versuchte, María zu beschützen, war es schon zu spät. Jetzt wird Michail uns heimsuchen.«

»Warum?«, fragte Marina. »Warum sollte er hierher zurückkehren?«

Schweigend knöpfte die Dame die beiden obersten Knöpfe ihres Kleides auf und zog eine Kette hervor. Daran hing ein Glasfläschchen, in dem eine smaragdgrüne Flüssigkeit glänzte.

»Darum.«

24

Als ich das Serumfläschchen gegen das Licht betrachtete, hörte ich es. Auch Marina hatte es gehört. Irgendetwas schleppte sich über die Theaterkuppel.

»Sie sind da«, sagte Luis Claret in der Tür mit düsterer Stimme.

Ewa Irinowa schien nicht überrascht und verwahrte das Fläschchen wieder. Luis Claret zog seinen Revolver und prüfte das Magazin. Darin glitzerten die Silberkugeln, die ihm Shelley gegeben hatte.

»Nun müsst ihr gehen«, befahl uns Ewa Irinowa. »Jetzt kennt ihr ja die Wahrheit. Lernt sie vergessen.«

Ihr Gesicht war hinter dem Schleier verborgen und ihre mechanische Stimme ausdruckslos. Ich verstand nicht, worauf sie mit ihren Worten hinauswollte.

»Ihr Geheimnis ist bei uns in Sicherheit«, sagte ich.

»Die Wahrheit ist immer in Sicherheit vor den Menschen«, antwortete sie. »Geht schon.«

Claret bedeutete uns, ihm zu folgen, und wir verließen die Garderobe. Der Mond warf durch die Glaskuppel einen Flecken silbernen Lichts auf die Bühne, in dem sich wie tanzende Schatten die Gestalten Michail Kolweniks und seiner Geschöpfe abzeichneten. Als ich hinaufschaute, glaubte ich beinahe ein Dutzend von ihnen zu sehen.

»Mein Gott«, flüsterte Marina neben mir.

Claret schaute ebenfalls hinauf; in seinem Blick erkannte ich Angst. Eine der Gestalten schlug brutal auf das Glasdach ein. Claret entsicherte den Revolver und zielte. Das Wesen schlug weiter zu – es war nur eine Frage von Sekunden, bis das Glas nachgab.

»Unten im Orchestergraben gibt es einen Tunnel, der unter dem Parkett hindurch zum Foyer führt.« Beim Sprechen wandte Claret die Augen nicht von der Kuppel ab. »Unter der Haupttreppe werdet ihr eine Falltür finden, die auf einen Gang führt. Folgt ihm bis zum Notausgang.«

»Wäre es nicht einfacher, wieder so zurückzugehen, wie wir gekommen sind?«, fragte ich. »Durch Ihre Wohnung ...«

»Nein, dort waren sie schon.«

Marina zog mich mit sich fort.

»Tun wir, was er sagt, Óscar.«

Ich schaute Claret an. In seinen Augen war die Entschlossenheit dessen zu lesen, der mit bloßem Gesicht in den Tod geht. Eine Sekunde später zerbarst die gläserne Kuppel in tausend Stücke, und eine wölfische Kreatur stürzte sich heulend auf die Bühne herab. Claret schoss auf ihren Schädel und traf ins Schwarze, doch oben zeichneten sich schon die Umrisse der übrigen Geschöpfe ab. In der Mitte erkannte ich sogleich Kolwenik. Auf ein Zeichen von ihm robbten alle heran.

Marina und ich sprangen in den Orchestergraben und folgten Clarets Anweisungen, während er uns den Rücken freihielt. Ich hörte einen weiteren ohrenbetäubenden Schuss. Bevor ich den engen Gang betrat, schaute ich mich ein letztes Mal um. Ein in blutige Lumpen gehüllter Körper sprang auf die Bühne herunter und stürzte auf Claret zu. Der Schuss hatte ihm faustgroß ein rauchendes Loch in die Brust gerissen. Doch er ging immer noch weiter, als ich die Falltür zuzog und Marina in den Gang drängte.

»Was wird aus Claret werden?«

»Ich weiß es nicht«, log ich. »Lauf.«

Wir rannten durch den Tunnel. Er war höchstens einen Meter breit und anderthalb hoch. Man musste sich bücken, um voranzukommen, und sich die Wände entlangtasten, um das Gleichgewicht nicht zu verlieren. Kaum waren wir einige Meter weit gelangt, als wir Schritte über uns vernahmen. Sie hatten uns unter dem Parkett aufgespürt und verfolgten uns. Der Widerhall der Schüsse wurde immer lauter. Ich fragte mich, wie viel Zeit und wie viele Schüsse Claret noch haben mochte, bevor er von dieser Meute zerfetzt würde.

Auf einmal wurde über unseren Köpfen eine Platte morschen Holzes hochgerissen. Schneidend drang das Licht herein und blendete uns, und etwas fiel uns vor die Füße, ein totes Gewicht. Claret. Seine Augen waren leer, ohne Leben. In seiner Hand rauchte noch der Revolverlauf. Es gab keine Wunden oder sonstigen Spuren von Gewalt an seinem Körper, aber irgendetwas stimmte nicht. Marina schaute über mich hinweg und stöhnte auf. Man hatte ihm mit brutaler Gewalt den Hals umgedreht, so dass sein Gesicht nach hinten schaute. Ein Schatten hüllte uns ein, und ein schwarzer Schmetterling setzte sich auf Kolweniks treuen Freund. In meiner Verwirrung bemerkte ich Michails Anwesenheit nicht, bis er durch das morsche Holz griff und mit seiner Klaue Marinas Hals umfasste. Er zog sie wie eine Feder zu sich herauf, bevor ich sie festhalten konnte. Ich rief seinen Namen. Und da sprach er zu mir. Nie werde ich seine Stimme vergessen.

»Wenn du deine Freundin in einem Stück wiedersehen willst, dann bring mir das Fläschchen.«

Mehrere Sekunden lang konnte ich keinen Gedanken fassen. Dann holte mich die Angst in die Wirklichkeit zurück. Ich beugte mich über Clarets Körper und versuchte ihm die Waffe zu entwinden. In den letzten Zuckungen hatten sich seine Handmuskeln verkrampft. Der Zeigefinger steckte im Abzug. Finger um Finger lösend, erreichte ich schließlich mein Ziel. Ich öffnete die Trommel und stellte fest, dass keine Munition mehr drin war. Auf der Suche nach weiteren Kugeln tastete ich Clarets Taschen ab. In seinem Jackett fand ich die zweite Ladung, sechs Silberkugeln mit durchbohrter Spitze. Der arme Mann hatte keine Zeit mehr gehabt, die Waffe nachzuladen. Der Schatten des Freundes, dem er sein ganzes Dasein hingegeben hatte, hatte ihm vorher mit einem kurzen, brutalen Schlag das Lebenslicht ausgeblasen. Nachdem er sich so viele Jahre vor dieser Begegnung gefürchtet hatte, war Claret vielleicht außerstande gewesen, auf Michail Kolwenik – oder was von ihm noch geblieben war – zu schießen.

Zitternd kletterte ich die Mauern des Tunnels hoch ins Parkett und machte mich auf die Suche nach Marina.

Dr. Shelleys Kugeln hatten die Bühne mit Leichen übersät. Weitere hingen in den großen Lüstern und über den Logenbrüstungen. Luis Claret hatte die ganze Meute in Kolweniks Begleitung umgelegt. Als ich die Kadaver sah, ungeheuerliche Ausgeburten, musste ich unweigerlich denken, das sei noch das beste Los gewesen, das sie hatten anstreben können. Wie sie so ohne Leben dalagen, wurde die Künstlichkeit ihrer Transplantate und Bestandteile noch deutlicher. Eine der Leichen lag mit ausgerenkter Kinnlade im Mittelgang des Parketts auf dem Rücken. Ich schritt über sie hinweg. Die Leere ihrer dunklen Augen ließ mich zutiefst erschauern. Nichts war darin, nichts.

Ich näherte mich der Bühne und erklomm die Bretter. Das Licht in Ewa Irinowas Garderobe brannte noch, doch niemand war da. Es roch nach Aas. Auf den alten Fotos an den Wänden erkannte man blutige Fingerabdrücke. Kolwenik. Ich hörte ein Knacken in meinem Rücken und schnellte mit gezücktem Revolver herum.

»Ewa?«

Ich trat wieder auf die Bühne hinaus und erblickte im Rang einen bernsteinfarbenen Lichtkreis. Als ich mich näherte, erkannte ich Ewa Irinowas Gestalt. Sie hielt einen Kandelaber in der Hand und betrachtete die Ruinen des Gran Teatro Real. Die Ruinen ihres Lebens. Sie wandte sich um und hob langsam die Flammen an die abgeschabten Samtzungen, die von den Logen hingen. Sogleich ging der ausgetrocknete Stoff in Flammen auf. So legte sie die Feuerspur, die sich rasch über die Logenwände, die vergoldeten Emailarbeiten und Parkettplätze ausbreitete.

»Nein!«, rief ich.

Sie schenkte mir keine Beachtung und verschwand durch die Tür, die hinter den Logen zur Galerie führte. In Sekundenschnelle breiteten sich die Flammen zu wütendem Toben aus, das alles auf seinem Weg verschlang. Der Glanz zeigte das Gran Teatro in einem neuen Licht. Ich verspürte eine Hitzewelle, und der

Gestank nach brennendem Holz und Anstrich bereitete mir Übelkeit.

Ich verfolgte, wie die Flammen aufstiegen. In der Höhe erkannte ich die Bühnenmaschinerie, ein komplexes System von Seilen, Vorhängen, Rollen, aufgezogenen Kulissen und Laufbrücken. Von dort beobachteten mich zwei glühende Augen – Kolwenik. Mit einer einzigen Hand hielt er Marina fest wie ein Spielzeug. Er bewegte sich mit katzenhafter Gewandtheit zwischen den Gerüsten. Ich wandte mich um und stellte fest, dass sich die Flammen im ganzen ersten Rang ausgebreitet hatten und zu den Logen des zweiten hinaufzüngelten. Das Loch in der Kuppel schürte das Feuer noch, so dass sich ein riesiger Schornstein bildete.

Ich eilte zu einer Holztreppe. Sie führte im Zickzack hinauf und erzitterte unter meinen Schritten. Auf der Höhe des dritten Rangs blieb ich stehen und schaute empor. Ich hatte Kolwenik verloren. In diesem Augenblick bohrten sich mir Klauen in den Rücken. Ich entwand mich der tödlichen Umarmung und sah mich einer von Kolweniks Kreaturen gegenüber. Clarets Schüsse hatten ihr einen Arm abgetrennt, aber sie lebte noch. Sie hatte lange Haare, und ihr Gesicht war einmal das einer Frau gewesen. Ich zielte mit dem Revolver auf sie, aber sie blieb nicht stehen. Unversehens überfiel mich die Gewissheit, dass ich dieses Gesicht schon einmal gesehen hatte. Der Abglanz der Flammen offenbarte mir, was von ihrem Blick noch übrig war. Ich spürte, wie mein Hals austrocknete.

»María?«, stammelte ich.

Kolweniks Tochter beziehungsweise das Wesen, das in ihrer Schale hauste, zögerte einen Augenblick.

»María?«, rief ich noch einmal.

Nichts war mehr da von der engelhaften Ausstrahlung, die ich von ihr in Erinnerung hatte. Ihre Schönheit war zum elenden, schaudererregenden Ungeziefer verstümmelt worden. Ihre Haut war noch frisch. Kolwenik hatte rasch gearbeitet. Ich senkte den Revolver und versuchte, dieser armen Frau eine Hand entgegenzustrecken. Vielleicht gab es noch Hoffnung für sie.

»María? Erkennen Sie mich? Ich bin Óscar. Óscar Drai. Erinnern Sie sich an mich?«

María Shelley schaute mich durchdringend an. Einen kurzen Moment spiegelte ihr Blick einen Hauch von Leben. Ich sah sie Tränen vergießen und die verbleibende Hand heben. Ich betrachtete die groteske Metallklaue, die ihrem Arm entwuchs, und hörte sie stöhnen. Ich reichte ihr die Hand. Zitternd wich sie einen Schritt zurück.

Über einer der Stangen, die den Hauptvorhang trugen, explodierte ein Feuerstoß. Der Stoff wurde zu einer Flammendecke. Die Kordeln, die ihn zusammengehalten hatten, zerstoben wie brennende Peitschen, und die Laufbrücke, auf der wir standen, befand sich in ihrem Zentrum. Zwischen uns zeichnete sich eine Feuerlinie ab. Noch einmal streckte ich Kolweniks Tochter die Hand hin.

»Nehmen Sie meine Hand – bitte!«

Sie zog sich zurück, floh vor mir. Ihr Gesicht war tränenüberströmt. Die Plattform unter unseren Füßen quietschte.

»María, bitte …«

Das Wesen betrachtete die Flammen, als gäbe es in ihnen etwas zu erkennen. Sie warf mir einen letzten, rätselhaften Blick zu und packte das brennende Seil, das sich über die Plattform spannte. Das Feuer griff auf ihren Arm, auf den Oberkörper, die Haare, Kleider und ihr Gesicht über. Sie loderte wie eine Wachsfigur, bis die Bretter zu ihren Füßen nachgaben und sie in den Abgrund stürzte.

Ich lief zu einem der Ausgänge des dritten Rangs. Ich musste Ewa Irinowa finden und Marina retten.

»Ewa!«, rief ich, als ich sie endlich ausfindig gemacht hatte.

Sie ignorierte meinen Ruf und ging weiter. Auf der mittleren Marmortreppe holte ich sie ein und packte sie fest am Arm, so dass sie stehen bleiben musste. Sie rangelte, um sich loszureißen.

»Er hat Marina. Wenn ich ihm nicht das Serum gebe, wird er sie umbringen.«

»Deine Freundin ist bereits tot. Mach, dass du von hier wegkommst, solange du noch kannst.«

»Nein!«

Ewa Irinowa schaute sich um. Rauchspiralen glitten über die Treppe. Es blieb nicht mehr viel Zeit.

»Ohne sie kann ich nicht gehen.«

»Du begreifst es nicht«, antwortete sie. »Wenn ich dir das Serum gebe, wird er euch beide umbringen, und niemand wird ihn davon abhalten können.«

»Er will niemanden umbringen, er will bloß leben.«

»Du verstehst es noch immer nicht, Óscar. Ich kann nichts tun. Alles liegt in Gottes Hand.«

Mit diesen Worten drehte sie sich um und ging davon.

»Niemand kann die Arbeit Gottes verrichten. Nicht einmal Sie«, sagte ich, um sie an ihre eigenen Worte zu erinnern.

Sie blieb stehen. Ich hob den Revolver und zielte. Das Knacken des Schlagbolzens beim Entsichern verlor sich im Echo der Galerie. Das bewirkte, dass sie sich umdrehte.

»Ich versuche nur, Michails Seele zu retten«, sagte sie.

»Ich weiß nicht, ob Sie Kolweniks Seele retten können, Ihre eigene aber schon.«

Die Dame schaute mich wortlos an und sah sich dem bedrohlichen Revolver in meinen zitternden Händen gegenüber.

»Wärst du fähig, kaltblütig auf mich zu schießen?«, fragte sie.

Ich gab keine Antwort, da ich keine hatte. Das Einzige, was meinen Geist gefangenhielt, war das Bild von Marina in Kolweniks Klauen und die wenigen Minuten, die noch blieben, bis die Flammen über dem Gran Teatro Real endgültig die Höllentore öffneten.

»Deine Freundin muss dir viel bedeuten.« Ich nickte und glaubte zu sehen, wie diese Frau das traurigste Lächeln ihres Lebens andeutete. »Weiß sie es?«

»Ich weiß nicht«, sagte ich, ohne nachzudenken.

Sie nickte langsam und zog das smaragdfarbene Fläschchen hervor.

»Du und ich, wir sind gleich, Óscar. Wir sind allein und dazu verdammt, jemanden zu lieben, für den es keine Rettung gibt …«

Sie reichte mir das Fläschchen. Ich senkte die Waffe, legte sie auf den Boden und ergriff es mit beiden Händen. Bei seinem Anblick fiel mir ein Stein vom Herzen. Ich wollte mich bedanken, doch Ewa Irinowa war schon nicht mehr da. Der Revolver auch nicht.

Als ich in den obersten Rang gelangte, lag das ganze Haus zu meinen Füßen in den letzten Zügen. Ich lief zum Ende der Galerie und suchte einen Eingang ins Gewölbe der Bühnenmaschinerie. Plötzlich schoss eine der Türen in Flammen gehüllt aus den Angeln. Ein Feuerstrom überschwemmte die Galerie. Ich war gefangen. Verzweifelt schaute ich mich um und sah einen einzigen Ausweg – die Fenster, die nach außen gingen. Ich lief auf die rauchgetrübten Scheiben zu und konnte auf der anderen Seite ein schmales Gesims sehen. Das Feuer bahnte sich seinen Weg zu mir. Wie von einem teuflischen Atem berührt, barsten die Fensterscheiben. Meine Kleider rauchten. Ich konnte die Flammen auf der Haut spüren. Ich glaubte zu ersticken und sprang auf das Gesims hinaus. Die kalte Nachtluft peitschte mich, und weit unten sah ich die Straßen von Barcelona. Der Anblick war grauenhaft. Das Feuer hatte das Gran Teatro Real vollkommen eingehüllt. Das Gerüst war zu Asche geworden und eingestürzt. Die ehemalige Fassade erhob sich wie ein majestätischer Barockpalast, eine Flammenkathedrale im Zentrum des Raval. Die Sirenen der Feuerwehr jaulten, als beklagten sie ihre Ohnmacht. Neben der Metallnadel, in der das Netz der stählernen Kuppelnerven zusammenlief, hielt Kolwenik Marina fest.

»Marina!«, schrie ich.

Ich tat einen Schritt nach vorn und klammerte mich instinktiv an einen Metallbogen, um nicht hinunterzustürzen. Er glühte. Ich schrie vor Schmerz auf und zog die Hand zurück. Die schwarze Handfläche rauchte. In diesem Augenblick durchfuhr ein neues Schütteln den Bau, und ich erriet, was geschehen würde. Mit ohrenbetäubendem Getöse stürzte das Theater ein, und nur die Fassade und das nackte Metallskelett blieben noch intakt, ein über die Hölle gespanntes Stahlnetz. In seiner Mitte stand Kolwenik. Ich konnte Marinas Gesicht sehen. Sie lebte. So tat ich das Einzige, was sie retten konnte.

Ich hielt das Fläschchen so in die Höhe, dass Kolwenik es sehen konnte. Er löste Marina von seinem Körper und näherte sie dem Abgrund. Ich hörte sie aufschreien. Dann streckte er mir seine offene Klaue entgegen. Die Botschaft war deutlich. Vor mir befand sich ein Metallträger wie eine Brücke. Ich ging darauf zu.

»Nein, Óscar!«, flehte Marina.

Ich heftete die Augen auf den schmalen Steg und wagte es. Ich spürte, wie sich meine Schuhsohlen bei jedem Schritt mehr auflösten. Der stickige Wind, der vom Feuer aufstieg, brüllte um mich herum. Schritt für Schritt, ohne die Augen vom Steg abzuwenden, wie ein Seiltänzer. Ich schaute nach vorn und erblickte eine entsetzte Marina. Sie war allein! Als ich sie umarmen wollte, erhob sich hinter ihr Kolwenik. Er packte sie von neuem und hielt sie über den Abgrund. Ich zog das Fläschchen hervor und tat ein Gleiches, um ihm zu verstehen zu geben, dass ich es in die Flammen werfen würde, wenn er Marina nicht gehen ließe. Ich erinnerte mich an Ewa Irinowas Worte: »Er wird euch beide umbringen …« So schraubte ich das Fläschchen auf und vergoss einige Tropfen in den Abgrund. Kolwenik schleuderte Marina gegen eine Bronzestatue und stürzte sich auf mich. Mit einem Sprung zur Seite wollte ich ihm ausweichen, und das Fläschchen entglitt meinen Fingern.

Bei der Berührung mit dem glühenden Metall verdampfte das Serum. Kolweniks Klaue packte das Fläschchen, als nur noch wenige Tropfen darin waren. Er umklammerte es mit seiner Metallfaust, so dass es zersplitterte. Seinen Fingern entquollen einige smaragdfarbene Tropfen. Die Flammen beleuchteten sein Gesicht, ein Abgrund an ungezügeltem Hass und Zorn. Da begann er auf uns zuzukommen. Marina ergriff meine Hände und drückte sie fest. Sie schloss die Augen, und ich tat es ihr gleich. In wenigen Zentimeter Entfernung roch ich Kolweniks fauligen Gestank und bereitete mich auf den Schlag vor.

Der erste Schuss pfiff durch die Flammen. Ich öffnete die Augen und sah Ewa Irinowa nähergehen, wie auch ich es getan hatte. Sie hielt den Revolver in die Höhe. In Kolweniks Brust tat sich eine Rose schwarzen Blutes auf. Der zweite Schuss, aus der Nähe, zerschmetterte eine seiner Hände. Der dritte traf die Schulter. Ich zog Marina weg. Wankend wandte sich Kolwenik Ewa zu. Die Dame in Schwarz ging langsam weiter, die Waffe erbarmungslos auf Kolwenik gerichtet. Ich hörte ihn stöhnen. Der vierte Schuss riss ihm den Bauch auf, der fünfte und letzte ein schwarzes Loch zwischen die Augen. Eine Sekunde später sackte er in die Knie. Ewa Irinowa ließ den Revolver fallen und eilte zu ihm.

Sie umschlang ihn mit den Armen und wiegte ihn. Beider Augen trafen aufeinander, und ich sah sie dieses ungeheuerliche Gesicht liebkosen. Sie weinte.

»Bring deine Freundin von hier weg«, sagte sie, ohne mich anzuschauen.

Ich nickte. Ich führte Marina über den Träger zum Gesims zurück. Von dort gelangten wir aufs Dach des Theateranbaus und konnten uns vor dem Feuer in Sicherheit bringen. Bevor wir außer Sichtweite waren, wandten wir uns noch einmal um. Die Dame in Schwarz hielt Michail Kolwenik in den Armen. Ihre Silhouetten zeichneten sich in den Flammen ab, bis das Feuer sie ganz einhüllte. Ich glaubte zu sehen, wie sich ihre Asche im Wind zerstreute und über Barcelona schwebte, bis das Morgengrauen sie für immer davontrug.

Am nächsten Tag sprachen die Zeitungen vom größten Brand in der Geschichte der Stadt, von der Vergangenheit des Gran Teatro Real und wie sein Verschwinden das letzte Echo eines verlorenen Barcelonas auslöschte. Die Asche hatte eine Decke über das Hafenwasser gelegt. Sie fiel weiter auf die Stadt bis zur Dämmerung. Vom Montjuïc aus aufgenommene Fotos zeigten den dantesken Anblick eines infernalischen Feuers, das zum Himmel aufstieg. Die Tragödie erschien in einem neuen Licht, als die Polizei bekanntgab, vermutlich hätten Arme das Haus bewohnt und mehrere von ihnen seien unter den Trümmern eingeklemmt worden. Über die Identität der beiden verkohlten Leichen, die in enger Umarmung an der Spitze der Kuppel gefunden wurden, erfuhr man nichts. Wie Ewa Irinowa vorhergesagt hatte, war die Wahrheit in Sicherheit vor den Menschen.

Keine Zeitung erwähnte die alte Geschichte von Ewa Irinowa und Michail Kolwenik, sie interessierte niemanden mehr. Ich erinnere mich an diesen Morgen mit Marina vor einem der Kioske auf den Ramblas. Die erste Seite von *La Vanguardia* titelte über fünf Spalten:

BARCELONA BRENNT!

Neugierige und Frühaufsteher kauften die erste Ausgabe und fragten sich, wer den Silberhimmel glasiert haben mochte. Langsam gingen wir Richtung Plaza de Cataluña davon, während es um uns herum weiter Asche regnete wie tote Schneeflocken.

25

In den Tagen nach dem Brand des Gran Teatro Real wurde Barcelona von einer Kältewelle heimgesucht. Zum ersten Mal seit vielen Jahren lag die Stadt vom Hafen bis zum Gipfel des Tibidabo unter einer Schneedecke. In Gesellschaft von Marina und Germán verbrachte ich Weihnachtstage voller unausgesprochener Gedanken und ausweichender Blicke. Marina erwähnte das Vorgefallene kaum und mied den Kontakt mit mir immer mehr, blieb in ihrem Zimmer und schrieb. Um die Zeit totzuschlagen, spielte ich im großen Salon vor dem wärmenden Kamin mit Germán unendliche Partien Schach. Ich sah es schneien und wartete auf den Moment, wo ich mit Marina allein wäre. Ein Moment, der nie kam.

Germán gab vor, nicht zu bemerken, was vorging, und unterhielt sich mit mir, um mich aufzumuntern.

»Marina sagt, Sie wollen Architekt werden, Óscar.«

Ich nickte, obwohl ich nicht wusste, was ich wirklich wollte. Die Nächte verbrachte ich schlaflos, indem ich die Teile der Geschichte neu zusammensetzte, die wir erlebt hatten. Ich versuchte, das Gespenst von Kolwenik und Ewa Irinowa aus meinem Gedächtnis zu verbannen. Mehr als einmal dachte ich daran, den alten Dr. Shelley aufzusuchen und ihm zu erzählen, was geschehen war. Doch es fehlte mir der Mut, vor ihn hinzutreten und ihm zu berichten, wie ich die Frau, die er als seine eigene Tochter großgezogen hatte, hatte sterben oder seinen besten Freund hatte brennen sehen.

Am letzten Tag des Jahres gefror der Brunnen im Garten. Ich fürchtete mich vor dem Ende meiner Tage mit Marina. Bald würde ich wieder ins Internat zurückkehren müssen. Den Silvesterabend verbrachten wir im Kerzenlicht und hörten die fernen Glockenschläge der Kirche auf der Plaza de Sarriá. Draußen schneite es weiter, und ich hatte den Eindruck, die Sterne seien ohne Vorankündigung vom Himmel gefallen. Um Mitternacht stießen wir flüsternd an. Ich suchte Marinas Augen, doch ihr Gesicht zog sich ins Halbdunkel zurück. In dieser Nacht versuchte ich herauszufinden, was ich getan oder gesagt haben mochte, um eine solche Behandlung zu verdienen. Im anliegenden Zimmer konnte ich ihre Gegenwart erfühlen. Ich stellte mir vor, wie sie wach dalag, eine Insel, die in der Strömung davonschwamm. Ich klopfte an die Wand, rief – umsonst, ich bekam keine Antwort.

Ich kramte meine Siebensachen zusammen und schrieb eine Notiz. Darin verabschiedete ich mich von Germán und Marina und bedankte mich für ihre Gastfreundschaft. Aus Gründen, die ich mir nicht zu erklären vermochte, war etwas zerbrochen, und ich fühlte mich an diesem Ort überzählig. Am frühen Morgen legte ich den Zettel auf den Küchentisch und machte mich auf zum Internat. Als ich davonging, war ich sicher, dass mich Marina von ihrem Fenster aus beobachtete. Ich winkte zum Abschied, in der Hoffnung, sie sähe mich. In den menschenleeren Straßen hinterließen meine Schritte Spuren im Schnee.

Noch fehlten einige Tage, bis die übrigen Kameraden zurückkamen. Die Zimmer im vierten Stock waren Höhlen der Einsamkeit. Als ich auspackte, stattete mir Pater Seguí einen Besuch ab. Ich begrüßte ihn mit formeller Höflichkeit und räumte weiter meine Kleider ein.

»Seltsame Menschen, diese Schweizer«, sagte er. »Während alle anderen ihre Sünden verbergen, packen sie sie mit Schnaps und einer Schleife in Silberpapier und lassen sie sich mit Gold aufwiegen. Der Präfekt hat mir aus Zürich eine riesige Schachtel Pralinen geschickt, und hier gibt es niemanden, mit dem ich sie teilen kann. Jemand wird mir helfen müssen, bevor Doña Paula sie entdeckt.«

»Sie können auf mich zählen«, sagte ich ohne große Überzeugung.

Seguí trat ans Fenster und schaute auf die Stadt zu unseren Füßen hinunter, eine Fata Morgana. Dann wandte er sich um und sah mich an, als könnte er meine Gedanken lesen.

»Ein guter Freund hat einmal zu mir gesagt, die Probleme seien wie Kakerlaken.« Immer wenn er ernst sein wollte, verfiel er in einen scherzhaften Ton. »Wenn man sie ans Licht holt, erschrecken sie und machen sich auf und davon.«

»Das muss ein weiser Freund gewesen sein«, antwortete ich.

»Nein. Aber er war ein guter Mensch. Frohes neues Jahr, Óscar.«

»Frohes neues Jahr, Pater.«

In den Tagen bis zum Unterrichtsbeginn verließ ich mein Zimmer nur selten. Ich versuchte zu lesen, doch die Worte entflogen den Seiten. Die Stunden vergingen, während ich am Fenster Germáns und Marinas altes Haus in der Ferne betrachtete. Tausendmal wollte ich dahin zurück, und ein paarmal wagte ich mich tatsächlich bis zur Mündung des Sträßchens vor, das zu ihrem Tor führte. Germáns Grammophon war nicht mehr zwischen den Bäumen hindurch zu hören, nur der Wind in den kahlen Ästen. Nachts durchlebte ich immer wieder die Ereignisse der vergangenen Wochen, bis ich erschöpft in einen fieberhaften, erstickenden Schlaf ohne Erholung fiel.

Eine Woche später begann der Unterricht. Es waren bleierne Tage, die Fenster beschlagen, die Radiatoren im Halbdunkel tropfend. Meine alten Kameraden und ihr Geschnatter waren mir fremd. Geschwätz von Geschenken, Festtagen und Erinnerungen, das ich weder teilen konnte noch wollte. Die Stimmen meiner Lehrer entzogen sich mir. Es gelang mir nicht, herauszufinden, welche Bedeutung Humes Elaborate hatten oder was die Gleichungen mit mehreren Unbekannten dazu beitragen konnten, das Rad der Zeit zurückzudrehen und das Schicksal von Michail Kolwenik und Ewa Irinowa zu ändern. Oder mein eigenes.

Die Erinnerung an Marina und an die gemeinsam erlebten schaurigen Ereignisse machte es mir unmöglich, zu denken, zu essen oder ein zusammenhängendes Gespräch zu führen. Sie war die einzige Person, mit der ich meine Angst teilen konnte, und ihre Gegenwart wurde so dringend, dass mich der Körper zu schmerzen begann. Ich verbrannte innerlich, und niemand und nichts konnte mir Erleichterung verschaffen. Ich wurde zu einer grauen Gestalt in den Gängen. Mein Schatten verschmolz mit den Wänden. Die Tage fielen wie welkes Laub. Ich wartete auf eine Notiz, auf ein Zeichen von Marina, sie wolle mich wiedersehen – einen schlichten Vorwand, um zu ihr zu laufen und die Distanz zwischen uns aufzuheben, die täglich größer zu werden schien. Das Zeichen kam nie. Ich vertat die Stunden, indem ich die Orte wieder aufsuchte, an denen ich mit ihr gewesen war. Ich setzte mich auf die

Bänke der Plaza de Sarriá in der Hoffnung, sie vorbei-
gehen zu sehen.

Ende Januar rief mich Pater Seguí in sein Arbeitszimmer. Mit düsterem Gesicht und bohrenden Augen
fragte er, was mit mir los sei.

»Ich weiß es nicht«, antwortete ich.

»Wenn wir davon sprechen, finden wir vielleicht
heraus, was es ist.«

»Das glaube ich nicht«, sagte ich so heftig, dass es
mir sogleich leidtat.

»Du hast über Weihnachten eine Woche außer
Haus verbracht. Darf ich fragen, wo?«

»Bei meiner Familie.«

Der Blick meines Tutors tönte sich mit Schatten.

»Wenn du mich anlügen willst, ist es sinnlos, dieses
Gespräch fortzusetzen, Óscar.«

»Es ist die Wahrheit. Ich war bei meiner Familie.«

Der Februar brachte die Sonne. Im Winterlicht
schmolz die Decke aus Eis und Raureif, die die Stadt
verschleiert hatte. Das gab mir Mut, so dass ich mich
eines Tages zu Marinas Haus aufmachte. Eine Kette
sicherte das Gittertor. Jenseits der Bäume bot das alte
Haus einen verlasseneren Anblick denn je. Einen Augenblick glaubte ich den Verstand verloren zu haben.
Hatte ich mir alles nur eingebildet? Die Bewohner
dieses geisterhaften Hauses, die Geschichte von Kolwenik und der Dame in Schwarz, Inspektor Florián,
Luis Claret, die zum Leben auferweckten Kreaturen,

Wesen, die die schwarze Hand des Schicksals eines ums andere hatte verschwinden lassen ... Hatte ich etwa Marina und ihren magischen Strand bloß geträumt?

»Wir erinnern uns nur an das, was nie geschehen ist ...«

In dieser Nacht erwachte ich schreiend, in kalten Schweiß gebadet und ohne zu wissen, wo ich mich befand. Im Traum war ich in Kolweniks Kanäle zurückgekehrt. Ich folgte Marina, ohne sie einholen zu können, bis ich sah, dass sie voller schwarzer Schmetterlinge war, die beim Auffliegen jedoch nur Leere hinterließen, eine kalte Leere ohne Erklärung. Der zerstörerische Dämon, von dem Kolwenik besessen war. Das Nichts hinter der letzten Dunkelheit.

Als Pater Seguí und mein Kamerad JF, alarmiert durch meine Schreie, in mein Zimmer kamen, brauchte ich einige Sekunden, um sie zu erkennen. Seguí fühlte mir den Puls, während mich JF konsterniert betrachtete, überzeugt, sein ehemaliger Freund sei vollkommen übergeschnappt. Sie wichen nicht von meiner Seite, bis ich wieder eingeschlafen war.

Nachdem ich Marina zwei Monate nicht mehr gesehen hatte, beschloss ich am nächsten Tag, zu dem alten Haus in Sarriá zurückzukehren. Und ich würde nicht eher wieder weichen, als bis ich eine Erklärung bekommen hätte.

26

Es war ein nebliger Sonntag. Die Schatten der Bäume mit ihren dürren Ästen zeichneten Skelette auf den Gehsteig. Die Kirchenglocken begleiteten im Takt meine Schritte. Vor dem Gittertor, das mir den Eintritt verwehrte, blieb ich stehen. Aber ich entdeckte Reifenspuren im Laub und fragte mich, ob Germán wohl seinen alten Tucker wieder aus der Garage geholt hatte. Wie ein Dieb sprang ich übers Gitter und drang in den Garten ein.

Die Umrisse des Hauses erhoben sich in absoluter Stille, dunkler und einsamer denn je. Im Gestrüpp sah ich Marinas Fahrrad wie ein gerissenes Tier daliegen. Die Kette war verrostet, die Lenkstange von Feuchtigkeit zerfressen. Beim Anblick dieses Szenariums hatte ich den Eindruck, vor einer Ruine zu stehen, wo es nur noch altes Gerümpel und geisterhafte Echos gab.

»Marina?«, rief ich.

Der Wind trug meine Stimme davon. Ich ging ums Haus herum zur Hintertür, die in die Küche führte. Sie stand offen. Der leere Tisch war von einer Staubschicht überzogen. Ich ging weiter zu den Zimmern.

Stille. Ich gelangte in den großen Salon, wo mich von allen Bildern Marinas Mutter anschaute, doch für mich waren es Marinas Augen. Da hörte ich hinter mir ein Schluchzen.

Zusammengekauert saß Germán in einem der Sessel, reglos wie eine Statue, die Tränen waren das einzige Zeichen von Leben. Noch nie hatte ich einen Mann seines Alters so weinen sehen. Eiskalt lief mir das Blut durch die Adern. Sein Blick verlor sich in den Bildern. Er war blass, abgezehrt. Seit ich ihn das letzte Mal gesehen hatte, war er um Jahre gealtert. Er trug einen der eleganten Anzüge, die ich an ihm kannte, aber zerknittert und schmutzig. Ich fragte mich, wie viele Tage er wohl schon so in diesem Sessel sitzen mochte.

Ich kniete mich vor ihn hin und tätschelte seine Hand.

»Germán …«

Die Hand war erschreckend kalt. Auf einmal klammerte er sich an mich, zitternd wie ein kleines Kind. Ich spürte, wie mein Mund austrocknete. Ich nahm ihn in die Arme und hielt ihn fest, während er an meiner Schulter weinte. Da befürchtete ich, die Ärzte hätten ihm das Schlimmste verkündet, die Hoffnung all dieser Monate sei verflogen, und ließ ihn sich ausweinen, während ich mich fragte, wo Marina stecken mochte, warum sie nicht bei Germán war.

Da schaute der alte Mann auf. Ein Blick in seine Augen genügte, damit ich die Wahrheit begriff, und zwar mit der brutalen Klarheit, die auf entschwebte Träume folgt. Wie ein kalter, vergifteter Dolch, der sich einem rettungslos in die Seele heftet.

»Wo ist Marina?«, fragte ich stotternd.

Germán brachte kein Wort heraus. Es war auch nicht nötig. In seinen Augen konnte ich lesen, dass seine Besuche im Krankenhaus San Pablo fingiert waren, ich begriff, dass er den La-Paz-Arzt nie aufgesucht hatte, dass seine Freude und Hoffnung nach der Rückkehr aus Madrid nichts mit seiner Person zu tun gehabt hatten. Marina hatte mich von Anfang an getäuscht.

»Die Krankheit, die mir ihre Mutter genommen hat«, flüsterte Germán, »nimmt mir nun auch Marina, Óscar.«

Die Lider sackten mir herunter, als wären sie aus Stein, und langsam zerfiel die Welt um mich herum. Wieder umarmte mich Germán, und ich weinte wie ein armer Irrer in diesem trostlosen Salon eines alten Hauses, während der Regen auf Barcelona niederzufallen begann.

Vom Taxi aus sah das Krankenhaus San Pablo aus wie eine in den Wolken schwebende Stadt, lauter spitze Türme und unwahrscheinliche Kuppeln. Germán war in einen sauberen Anzug geschlüpft und saß nun schweigend neben mir. Auf den Knien hatte ich ein in das leuchtendste Geschenkpapier, das ich hatte auftreiben können, geschlagenes Paket. Als wir dort waren, musterte mich der Arzt, der Marina behandelte, ein gewisser Damián Rojas, von oben bis unten und gab mir eine ganze Reihe Anweisungen. Ich dürfe Marina nicht ermüden. Ich müsse mich positiv und optimistisch geben. Sie brauche meine Hilfe, nicht umgekehrt. Ich sei nicht hier, um zu weinen und zu jammern. Ich solle ihr helfen. Wenn ich nicht in der Lage sei, mich an diese Regeln zu halten, solle ich mich besser gar nicht wieder herbemühen. Damián Rojas war ein junger Arzt, und sein Kittel roch noch nach der medizinischen Fakultät. Sein Ton war streng und ungeduldig, und er war mir gegenüber nicht sehr auf Höflichkeit bedacht. Unter anderen Umständen hätte ich ihn für einen arroganten Dummkopf gehalten, aber etwas an ihm sagte mir, dass er noch nicht gelernt hatte, sich gegen den Schmerz seiner Patienten abzuschotten, und dass dieses Verhalten seine Art zu überleben war.

Wir stiegen in den vierten Stock hinauf und marschierten durch einen endlos scheinenden Gang. Es roch nach Krankenhaus, eine Mischung aus Krankheit, Desinfektionsmittel und Raumspray. Mein letztes bisschen Mut verschwand auf der Stelle, sowie ich den Fuß in diesen Gebäudetrakt setzte. Germán betrat das Zimmer als Erster und bat mich, draußen zu warten, während er Marina meinen Besuch ankündige. Ich ahnte, dass es ihr lieber gewesen wäre, ich würde sie nicht so sehen.

»Lassen Sie mich erst mit ihr sprechen, Óscar.«

Ich wartete. Der Gang war eine unendliche Galerie von Türen und verlorenen Stimmen. Von Schmerz und Verlust gezeichnete Gesichter begegneten sich schweigend. Ein ums andere Mal wiederholte ich mir Dr. Rojas' Anweisungen. Ich war zum Helfen gekommen. Schließlich steckte Germán den Kopf zur Tür heraus und nickte. Ich schluckte und trat ein, er blieb draußen.

Das Zimmer war ein langes Rechteck, in dem sich das Licht verflüchtigte, noch ehe es den Boden berührte. Vor den Fenstern zog sich die Avenida Gaudí in die Ewigkeit. Die Türme der Sagrada-Familia-Kirche halbierten den Himmel. Vier durch raue Vorhänge abgetrennte Betten standen im Raum. Durch die Vorhänge hindurch sah man die Silhouetten der anderen Besucher, wie in einem chinesischen Schattenspiel. Marina lag im hintersten Bett rechts, neben dem Fenster.

In diesen ersten Momenten ihrem Blick standzuhalten war das Schwierigste. Man hatte ihr das Haar wie einem Jungen gestutzt. Ohne ihre langen Haare kam sie mir erniedrigt, entblößt vor. Ich biss mir mit aller Kraft auf die Zunge, um die mir aus der Seele aufsteigenden Tränen zurückzudämmen.

»Sie mussten sie mir abschneiden«, sagte sie hellseherisch. »Wegen der Tests.«

An ihrem Hals und Nacken sah ich Male, die beim

bloßen Anblick Schmerzen verursachten. Mit einem angestrengten Lächeln reichte ich ihr das Paket.

»Mir gefällt es«, sagte ich zum Gruß.

Sie nahm es entgegen und legte es sich auf den Schoß. Ich trat näher und setzte mich schweigend zu ihr. Sie ergriff meine Hand und drückte sie kräftig. Sie hatte Gewicht verloren. Unter dem weißen Krankenhausnachthemd konnte man die Rippen erkennen. Dunkle Ringe lagen unter ihren Augen. Die Lippen waren zwei dünne ausgetrocknete Linien. Die aschfarbenen Augen hatten ihren Glanz verloren. Mit unsicheren Händen nestelte sie das Paket auf und zog ein Buch heraus. Sie blätterte es durch und schaute neugierig auf.

»Alle Seiten sind weiß …«

»Im Moment noch. Wir haben eine gute Geschichte zu erzählen, und ich trage den Wälzer dazu bei.«

Sie drückte das Buch an die Brust.

»Was hast du für einen Eindruck von Germán?«

»Einen guten«, log ich. »Müde, aber gut.«

»Und du, wie geht es dir?«

»Mir?«

»Nein, mir. Wem denn wohl?«

»Mir geht es gut.«

»Mhm, vor allem nach dem Sermon von Sergeant Rojas.«

Ich hob die Brauen, als hätte ich nicht die geringste Ahnung, wovon sie sprach.

»Ich habe dich vermisst«, sagte sie.

»Ich dich auch.«

Unsere Worte blieben in der Luft hängen. Lange schauten wir uns schweigend an. Ich sah, wie ihre Fassade allmählich bröckelte.

»Du hast alles Recht, mich zu hassen«, sagte sie da.

»Dich zu hassen? Warum sollte ich dich hassen?«

»Ich habe dich angelogen. Als du kamst, um Germán seine Uhr zurückzubringen, wusste ich schon, dass ich krank war. Ich war egoistisch, ich wollte einen Freund haben …, und ich glaube, wir haben uns unterwegs verloren.«

Ich schaute zum Fenster.

»Nein, ich hasse dich nicht.«

Wieder drückte sie meine Hand. Sie richtete sich auf und umarmte mich.

»Danke, dass du der beste Freund bist, den ich je gehabt habe«, raunte sie mir ins Ohr.

Ich spürte, dass mir der Atem stockte. Ich wollte bloß noch davonlaufen. Marina drückte mich kräftig, und mit einem Gebet flehte ich darum, sie möge meine Tränen nicht bemerken. Dr. Rojas würde mir die Lizenz entziehen.

»Wenn du mich nur ein bisschen hasst, wird es Dr. Rojas nicht stören. Sicherlich ist das gut für die weißen Blutkörperchen oder so.«

»Dann also nur ein bisschen.«

»Danke.«

27

In den darauffolgenden Wochen wurde Germán Blau mein bester Freund. Sowie um halb fünf Uhr der Unterricht aus war, flog ich zu dem alten Maler. Mit dem Taxi fuhren wir zum Krankenhaus, wo wir den restlichen Nachmittag bei Marina verbrachten, bis uns die Schwestern hinauswarfen. Auf diesen Fahrten von Sarriá zur Avenida de Gaudí lernte ich, dass Barcelona im Winter die tristeste Stadt der Welt sein kann. Germáns Geschichten und Erinnerungen wurden zu meinen eigenen.

In den langen Wartezeiten auf den trostlosen Krankenhausfluren gestand mir Germán Vertraulichkeiten, die er außer mit seiner Frau mit niemandem geteilt hatte. Er erzählte mir von den Jahren bei seinem Lehrer Salvat, von seiner Ehe und wie einzig Marinas Gesellschaft ihm nach dem Tod seiner Frau das Überleben ermöglicht hatte. Er sprach über seine Zweifel und Ängste und darüber, wie ihn ein ganzes Leben gelehrt hatte, dass alles, was er für sicher gehalten hatte, reine Illusion war, und dass es zu viele Lektionen gab, die zu lernen es sich nicht lohne. Auch ich sprach zum ersten Mal ohne Hemmungen mit ihm, sprach über

Marina, von meinen Träumen als Architekt in spe an Tagen, an denen ich aufgehört hatte, an die Zukunft zu glauben. Ich erzählte von meiner Einsamkeit und wie ich, ehe ich sie beide getroffen hatte, das Gefühl gehabt hatte, ganz zufällig auf der Welt und in dieser verloren zu sein. Ich sprach von der Angst, es erneut zu sein, wenn ich sie beide verlöre. Germán hörte zu und verstand. Er wusste, dass meine Worte nur ein Versuch waren, mir meine eigenen Gefühle zu erklären, und ließ mich gewähren.

Ich habe eine ganz besondere Erinnerung an Germán Blau und die Tage, die wir in seinem Haus und auf den Krankenhausgängen teilten. Wir wussten beide, dass uns nur Marina vereinte und dass wir unter anderen Umständen nie auch nur ein Wort gewechselt hätten. Immer dachte ich, Marina sei nur dank ihm geworden, was sie war, und ich habe keinen Zweifel, dass ich das wenige, was ich bin, ebenfalls mehr ihm verdanke, als zuzugeben mir lieb ist. Seine Ratschläge und Worte habe ich in der Schatulle meiner Erinnerung eingeschlossen, in der Überzeugung, dass sie mir eines Tages dazu dienen werden, auf meine eigenen Ängste und Zweifel Antworten zu finden.

In diesem März regnete es fast täglich. Marina schrieb die Geschichte von Michail Kolwenik und Ewa Irinowa in das Buch, das ich ihr geschenkt hatte, während Dutzende Ärzte und Assistenten mit Tests, Analysen und noch mehr Tests und Analysen kamen und gingen. Da erinnerte ich mich an das Versprechen, das ich Marina einmal gegeben hatte, in der Standseilbahn nach Vallvidrera, und begann an ihrer Kathedrale zu arbeiten. In der Internatsbibliothek fand ich ein Buch über die Kathedrale von Chartres und fing an die Teile des Modells zu zeichnen, das ich bauen wollte. Zuerst schnitt ich sie in Halbkarton aus. Nach tausend Versuchen, die mich beinahe zur Überzeugung brachten, ich wäre nie in der Lage, auch nur eine schlichte Telefonzelle zu entwerfen, beauftragte ich einen Schreiner in der Calle Margenat, die Teile aus dünnen Holzplatten auszusägen.

»Was baust du da, mein Junge?«, fragte er interessiert. »Einen Heizkörper?«

»Eine Kathedrale.«

Marina verfolgte neugierig, wie ich auf dem Fenstersims ihre kleine Kathedrale aufbaute. Manchmal machte sie Scherze, die mich tagelang nicht schlafen ließen.

»Beeilst du dich auch nicht zu sehr, Óscar? Es wirkt, als erwartest du, dass ich morgen sterbe.«

Bei den anderen Patienten des Zimmers und deren Besuchern wurde meine Kathedrale bald populär. Doña Carmen, eine vierundachtzigjährige Sevillanerin, die im Nebenbett lag, warf mir allerdings skeptische Blicke zu. Sie war von einer Charakterstärke, die eine Armee aufbrechen konnte, und hatte einen Hintern von den Ausmaßen eines Fiat Seicento. Sie kommandierte das Krankenhauspersonal mit Pfiffen herum. Sie war Schwarzhändlerin, Chansonsängerin, Flamencotänzerin, Schmugglerin, Köchin, Tabakverkäuferin und weiß Gott was noch alles gewesen und hatte zwei Ehemänner und drei Kinder überlebt. Eine Schar von zwanzig Enkeln, Neffen und weiteren Verwandten besuchte sie und betete sie an. Sie wies sie in die Schranken mit den Worten, Flausen seien für Dummköpfe. Ich hatte immer den Eindruck, Doña Carmen habe sich im Jahrhundert geirrt und Napoleon wäre, wenn es sie damals gegeben hätte, nie über die Pyrenäen hinausgekommen. Alle Anwesenden außer der Diabetes waren derselben Meinung.

Auf der anderen Seite des Zimmers befand sich Isabel Llorente, eine wie ein Mannequin aussehende Dame, die nur flüsterte und einer Modezeitschrift aus der Vorkriegszeit entsprungen schien. Sie brachte den Tag damit zu, sich zu schminken und mit Hilfe eines kleinen Spiegels die Perücke zu richten. Die Chemotherapie hatte ihr das Haar geraubt, doch sie war überzeugt, dass niemand das wusste. Wie ich erfuhr, war sie 1934 Miss Barcelona und später die Geliebte eines Bürgermeisters der Stadt gewesen. Immer erzählte sie von einer Romanze mit einem tollen Spion, der sie jeden Augenblick von diesem schrecklichen Ort erretten käme, an den man sie verbannt habe. Doña Carmen verdrehte jedes Mal die Augen, wenn sie sie hörte. Nie wurde sie von jemandem besucht, und man brauchte ihr bloß zu sagen, wie hübsch sie sei, um sie für eine ganze Woche zum Lächeln zu bringen. An einem Donnerstagnachmittag Ende März traten wir ins Zimmer und fanden ihr Bett leer. Isabel Llorente war am nämlichen Morgen gestorben, ohne dass ihr Galan Zeit gehabt hätte, sie zu erlösen.

Die dritte Patientin im Zimmer war Valeria Astor, ein Mädchen von neun Jahren, das nur dank einem Luftröhrenschnitt atmen konnte. Immer lächelte sie mir zu, wenn ich eintrat. Ihre Mutter war so viele Stunden bei ihr, wie man ihr erlaubte, und wenn man es ihr nicht erlaubte, schlief sie auf den Gängen. Jeden Tag alterte sie um einen Monat. Valeria fragte mich immer, ob meine Freundin Schriftstellerin sei, und ich bejahte und sagte, außerdem sei sie berühmt. Einmal fragte sie mich – ich werde nie erfahren, warum –, ob ich Polizist sei. Marina erzählte ihr ständig Geschichten, die sie aus dem Moment heraus erfand. Am liebsten hatte sie Erzählungen von Geistern, Prinzessinnen und Lokomotiven – in dieser Reihenfolge. Doña Carmen hörte sich Marinas Geschichten an und lachte herzlich darüber. Valerias Mutter, eine bis zur Verzweiflung abgezehrte, einfache Frau, an deren Namen ich mich einfach nie erinnern konnte, strickte Marina zum Dank einen wollenen Schal.

Mehrmals täglich kam Dr. Damián Rojas vorbei. Mit der Zeit war mir dieser Arzt sympathisch geworden. Ich fand heraus, dass er Jahre zuvor Schüler meines Internats gewesen war und beinahe ins Priesterseminar eingetreten wäre. Er hatte eine blendend aussehende Freundin namens Lulú. Diese besaß eine atemberaubende Sammlung von Miniröcken und schwarzen Seidenstrümpfen. Sie besuchte den Arzt jeden Samstag, und oft kam sie uns begrüßen und erkundigte sich, ob sich ihr Rohling von Freund anständig benehme. Ich wurde immer rot wie eine Paprikaschote, wenn sie das Wort an mich richtete. Marina zog mich auf damit und sagte, wenn ich sie so anglotze, bekäme ich noch ein Gesicht wie ein Strumpfhalter. Lulú und Dr. Rojas heirateten im April. Als der Arzt eine Woche später von seiner kurzen Hochzeitsreise nach Menorca zurückkehrte, war er spindeldürr. Wenn ihn die Schwestern nur anschauten, platzten sie beinahe vor Lachen.

Einige Monate lang war das meine Welt. Die Unterrichtsstunden im Internat waren nur ein Zwischenspiel, das ich kaum zur Kenntnis nahm. Rojas gab sich optimistisch, was Marinas Zustand betraf. Er sagte, sie sei kräftig und jung und die Behandlung schlage an. Germán und ich wussten nicht, wie wir ihm danken sollten, und schenkten ihm Zigarren, Krawatten, Bücher und sogar einen Montblanc-Füllfederhalter. Er protestierte und sagte, er verrichte nur seine Arbeit, aber wir beide wussten, dass er mehr Stunden als jeder andere Arzt im Krankenhaus verbrachte.

Ende April nahm Marina ein wenig zu und bekam etwas Farbe im Gesicht. Wir machten kurze Spaziergänge auf dem Korridor, und als die Kälte abzuziehen begann, gingen wir ein wenig in den Kreuzgang des Krankenhauses hinaus. Sie schrieb weiter in mein Buch, ließ mich aber keine einzige Zeile lesen.

»Wie weit bist du?«, fragte ich.

»Das ist eine dumme Frage.«

»Dummköpfe stellen dumme Fragen. Die Klugen beantworten sie. Wie weit bist du?«

Nie sagte sie es mir. Ich ahnte, dass die Geschichte, die wir zusammen erlebt hatten, eine besondere Bedeutung für sie hatte. Auf einem unserer Spaziergänge im Kreuzgang sagte sie etwas, was mir Gänsehaut verursachte.

»Versprich mir, dass du die Geschichte zu Ende schreibst, wenn mir was zustoßen sollte.«

»Du wirst sie zu Ende schreiben«, erwiderte ich, »und außerdem musst du sie mir widmen.«

Unterdessen wuchs die kleine Holzkathedrale, und obwohl Doña Carmen sagte, sie erinnere sie an die Müllverbrennungsanlage von San Adrián de Besós, zeichnete sich bereits perfekt die Nadel der Kuppel ab. Germán und ich begannen Pläne zu schmieden, Marina an ihren Lieblingsort auszufahren, den geheimen Strand zwischen Tossa und Sant Feliu de Guíxols, sobald sie aus dem Krankenhaus rauskäme. Dr. Rojas, vorsichtig wie immer, nannte uns als ungefähres Datum Mitte Mai.

In diesen Wochen lernte ich, dass man von der Hoffnung und wenig mehr leben kann.

Dr. Rojas war dafür, dass Marina so viel Zeit wie möglich mit Gehen verbrachte und auf dem Krankenhausgelände Leibesübungen machte.

»Sich ein wenig schön zu machen wird ihr gut bekommen«, sagte er.

Seit seiner Verheiratung war Rojas zu einem Experten in Frauendingen geworden, das glaubte er wenigstens. Eines Samstags hieß er mich mit seiner Frau Lulú einen seidenen Hausmantel für Marina kaufen gehen. Es war ein Geschenk, das er aus eigener Tasche bezahlte. Ich begleitete Lulú in ein Wäschegeschäft in der Rambla de Cataluña neben dem Kino Alexandra. Die Verkäuferinnen kannten sie. Ich folgte ihr durch den ganzen Laden und schaute ihr zu, wie sie Hunderte von Miederwaren prüfte, die einem die Phantasie auf den Siedepunkt brachten. Das war sehr viel anregender als Schach.

»Wird das deiner Freundin gefallen?«, fragte mich Lulú und fuhr sich mit der Zunge über die leuchtend rot geschminkten Lippen.

Ich verschwieg ihr, dass Marina nicht meine Freundin im engen Sinn des Wortes war. Es machte mich stolz, dass jemand glauben konnte, sie sei es. Außerdem war die Erfahrung, mit Lulú Frauenunterwäsche zu kaufen, so berauschend, dass ich zu allem nur nickte wie ein Schwachkopf. Als ich es Germán erzählte, lachte er herzlich und gestand mir, auch er finde die Arztgattin höchst gefährlich für die Gesundheit. Das war das erste Mal seit Monaten, dass ich ihn lachen sah.

An einem Samstagmorgen, als wir uns bereitmachten, um ins Krankenhaus zu gehen, bat mich Germán, in Marinas Zimmer oben ein Fläschchen ihres Lieblingsparfüms zu suchen. Als ich in den Kommodenschubladen wühlte, fand ich ganz hinten in einer von ihnen ein Blatt Papier. Ich faltete es auseinander und erkannte sogleich Marinas Handschrift. Die Rede war von mir. Das Blatt war voller Korrekturen, und ganze Absätze waren durchgestrichen. Überlebt hatten nur die folgenden Zeilen:

Mein Freund Óscar ist einer dieser Prinzen ohne Reich, die umherziehen in der Erwartung, dass man sie küsst, um zur Kröte zu werden. Er versteht alles falsch, und aus diesem Grund mag ich ihn so sehr. Die Leute, die alles recht zu verstehen glauben, machen alles linkisch, und das sagt alles, wenn es von einer Linkshänderin kommt. Er schaut mich an und denkt, ich sehe ihn nicht. Er stellt sich vor, ich verflüchtige mich, wenn er mich berührt, und er verflüchtige sich selbst, wenn er es nicht tut. Er hat mich auf ein so hohes Podest gestellt, dass er nicht herauffindet. Er denkt, meine Lippen seien die Pforte zum Paradies, aber er weiß nicht, dass sie vergiftet sind. Ich bin so feige, dass ich es ihm nicht sage, um ihn nicht zu verlieren. Ich tue so, als sähe ich ihn nicht und würde mich, ja doch, sogleich verflüchtigen …

Mein Freund Óscar ist einer der Prinzen, die gut daran täten, sich von den Märchen und den sie bewohnenden Prinzessinnen fernzuhalten. Er weiß nicht, dass er der Märchenprinz ist, der Dornröschen aus ihrem ewigen Schlaf wachküssen muss, aber das rührt daher, dass Óscar nicht weiß, dass alle Märchen Lügen sind, auch wenn nicht alle Lügen Märchen sind und nicht alle Mädchen lügen. Die Prinzen sind keine Märchenprinzen, und die Röschen, selbst wenn sie Dornen haben, erwachen nie aus ihrem Schlaf. Er ist der beste Freund, den ich je gehabt habe, und sollte ich eines Tages Merlin begegnen, werde ich mich bei ihm bedanken, dass er ihn mir über den Weg geschickt hat.

Ich verwahrte das Blatt wieder und ging zu Germán hinunter. Er hatte sich eine besondere Fliege umgebunden und war aufgeräumter denn je. Er lächelte mir zu, und ich lächelte zurück. An diesem Tag strahlte die Sonne, als wir im Taxi unterwegs waren. Barcelona prangte so in Schönheit, dass Touristen und Wolken verdutzt waren, und auch Letztere blieben an Ort und Stelle stehen, um die Stadt zu betrachten. Nichts von alledem konnte die Unruhe verbannen, die diese Zeilen in meinem Geist ausgelöst hatten. Es war der 1. Mai 1980.

28

An diesem Morgen war Marinas Bett leer und unbezogen. Von der Holzkathedrale und ihren Habseligkeiten war nichts mehr zu sehen. Als ich mich umwandte, machte sich Germán bereits eilig auf die Suche nach Dr. Rojas. Ich stürzte ihm nach. Wir fanden ihn in seinem Büro; er sah übernächtigt aus.

»Ihr Zustand hat sich verschlechtert«, sagte er knapp.

Am Vorabend, nur zwei Stunden nach unserem Weggang, erklärte er, habe Marina eine Ateminsuffizienz erlitten und ihr Herz vierunddreißig Sekunden lang stillgestanden. Man habe sie reanimiert, und jetzt liege sie bewusstlos auf der Intensivstation. Ihr Zustand sei stabil und er, Rojas, zuversichtlich, dass sie in weniger als vierundzwanzig Stunden die Intensivstation wieder verlassen könne, aber er wolle uns keine falschen Hoffnungen machen. Ich sah, dass Marinas Siebensachen, ihr Buch, die Kathedrale und der noch unbenutzte Morgenmantel, auf dem Abstellbord in seinem Büro lagerten.

»Kann ich meine Tochter sehen?«, fragte Germán.

Rojas begleitete uns persönlich zur Intensivstation. Marina war in einer monströser und realistischer als alle Erfindungen Michail Kolweniks aussehenden Blase von Schläuchen und stählernen Apparaturen gefangen. Sie lag da wie ein schlichtes Stück Fleisch im Schutz von messingner Magie. Und da sah ich das wirkliche Gesicht des Dämons, der Kolwenik gepeinigt hatte, und verstand seinen Wahnsinn.

Ich erinnere mich, dass Germán in Tränen ausbrach und eine unkontrollierbare Kraft mich hinaustrieb. Ich lief und lief atemlos, bis ich zu lauten Straßen voller anonymer Gesichter gelangte, denen mein Leiden einerlei war. Um mich herum nahm ich eine Welt wahr, die Marinas Schicksal nicht im Geringsten bekümmerte. Ein Universum, in dem ihr Leben nur ein Wassertropfen zwischen den Wellen war. Es kam mir ein einziger Ort in den Sinn, wo ich hinkonnte.

Das alte Haus auf den Ramblas stand noch immer in seinem Schacht von Dunkelheit. Dr. Shelley machte mir auf, ohne mich zu erkennen. Die Wohnung war heruntergekommen und stank greisig. Der Arzt betrachtete mich mit weit aufgerissenen, irren Augen. Ich führte ihn in sein Arbeitszimmer und hieß ihn am Fenster Platz nehmen. Marías Abwesenheit schwebte in der Luft und brannte. Seine ganze Hochnäsigkeit und Bösartigkeit war verflogen. Er war nur noch ein armer Alter, einsam und verzweifelt.

»Er hat sie mitgenommen«, sagte er, »er hat sie mitgenommen.«

Respektvoll wartete ich, bis er sich beruhigt hatte. Schließlich schaute er auf und erkannte mich. Er fragte, was ich wolle, und ich sagte es ihm. Er schaute mich lange an.

»Es gibt kein Fläschchen mit Michails Serum mehr. Sie sind vernichtet worden. Ich kann dir nicht geben, was ich nicht habe. Aber selbst wenn ich es hätte, würde ich dir einen Bärendienst erweisen. Und du würdest einen Fehler begehen, wenn du es bei deiner Freundin anwenden würdest. Den gleichen Fehler, den Michail beging …«

Es dauerte eine Weile, bis seine Worte zu mir durchdrangen. Wir haben nur Ohren für das, was wir hören wollen, und das wollte ich nicht hören. Shelley hielt meinem Blick stand, ohne mit der Wimper zu zucken. Ich vermutete, er habe meine Verzweiflung erkannt, und die Erinnerungen, die ich ihm brachte, ängstigten ihn. Die Feststellung überraschte mich, dass ich, wäre es nach mir gegangen, in diesem Augenblick den gleichen Weg eingeschlagen hätte wie Kolwenik. Nie wieder würde ich über ihn richten.

»Das Gebiet der Menschen ist das Leben«, sagte der Arzt. »Der Tod gehört nicht uns.«

Ich fühlte mich entsetzlich müde. Am liebsten hätte

ich mich ergeben, aber ich wusste nicht, wem oder was. Ich drehte mich um und wollte gehen. Bevor ich den Raum verließ, rief mich Shelley noch einmal zurück.

»Du warst dort, nicht wahr?«, fragte er.

Ich nickte.

»María ist in Frieden gestorben, Doktor.«

Ich sah die Tränen in seinen Augen glitzern. Er reichte mir die Hand.

»Danke.«

Ich sah ihn nie wieder.

Am Ende dieser Woche kam Marina wieder zu Bewusstsein und konnte die Intensivstation verlassen. Man brachte sie in einem Zimmer im zweiten Stock unter, das nach Horta hinausging. Dort lag sie allein. Sie schrieb nicht mehr in ihr Buch und konnte sich kaum vorbeugen, um ihre fast fertige Kathedrale am Fenster zu sehen. Rojas bat um die Erlaubnis für eine letzte Reihe von Tests. Germán willigte ein. Er hatte noch immer Hoffnung. Als uns Rojas in seinem Büro die Ergebnisse bekanntgab, brach seine Stimme. Nach Monaten des Kampfs musste er sich ins Unvermeidliche schicken; und Germán stützte ihn und klopfte ihm auf die Schulter.

»Mehr kann ich nicht tun …, mehr kann ich nicht tun … Verzeihen Sie mir«, wimmerte Damián Rojas.

Zwei Tage später nahmen wir Marina mit uns zurück nach Sarriá. Die Ärzte konnten nichts mehr für sie tun. Wir verabschiedeten uns von Doña Carmen, von Rojas und Lulú, die unaufhörlich weinte. Die kleine Valeria fragte mich, wohin wir mit meiner Freundin gingen, der berühmten Schriftstellerin, und ob sie ihr jetzt keine Geschichten mehr erzähle.

»Nach Hause. Wir bringen sie nach Hause.«

Ich verließ das Internat an einem Montag, ohne Vorankündigung und ohne jemandem zu sagen, wohin ich ging. Ich dachte nicht einmal daran, dass ich vermisst werden könnte. Das kümmerte mich nicht weiter. Mein Platz war bei Marina. Wir brachten sie in ihr Zimmer. Ihre inzwischen fertige Kathedrale leistete ihr beim Fenster Gesellschaft. Das war das beste Bauwerk, das ich je errichtet habe. Germán und ich wechselten uns ab, um sie vierundzwanzig Stunden am Tag zu bewachen. Rojas hatte gesagt, sie werde nicht leiden, sie werde langsam erlöschen wie eine Flamme im Wind.

Nie war mir Marina schöner erschienen als in diesen letzten Tagen in dem alten Haus in Sarriá. Ihr Haar war wieder gewachsen, glänzender als zuvor und mit silberweißen Strähnen. Selbst ihre Augen leuchteten stärker. Ich verließ ihr Zimmer kaum. Ich wollte jede Stunde, jede Minute genießen, die mir bei ihr noch blieb. Oft verbrachten wir Stunden in enger Umarmung, wort- und reglos. Eines Abends, an einem Donnerstag, küsste sie mich auf die Lippen und raunte mir ins Ohr, sie liebe mich und werde mich immer lieben, was auch geschehen möge.

Am nächsten Morgen starb sie, in der Frühe und in aller Stille, wie Rojas vorhergesagt hatte. Im ersten Tageslicht drückte sie mir kräftig die Hand, lächelte ihrem Vater zu, und die Flamme ihrer Augen verglomm für immer.

Im alten Tucker machten wir uns auf die letzte Fahrt mit Marina. Germán fuhr schweigend zum Strand, wie wir es Monate zuvor getan hatten. Der Tag war so strahlend, dass es den Eindruck machte, das von ihr so geliebte Meer habe sich festlich gekleidet, um sie zu empfangen. Wir parkten unter den Bäumen und gingen an den Strand hinunter, um ihre Asche zu verstreuen.

Vor der Rückkehr gestand mir Germán, der innerlich zerbrochen war, er fühle sich nicht in der Lage, nach Barcelona zu fahren. Wir ließen den Tucker zwischen den Pinien stehen. Einige Fischer, denen wir auf der Landstraße begegneten, erklärten sich bereit, uns zur Bahn zu bringen. Als wir auf dem Francia-Bahnhof ankamen, war es sieben Tage her, seit ich verschwunden war. Mir kam es vor wie sieben Jahre.

Auf dem Bahnsteig verabschiedete ich mich mit einer Umarmung von Germán. Heute weiß ich nicht, welchen Lauf sein Schicksal genommen hat. Wir wussten beide, dass wir uns nicht wieder würden in die Augen schauen können, ohne Marina darin zu erblicken. Ich sah ihn davongehen, ein Strich, der sich auf der Leinwand verlor. Kurz darauf erkannte mich ein Polizist in Zivil und fragte mich, ob ich Óscar Drai heiße.

Epilog

Das Barcelona meiner Jugend gibt es nicht mehr. Seine Straßen und sein Licht sind für immer dahin und leben nur noch in der Erinnerung. Fünfzehn Jahre später kam ich in die Stadt zurück und suchte die Schauplätze wieder auf, die ich schon aus meinem Gedächtnis verbannt geglaubt hatte. Ich erfuhr, dass das alte Haus in Sarriá abgerissen worden war. Die Straßen darum herum gehörten jetzt zu einer Schnellstraße, auf der, wie es heißt, der Fortschritt fährt. Der alte Friedhof befindet sich vermutlich noch dort, im Nebel verloren. Ich setzte mich auf der Plaza de Sarriá auf die Bank, die ich so oft mit Marina geteilt hatte. In der Ferne erkannte ich die Umrisse meiner ehemaligen Schule, wagte mich ihr aber nicht zu nähern. Etwas sagte mir, wenn ich es täte, würde sich meine Jugend für immer verflüchtigen. Die Zeit macht uns nicht weiser, nur feiger.

Jahrelang bin ich geflohen, ohne zu wissen, wovor. Ich dachte, wenn ich weiter liefe als der Horizont, würden die Schatten der Vergangenheit von meinem Weg verschwinden. Ich dachte, mit genügend Abstand würden die Stimmen in meinem Geist für immer verstummen. Schließlich kehrte ich an jenen geheimen Mittelmeerstrand zurück. In der Ferne erhob sich die Einsiedelei Sant Elm, stets wachsam. Ich fand den alten Tucker meines Freundes Germán. Seltsamerweise stand er noch immer dort, an seinem letzten Ziel unter den Pinien.

Ich stieg zum Strand hinunter und setzte mich in den Sand, wo ich Jahre zuvor Marinas Asche verstreut hatte. Dasselbe Licht wie an jenem Tag erleuchtete den Himmel, und ich spürte ihre intensive Gegenwart. Da wurde mir klar, dass ich nicht weiter fliehen konnte noch wollte. Ich war nach Hause zurückgekehrt.

In ihren letzten Tagen hatte ich Marina versprochen, wenn sie es nicht mehr könnte, würde ich diese Geschichte zu Ende schreiben. Das Buch mit den weißen Seiten hat mich in diesen ganzen Jahren begleitet. Ihre Worte werden die meinen sein. Ich weiß nicht, ob ich meinem Versprechen gerecht werden kann. Manchmal zweifle ich an meinem Gedächtnis und frage mich, ob ich mich einzig an das werde erinnern können, was nie geschah.

Marina, du hast alle Antworten mitgenommen.